| 戏剧·影视卷 |

海浪搭建的舞台

蒴 天 主编

中国书籍出版社
China Book Press

本书编委会

主　编：蒯　天

副主编：杨光华

编　委：（按姓氏笔画排序）

　　　　杨光华　蒯　天　解永红

文学沉积的美学追求

蔡骥鸣

晋·葛洪在《神仙传·王远》中写道:"麻姑自说云:'接待以来,已见东海三为桑田。'"

中国的东海岸,原就是一片沧海桑田的土地。连云港的云台山曾经就是大海中的岛屿。《西游记》开篇第一回是这样描述的:"这部书单表东胜神洲。海外有一国土,名曰傲来国。国近大海,海中有一座名山,唤为花果山。此山乃十洲之祖脉,三岛之来龙,自开清浊而立,鸿蒙判后而成。真个好山!"

山与海此消彼长,成就了这一片神奇浪漫的土地。所以,这个地方诞生了《西游记》《镜花缘》这样想落天外的奇书。

若干年后,我到了连云港海边的云台山上,这里处处可见海蚀的沉积岩,它们就像一本本年代久远的古籍,被老鼠咬啮得边缘参差不齐,但却给人一种沧桑古老的历史感。海蚀的沉积岩,经过海浪的冲刷,经过无数岁月的风化,变得更加奇崛,更加鲜明,更加注目。

我们常说,新鲜的东西放不久。而老的物件经无数人把玩后,形成了一层层叠加的包浆,反而更加圆润,在暗淡的光泽里透出幽幽的光,让人生出一种敬畏之感。

文学,既是一门古老的艺术,也是一门年轻的艺术。

如果没有文学,我甚至不知道人类的精神生活还有什么可值得玩味、留恋的东西;如果没有文学,我们的情感世界也仍然是一如原始时代的粗砺和愚拙。因为有了文学,我们的情感世界变得越来越丰富,越来越细腻,越来越精彩,越来越值得我们回味和咀嚼;反过来说,正是一代代优秀的文学作品,才培养了我们的情感世界,让我们不再愚钝,不再麻木,不再冷酷,不再无情。经久的文学名著,就如一壶壶老酒,香愈浓,味愈醇。

但文学又在长生长新。每天有无数的作者在探索、在求新,在想着法子把直接的语言拧成麻花,把简单的语言变得更加绕舌,把正常的语序弄得颠三倒四,把明明白白的话覆上一层面纱。每一个同时代的人都希望看见新的语汇,看见新的故事,看见新的结构,看见新的想象。但有些同时代的作者又往往被当代所嫌恶、所丢弃,而为后代所崇尚,为后面的文学指明航向。

从1949年到2019年,70年过去了。对于一个人来说,70岁已是古稀之年。70年了,国家经历了很多事情,个人也味尝了很多变故,文学也经历了岁月和风浪的数轮冲刷。70年后再回首一望,能留下来的东西不多了,而能留下来的东西就一定是个沧海桑田、层层叠叠的海蚀沉积岩,一定是个挂满包浆、油光润滑的老物件,你想说它不好都不中。那一定是个好东西,一定值得我们把玩,一定值得我们揣摩,一定值得我们回味。

把过去的作品归拢起来,既算是给生活留下一些记忆,也算是给文学留下一个供人瞻仰的碑刻。无论如何,都表明历史没有虚度、文学没有空白。

2019年11月22日

目 录

001 | 文学沉积的美学追求 / 蔡骥鸣

001 | 翠竹青山 / 朱秋华
039 | 万紫千红总是春（节选）/ 刘晶林
074 | 在那遥远的地方（节选）/ 雷献和 / 仲跻敏
106 | 桃花庄 / 李海涛
149 | 青春花开粉嘟嘟（节选）/ 徐继东 / 徐培译
182 | 千秋计量 / 李惊涛
196 | 第二个妈妈 / 杨光华
203 | 云港云 / 蒯 天
212 | 国家责任 / 沈大春 / 王成章
247 | 寸草春晖 / 周景雨
259 | 三个小和尚 / 许一格
265 | 渔 者（节选）/ 魏 兵 / 杨 飞
303 | 霍家拳之威震山河（节选）/ 王梦灵

341 | 后 记

翠竹青山

——京剧现代戏

朱秋华 男,1943年出生,1959年考入新海连市戏剧学校,1984年调入连云港市文化局剧目工作室,国家一级编剧,江苏省有突出贡献的中青年专家。先后有《翠竹青山》《故城春梦》等三部大型剧目由专业剧团排练或在省级以上刊物发表,其中多部在国家及省级赛事获奖。

序　歌

山青青,竹叶翠,
百鸟轻啭云霞飞。
山灵水秀人更美,
纯洁的心灵闪光辉。

第一场:翠竹挺拔

时　间:秋天的一个下午。
地　点:翠竹峰下,金竹家门前。

〔这是湘中的一个普通农舍。舞台右侧是一栋栋陈旧、整洁的木板房,左侧是庭院,院内可置竹凳、竹桌之类的家具,屋后的猪栏隐约可见。农舍的后面有一条用石板铺成的弯弯的山道,顺着山势,蜿蜒而上,消失在群山之中。〕

〔幕启,金竹喜悦地上。〕

金　竹:(唱〔南梆子〕)

　　　　　　秋日里天气爽金风阵阵,
　　　　　　翠竹寨庆丰年笑语满村。
　　　　　　云山他过生日三十岁整,
　　　　　　清晨起宰鸡鸭忙个不停。
　　　　　　牛肉砂锅炖,鲜藕火上蒸,
　　　　　　喜鹊枝头叫,盼他回家门。
　　　　　　翠竹点头来助兴,
　　　　　　山风拂面也知情。
　　　　　　远望这山道弯弯不见人影——

〔欢欢自屋内上。〕

欢　欢:妈妈!

金　竹:欢欢。

欢　欢:妈,汽车都过去好几班了,爸爸怎么还不回来?

金　竹:快了!

欢　欢:爸爸今天是满几岁呀?

金　竹:三十。

欢　欢:你们大人也有生日呀?

金　竹:傻孩子,每个人都有自己的生日,妈妈生下的那天,就叫生日。

欢　欢:我知道了!我去接爸爸去!(跑下)

金　竹:哎——要小心!

(接唱〔摇板〕)

　　　　　　只盼着矿上的亲人早来临。

秃二叔:(兴冲冲地上)云山,云山!

金　竹：二叔，快请坐。云山说是中午回来吃饭，可天都偏晌了，还不见人影！叫你又跑了一趟。

秃二叔：这算什么，谁叫我是他的二叔呢！今儿个是云山三十岁的生日，古人道，三十而立，这可是个要紧的日子！这杯酒，我算喝定了！

金　竹：是呵，等云山回来，还要跟你商量一下青山和凤玉表妹的事呢！

秃二叔：你就尽管放心吧，刚才我又到凤玉家跑了一趟，看来她家的心思还未全断，只是聘礼高了一点，怕得这个数——（做手势）

金　竹：多少？

秃二叔：一千块。

金　竹：啊——只要青山满意，我和云山怎么都行！待会青山也要回家，是不是请凤玉一块来吃饭？

秃二叔：对，我就再跑一趟！

金　竹：那就麻烦你了。

秃二叔：看你说的，谁叫我当这个月老红媒呢！哈哈！（下）

〔欢欢手上吊着一只大螃蟹叫着跑上。〕

欢　欢：哎，疼呀！妈——

金　竹：啊，你这是怎么了？（忙将螃蟹取下）

欢　欢：我去捉它，它咬我。

金　竹：你去捉它干什么呀？

欢　欢：给爸爸下酒呀！爸爸说过，螃蟹是下酒的好菜。

金　竹：好孩子！爸爸的乖孩子！

欢　欢：妈，我手疼。

金　竹：来，听妈妈给你讲个故事，手指就不疼了。

欢　欢：好！你快讲，你快讲！

金　竹：（从衣袋里掏出一个螺壳）欢欢，你看。

欢　欢：田螺！我知道了！这田螺是老奶奶给你做陪嫁的，妈妈又要讲田螺姑娘的故事了！

金　竹：（欣喜）你怎么知道？

欢　欢：我听你和爸爸说过好多次了。妈妈，什么叫陪嫁呀？

.003.

金　竹：看你这小姑娘，什么都问个没完！陪嫁呀，就是妈妈出嫁的时候，老奶奶送给妈的礼物。

欢　欢：我知道了，那老奶奶为什么要送你这个田螺呢？

金　竹：她让我像田螺姑娘那样，活在世上，不能光想到自己如何过得好。

欢　欢：（似懂非懂地）哦，怪不得田螺姑娘要给那个死了爹娘的小伙子做饭呢。

金　竹：她是看那个小伙子为人诚恳，干活舍得出力，就爱上他了！

欢　欢：我知道了！我知道了！

金　竹：你又知道什么？

欢　欢：每次爸爸回来，你总是做好菜给他吃，你也爱上爸爸了，是不是呀？

金　竹：傻丫头，不许胡说！

〔幕后传来汽车鸣笛及刹车声。〕

欢　欢：汽车来了，爸爸回来了，爸爸回来了。

金　竹：走，快去迎迎你爸爸！（带欢欢迎至门外）

欢　欢：妈，不是爸爸，是叔叔！

金　竹：青山——〔随着汽车发动声，青山提两瓶酒、一块肉上。〕

青　山：（高兴地）欢欢！嫂嫂！

欢　欢：叔叔！叔叔！

青　山：（将欢欢一把抱起）欢欢！

（唱〔西皮流水〕）

　　　下班买回酒和菜，

　　　急步匆匆赶回来。

　　　哥哥今日三十整，

　　　全家为他饮开怀。

嫂嫂，哥哥还没回来？

金　竹：没有，只怕是矿上任务紧，抽不开身吧。

青　山：也许是没赶上这趟车，步行走回来了。我从小路上去接接他！

金　竹：快些回来！（青山应声下）

　　　　（唱〔西皮散板〕转〔二六〕）

　　　　　　　兄弟俩多勤劳性情和善，
　　　　　　　一家人和睦相处苦也甜。
　　　　　　　云山呵，今日里全家大小将你盼，
　　　　　　　莫非你任务紧又干连班？
　　　　　　　看门外风摇竹影舞翩翩，
　　　　　　　犹如你英俊的身影在眼前。
　　　　　　　听窗下山泉淙淙流不断，
　　　　　　　似为妻温言絮语意缠绵。
　　　　　　　五年间恩爱情蓦然重现，
　　　　　　　不由人红云一朵飞腮边。

（金竹沉浸在幸福的回忆中，青山闯上）

青　山：嫂嫂，哥还没回？

金　竹：（失望地）没有。

青　山：我接到九十亭，还不见他，我怕他搭矿上的货车回来就打转身了。

金　竹：怪！他说是赶回来吃午饭的，现在天都快黑了，还不回来。青山，你饿了吧？要不你先吃饭吧。

欢　欢：妈，我饿了。

金　竹：你先进屋吃点，待会爸爸给你买花衣服回来。

欢　欢：你骗人！上次爸爸说要给我买花衣服，你不要他买，你说手要捏紧点，省钱给叔叔结婚，叔叔，结婚是什么呀？

青　山：这——

金　竹：就是你小姑娘话多！

〔远处传来汽车喇叭声。〕

金　竹：青山，来汽车了，也许是你哥哥回来了！

青　山：我去迎他！（下）

金　竹：（瞭望）是云山回来了！

（唱〔西皮流水〕）

喇叭声声报喜讯，

云山终于回家门！

心中的喜悦说不尽，

快备饭菜迎亲人。

对，我得赶快进屋拾掇拾掇！

〔金竹返身进屋，环顾四周，高兴地一时不知从何做起，她自己也笑了。接着赶紧擦桌子，又往茶杯里放茶叶，往酒壶里灌酒，转眼间，屋内收拾得井井有条。〕

〔这时传来脚步声，金竹笑着迎上去，苏大姐、矿工小吴上。〕

金　竹：请屋里坐，屋里坐吧！

苏大姐：呵，你是金竹同志吧？

金　竹：（一怔）是呵，您是——

小　吴：这是我们矿上的工会主席苏大姐。

金　竹：哎哟，是工会主席呀，矿上的领导同志真是看得起我们呀！快请坐！

（敬上烟茶）

苏大姐：金竹……

金　竹：云山呢？看这个人，把领导请了来，自己却溜了！苏大姐，你们一定很累了，先喝杯茶吧！

（听到外面传来了脚步声）呵，来了，大家随便坐吧！

〔老支书、队长嫂、青山抱欢欢及矿工小李心情沉重地上。〕

金　竹：哟，老支书和队长嫂也来了！老支书，这是云山矿上的工会主席苏大姐。

老支书：苏大姐……

苏大姐：老支书……

金　竹：咦？青山，你哥呢？

青　山：我哥他——（痛苦地低下头去）

金　竹：啊——（这才觉察出屋内的气氛不对。她望着一张张阴沉的面孔，一种不祥的预感涌上心头）云山呢？云山呢？

苏大姐：云山他……

金　竹：他怎么了？

苏大姐：他……

金　竹：苏大姐，你说呀，你快说呀！

苏大姐：王云山同志是个好同志，好矿工。

金　竹：苏大姐，你说，云山到底怎么了？

苏大姐：（紧拉金竹的手）金竹同志，云山他……他为了排除井下的险情，今天上午英勇牺牲了！

金　竹：啊！（一下呆住了，任凭手上壶中的酒洒在地上。青山似乎也傻了，队长嫂哭出声来）

苏大姐：金竹同志！

队长嫂：金竹，你可要想开些啊……

青　山：嫂子，你就哭出声吧！

欢　欢：妈妈，我要爸爸！我要爸爸！

金　竹：（爆发地哭出声来）云山——

〔哀乐奏起，舞台暗转。

哀乐不断。灯光复明，第二天，青山自外上。〕

青　山：（唱〔西皮摇板〕）

　　　　翠竹峰下去送葬，

　　　　二叔拉我话家常。

　　　　信口开河胡乱讲，

　　　　青山心中有主张。

秃二叔：（追上）青山，你听我讲完，这是件大事，你可要冷静想一想！

青　山：二叔——

秃二叔：你哥哥是因公牺牲的，按照矿上的规定，可以去一个亲人顶职，你——

青　山：我不是说了么，有嫂嫂。

秃二叔：真让她顶？

青　山：该她顶嘛。

秃二叔：人常说，是亲三分向，你是我侄子，金竹以后是我什么，就很难说了。一个二十多岁的小寡妇，进了矿，吃上了国家粮，拿上几十块的票子，那不很快成了人家怀里的人了！

青　山：你——

秃二叔：你可莫傻哟，你要是顶职进了矿，成了国家主人，那凤玉姑娘还不追着你的屁股来呀！看你二十五六了，还打单身，叔叔是为你着想呀！

青　山：谢谢你的好意。

秃二叔：谁叫我占着个"叔"字呢！你当了国家工人，凤玉是商店里的营业员，发工资时，票子像水一样往家里淌，多带劲呀！

青　山：请你转告凤玉，我和她走不到一条道上。我，还干这公社小煤窑的挑夫！（下）

秃二叔：哎，后生家，不听老人言，吃亏在眼前哪！（下）

〔苏大姐、老支书、队长嫂、金竹戴白花黑纱自室内出。〕

苏大姐：青山同志，我们有件事正要和你们商量商量。

（唱〔二黄碰板〕）

你兄长因公殉职胆气壮，

金竹她顾全大局亦坚强。

要把这善后工作细思量，

让党的阳光照暖她心房。

云山同志为祖国的煤炭事业光荣献身，党会关照好你们这个家的。你们有什么困难，好好跟组织上说说。

队长嫂：对，金竹，有什么难处，你就说吧！

老支书：金竹，你就先说说吧。

金　竹：（想）是不是把二叔也请来？

苏大姐：二叔？哪个二叔？

老支书：是云山的一个远房叔父，人称秃二叔。

苏大姐：好，好。（老支书下）

金　竹：青山，你看？

青　山：嫂子，这是我们自家的事，用不着他。

金　竹：还是商量周全些好。

苏大姐：对，请他来一块商量商量吧！

〔秃二叔随老支书上。〕

秃二叔：唉，真是飞来的横祸啊！（关切地）老支书，云山家顶职的事定了没有？

老支书：这不是请你来商量吗。

秃二叔：哎，不敢当，不敢当。（哈着腰）领导同志坐，领导同志坐。

苏大姐：请你来商量商量云山的后事，你是他的长辈，帮他们拿拿主意，当当参谋吧。

秃二叔：领导看得起，领导看得起。

苏大姐：金竹，你今年还不到三十岁吧？

老支书：二十八。

苏大姐：根据你们家的情况，我们矿上做了研究，云山因公牺牲，不满三十岁的妻子可以顶职，我看这事是不是先定下来？

〔各人反应不同，老支书、队长嫂点头称是，秃二叔干咳两声。〕

队长嫂：金竹，你过门五年了，可没过上几天舒心的日子。先是故婆婆，后又死公公，欠了一身债，这些苦处，你从不对我说，如今好日子刚开头，就……唉，这下也算苦中有福。金竹，你就顶职去矿上吧。

苏大姐：青山，让你嫂子去顶职，你看呢？

青　山：好。嫂嫂，就这么定吧，这是天经地义！

金　竹：天经地义……（思考上前，后面灯光暗）

　　　　（唱〔二黄散板转〕〔慢板〕）

　　　　哀乐声声催魂断，

　　　　肝肠寸断泪如泉。

　　　　往日句句甜蜜语，

　　　　句句化作苦黄连。

　　　　公婆临终留遗愿，

　　　　盼青山与凤玉结百年。

只是那欢欢年幼谁照管,
寡母育孤度日难。
猛然间紧握田螺手出汗,
奶奶的话语响耳边。
切莫要专为自己作打算,
嫂嫂的责任要尽周全。
纵有难处千万件,
金竹也愿一身担!

苏大姐、老支书,顶职就让青山去吧!

青　山：我?

队长嫂：青山——

秃二叔：是呵,还是金竹想得周到,青山,你就恭敬不如从命嘛!

老支书：(转向苏)这——

苏大姐：金竹,你还是再考虑考虑吧。

金　竹：我反复想过了。

青　山：这怎么能行呢? 嫂嫂,你这是——

(唱〔西皮摇板〕)

嫂嫂讲话情理欠。
你去顶职是当然。
我身强力壮能把活干,
侍奉你和小欢欢。

秃二叔：(唱〔垛板〕)

时来运转是关键,
错失良机后悔难。

老支书：(唱〔西皮摇板〕)

金竹做事有远见,
通情达理可称贤。

队长嫂：(唱〔西皮摇板〕)

孤儿寡母谁照看,

　　　　　　　金竹还要想周全。

　金　竹：（唱〔垛板〕）
　　　　　　　主意已定须果断，
　　　　　　　青山顶职去矿山。
矿上的工作，更需要男的，青山比我去合适，苏大姐，你说是不是？
　苏大姐：（感动地）金竹，你真好！
　　　　　（唱）金竹一言披肝胆，
　　　　　　　如见胸中一片丹！
　　　　　　　话虽平淡金光闪，
　　　　　　　心中无私天地宽。
　　　　　　　翠竹挺拔人颂赞，
　　　　　　　光辉的品质映山川！

　金　竹：苏大姐，等一等。（进屋内取出一件工作服）青山，你过来，这是你哥在的时候留下的工作服，你去矿上就穿上它吧！（秃二叔忙接过）
　青　山：嫂子！
　众　人：金竹！
〔幕落。〕

第二场：缺月难圆

　时　间：十天后的一个晚上。
　地　点：大队代销店。
〔舞台左侧约三分之二是大队代销店，内通凤玉的宿舍。室内置桌、柜台、货架等物。舞台右侧是通往村里的路口，房前的竹林在月色下显出一片墨绿。〕

〔幕启，金竹带青山上。〕
　金　竹：（唱〔西皮摇板〕）
　　　　　　　月色溶溶晚风起，
　　　　　　　山村景色渐依稀。

　　　　青石道上走仔细，
　　　　来请凤玉做新衣。
　　　　青山，你快些走呵！

青　山：（唱〔西皮摇板〕）
　　　　凤玉她重金钱不讲情义，
　　　　我们是话不投机各东西。
　　　　找她做衣我心有气，
　　　　一步一停脚难移。

嫂嫂，你还是让我回去吧！我和她是谈不拢的，你莫操空心了。

金　竹：傻话，二叔好不容易给你牵上这条线，你都快二十六了，不小了。

青　山：可也不算老，过两年再说吧！

金　竹：怎么，瞧不起凤玉了？

青　山：哪里，是她瞧不起我呀！

金　竹：别说这些了，明天就要到矿上去了，行李就用你哥的那套，可罩衣旧了，让她给你量个尺寸，赶制件衣服。

青　山：我不去。

金　竹：青山，听话！
　　　　（唱〔西皮摇板〕）
　　　　　与凤玉叙旧好回心转意，
　　　　　做一对相亲相爱小夫妻。

青　山：（唱〔西皮摇板〕）
　　　　　无奈何见凤玉再拿主意，
　　　　　嫂嫂她好心肠我岂能不依。

金　竹：到了。凤玉，开门。

凤　玉：（上念）刚把秤杆放，又听门声响。谁呀？下班了，买货明天来。

金　竹：凤玉表妹，是青山来了。

凤　玉：（惊喜）哎呀，是表姐呀，看我糊涂！快进来坐呀！

金　竹：凤玉，上午托二叔给你带来钱，给青山选件衣料做件衣裳。

凤　玉：收到了，表姐，布料我拿给你看看！

金　竹：不用了，只要青山满意就成。他听说是让你做，心里可乐意呢！

凤　玉：看表姐说的！

金　竹：青山，还不快叫凤玉表妹！

青　山：（不自然地）凤玉……

凤　玉：青山……

金　竹：欢欢还睡在床上呢，我得赶快回去。（推青山）青山，快进来量个尺寸吧！（下）

青　山：嫂嫂——（见金竹已走，只呆呆地站在屋中央）

凤　玉：（不由得一笑）嘿嘿，坐呀！（青山仍不自然地站着）哎哟，要当工人了，瞧不起我们这些乡下人了！

青　山：这——

凤　玉：（轻松地）嘻嘻嘻……别当真，跟你说句笑话，快请喝茶。

〔青山双手接过茶杯，不料茶水溢出，忙将杯子放到桌上。〕

凤　玉：（笑）嘿嘿嘿！表姐让我给你选块布料，你看这种颜色可好？

青　山：不用看了，国家出的布，我看都好。

凤　玉：（挑衅地）那给你做件花衣，你也说好吗？

青　山：好！

凤　玉：什么？还好？（放声地）哈哈哈，你这个菩萨！

青　山：唉！

（唱〔西皮摇板〕转〔流水〕）

　　我坐立不安喘粗气，

　　她不紧不慢笑嘻嘻。

　　当初见面把亲议，

　　两厢情愿定佳期。

　　不料她选进了代销店，

　　反目不把婚事提。

　　身价倍高要厚礼，

　　这样的商品女人何足惜。

　　　　悔不该一脚踏进是非地，

　　　　进退两难好心急。

凤　玉：（多情地）青山，看你这脸，像打了霜的茄子似的。唉，你也太不懂得体谅一个姑娘的心了！

　　　（唱〔南梆子〕）

　　　　当初月下来相会，

　　　　情投意合笑语微。

　　　　原指望夫妻结成对，

　　　　谁知无端生是非。

　　　　爹妈重钱把良心昧，

　　　　棒打鸳鸯两地飞。

　　　　山盟海誓虽不悔，

　　　　父母严命怎敢违？

　　　　你可知我背地流过多少泪，

　　　　我为你梦中哭醒多少回……

青　山：（唱〔西皮摇板〕）

　　　　她声声泪下似有愧，

　　　　面带愁容锁双眉。

　　　　往事已付东流水，

　　　　张口难论是与非。

唉，请你赶快量尺寸吧！

凤　玉：怎么，急了？

青　山：嗯。

凤　玉：明天早上就要动身？

青　山：嗯。

凤　玉：我今晚一定做好，明天一早就送给你，保证误不了你走马上任！

　　　（唱〔西皮流水〕）

　　　　手拿软尺细打量，

　　　　青山如今不寻常。

　　　　　宽宽的腰背身体壮，
　　　　　一表人才相貌堂堂。
　　　　　再不见往日那副寒酸相，
　　　　　都是他身遭劫难化吉祥。
　　　　　明天就要去煤矿，
　　　　　改换门庭把工人当。
　　　　　越思越想心花放，
　　　　　谁不夸我眼力强。

青　山：还是快点量吧！

凤　玉：就来量！

　　　（唱〔西皮流水〕）

　　　　　东挨挨，西撞撞，
　　　　　二目含情露光芒。
　　　　　看不足，量不够，
　　　　　量罢了肩宽量袖长。
　　　　　双手贴在胸脯上，
　　　　　一股热浪涌心房。
　　　　　再把知心话儿讲——

青　山：（唱）我呼吸急促好紧张！

凤　玉：青山，到了矿上，头一个给领导提个要求。

青　山：这……

凤　玉：你就说，哥是在井下牺牲的，要领导照顾个地面工作。

青　山：这……

凤　玉：青山，你想过没有，你嫂嫂是个寡妇，又拖着个孩子，往后的日子，在一起怎么过呀！等我们结婚后，就该把家分开！

青　山：啊，你——（抑制地）你量好了吗？

凤　玉：量好了！嘿嘿，你这个菩萨！

青　山：我——

凤　玉：青山，我连夜给你赶做，你就坐在这里陪陪我吧，啊？

青　山：不，我走了！（青山推门跑下）
凤　玉：你——唉，这个菩萨……
〔幕落。〕

第三场：探家风波

时　间：一个月之后的傍晚。
地　点：金竹家门前，景同一场。

〔幕启，青山身背帆布包，从矿上回家。〕
青　山：（唱〔西皮散板〕）

　　　　矿上工作一月整，
　　　　今逢轮休回家门。
　　　　山风催我脚步紧，
　　　　惦念家中有亲人。

嫂嫂！欢欢！
〔欢欢手提螃蟹自屋内上。〕
欢　欢：叔叔！叔叔回来了！
青　山：欢欢，妈妈呢？
欢　欢：妈上自留地种萝卜去了。
青　山：你一个人在家？
欢　欢：妈叫我在家玩螃蟹，看门。叔叔，你走了这么多天，我每天晚上数着天上的星星，盼你回来呢。妈也带我到木板桥边接过你好几次了！

　　　　（唱〔西皮流水〕）

　　　　小星星，亮闪闪，
　　　　眨着眼，挂蓝天。
　　　　天上星星将你盼，
　　　　地上欢欢眼望穿。
　　　　叔叔今天回家转，

　　　　　　我和星星笑开颜。

青　山：（感动地）好欢欢！走，我们也上自留地去。

欢　欢：妈妈叫我看家。

青　山：把门锁上。

欢　欢：好！（青山锁门，背欢欢下）

〔秃二叔和凤玉从另一侧上。〕

秃二叔：青山，青山，（对凤玉）你听说他今天回来了？

凤　玉：有人从矿上回来，亲口告诉我的。

秃二叔：听说他在矿上开什么车来着？

凤　玉：电机车，就像火车一样，一个车头后面，挂着一个个铁箱子，拖得蛮长蛮长的。

秃二叔：那，青山当火车司机啦？

凤　玉：差不多，反正是个好工作。

秃二叔：凤玉，算你有福分，上回没有把线完全扯断了。他走了有一个月了吧！

凤　玉：整整一个月。可他连信也不来一封！这个人。

秃二叔：我看和你妈商量商量，抓紧定个日子吧！

凤　玉：（羞涩地）姑爹！

秃二叔：天快晚了，他该回来了。走，我们分头迎迎他！

（二人下）

〔金竹、青山背欢欢边说边上。〕

金　竹：（兴奋地）整整一个月了！（拍打着身上的泥土）唉，这么远走回来，也不歇歇。欢欢快下来，让你叔叔坐下！

欢　欢：叔叔，快坐下歇歇！

金　竹：矿上的工作还好吧？

青　山：好。

金　竹：要发狠干。这些日子，我一闭上眼，就看见你哥哥站在我面前。你一定像你哥哥那样，年年都拿回奖状来。

青　山：我怕比不上哥哥。

金　竹：只要舍得干，你会胜过哥哥的。不过，无论干什么，头一条要注意安全呀。

青　山：嗯。

金　竹：见着凤玉了？

青　山：没。

金　竹：刚才路过她店门，没进去？

青　山：门关了。

金　竹：你没敲敲？

青　山：没。

金　竹：听说你在矿上开电车，她们家可高兴了。

青　山：那，现在她们家又该恼火了。

金　竹：怎么？

青　山：我要求下井当采煤工了。

金　竹：真的？！

青　山：矿上开动员大会，要加强井下采掘第一线，我报了名。

金　竹：这……只怕凤玉想不通。

青　山：由她吧！

金　竹：先歇会吧，我给你炒辣椒、炒鸭蛋。跟你哥一样，吃得咸，又吃得辣。（不由掉泪，欲下）

青　山：嫂嫂，你看我给欢欢买来什么？（从包里拿出一块花布）欢欢，喜欢吗？

欢　欢：真好看！真好看！妈妈，叔叔给我买花布，我要穿花衣服了！（跑下）

金　竹：青山，刚刚领到一个月工资，就这么花呀！

青　山：（从包里掏出一捆竹绿色的毛线）嫂嫂，这毛线是给你买的。

金　竹：你——（推开）送给凤玉吧！

青　山：哥哥早就要给你买，你不让。为了省下钱给我办婚事，你们省吃省穿，连水都握成团！这一个月里，我做梦都想着对不起哥哥，对不起你。你就收下吧。

金　竹：那，好吧！（收下）

青　山：还剩下十块钱。

金　竹：不！不！你应该存点钱。

青　山：嫂子，你收下吧！

（唱〔二六〕）

在矿上时常把家中挂念，

睡梦中哥哥犹如在眼前。

永不忘哥嫂待我深情一片，

滴水恩也应当报之涌泉。

金　竹：这——好，钱，我收着，这毛线，去送给凤玉。听话！

〔秃二叔上。〕

秃二叔：青山贤侄，回来了？

金　竹：二叔来了，快请坐，我给你们做饭去！（下）

青　山：二叔，请坐吧。（递上一支烟）

秃二叔：好，这番老侄阔起来了，烟都是包了银纸的。听你二叔的话没错吧？往后，可别把你二叔给忘了。（见青山不太愿听）听人讲，你在矿上开电火车呀？

青　山：不是电火车，是电机车。

秃二叔：反正差不多，都是电火起动的机器车。

金　竹：（上）二叔，没有什么好招待，喝杯酒吧！青山的事，还要靠你多关照。

秃二叔：那是一定，一定。（酒来话多）青山，你算是走了红运了，找了个好工作，人一值钱，就什么都好办，刚才我和凤玉妈商量，想把你和凤玉的事早点办了，不要分文彩礼，一切从简，你看什么时候办好？

青　山：只怕人家不会干了。

秃二叔：哪里的话，这个包在二叔身上。

青　山：我下井挖煤了。

秃二叔：（意外地）啊，犯了错误？

青　山：没。

秃二叔：那为什么？

青　山：我自己要求的。

秃二叔：你呀，哎！

　　　　（唱〔西皮摇板〕）

　　　　　　青山年轻事做差，

　　　　　　不该下井把煤挖。

　　　　　　凤玉面前怎说话，

　　　　　　劝你重把主意拿！

凤　玉：（上）表姐！

金　竹：凤玉，你进来，青山回来了。

凤　玉：青山……

青　山：嗯。

金　竹：（将毛线给凤玉）凤玉，青山领到头一个月的工资，就给你买了毛线，你看看，喜欢不？

凤　玉：（不好意思地）表姐，我就是喜欢这种颜色的。

青　山：（平静地）凤玉，告诉你，我下井当采煤工了。

凤　玉：什么，你说什么？

青　山：我下井当采煤工了。

凤　玉：真的？

青　山：嗯。我们的事，你看着办吧。

凤　玉：呵——

　　　　（唱〔二六〕）

　　　　　　他神态自若话语硬，

　　　　　　一会阴来一会晴。

　　　　　　回家来刚把毛线送，

　　　　　　却又道下井当采煤工。

　　　　　　莫非是考验我心可坚定？

　　　　　　倒不如顺水推舟假应承。

青山，你在矿上干什么我都高兴！

金　竹：(喜悦地)好凤玉！你就和青山在这好好谈谈。(自语)他俩总算靠近了！(示意)二叔，我们——

秃二叔：啊，对对，我也该走了！(与金竹分下)

(静场。青山不知所措地站着，这时天色已暗，天幕上现出星星和月亮)

凤　玉：青山，来，坐下。(青山坐。凤玉坐在青山身边)青山，你看今晚的月亮多圆呀。(见青山无反应)这毛线可真好看！

(唱〔西皮摇板〕)

    难得你待我情一片，

    人虽离家心相牵。

    竹绿的毛线表心愿，

    月色如水情意绵。

青　山：(唱〔西皮摇板〕)

    月离万里明可鉴，

    人在咫尺无语言。

    但愿她果真心意转，

    也不负嫂嫂好心田。

凤　玉：(手捂着口袋)青山，你猜，我这里装了什么？

青　山：不知道。

凤　玉：你猜嘛！

青　山：猜不着。

凤　玉：(从口袋里拿出一张照片)你看！

青　山：(看照片)嗯，不错。

凤　玉：你看不错，就送给你！

青　山：好。(说着就往口袋里塞)

凤　玉：慢着。(又从口袋里掏出一个笔记本，把照片放到里面)给！瞧你粗手大脚的。考验人，你可怪机灵的！

青　山：考验人？

凤　玉：可不！明明在矿上开电机车，却偏说当采煤工了。

青　山：(忙解释)不，是矿里第一线需要人，我报了名……

凤　玉：嘿嘿嘿……又考验人了！

青　山：不，不……

凤　玉：怎么，这是真的？

青　山：我什么时候讲过假话？

凤　玉：你！你……你哥才死了多久呀，你忘了？为什么不回来和人家商量商量？你呀……真蠢！

青　山：什么？你——你走！

凤　玉：啊——（哭着跑下。金竹闻声而上）

金　竹：青山，这是怎么了？

青　山：她看上的不是我，而是电机车！

金　竹：你这个牛脾气，就不能改一改！

青　山：嫂嫂，我回矿上去了！

金　竹：天这么黑，黑洞洞的怎么走呀！

青　山：不，还是走的好！

（青山下，金竹追出）

金　竹：青山，你回来——

〔幕落。〕

第四场：雨夜情深

时　间：一年后的一个风雨之夜。

地　点：去公社医院的山道上。

〔幕启，翠竹峰下，大雨如注。〕

金　竹：（内唱〔高拨子倒板〕）

　　　　　电闪雷鸣，

　　　　　山风呼啸——

〔金竹上。她身背欢欢，一手打伞，在暴雨中艰难地行走着。〕

　　　　（接唱〔回龙〕转〔原板〕）

　　　　竹林吼，群山摇，
　　　　夜沉沉不见青石道，
　　　　顾不得倾盆大雨迎头浇！
　　　　欢欢她发高烧突然病倒，
　　　　急得我六神无主好心焦。
　　　　去医院查病情翻过山坳，
　　　　路途中天色变云卷如潮。
　　　　冒风雨将欢欢上下盖好。

〔金竹在山路上艰难地行走着，几乎要摔倒。欢欢吓得惊叫，金竹忙照看孩子。这时后面一道手电射来，青山上。〕

青　山：嫂嫂！

金　竹：（感激地）青山！

　　　　（唱）患难中见亲人喜上眉梢。

青　山：快把欢欢给我！

金　竹：你到家了？

青　山：嗯，见门锁着，一问，才晓得你带欢欢到公社卫生院看病去了。我不放心，就赶来了。

金　竹：你呀，总是惦记着家！惦记着欢欢！

青　山：欢欢的病怎么样？

金　竹：大队卫生员说怕是肺炎，让赶快送到公社卫生院，没想到出门就碰上了大雨。

青　山：那就快走吧！

金　竹：我给你照着路。

青　山：（唱〔高拨子〕）

　　　　背起欢欢大步闯，
　　　　哪怕暴雨湿衣裳。
　　　　山涧流水不断淌，
　　　　难比嫂嫂情义长。

金　竹：（唱〔高拨子〕）

　　　　　雨打竹叶沙沙响，
　　　　　患难情义不寻常。
　　　　　心中阵阵腾热浪，
　　　　　多亏青山好心肠。

青　山：嫂嫂，你看，过了前面那条小河，就是通往公社的大路了。

金　竹：天下暴雨，溪水涨高，青山，你要小心！

青　山：知道了！

　　　　（唱〔高拨子〕）

　　　　　浪峰千叠卷飞涛。

金　竹：（唱）风狂雨猛桥身摇。

青　山：（唱）叔嫂相依迎风暴。

金　竹：（唱）何惧风急浪头高。

〔一阵旋风卷来，金竹和青山同时站不稳，摇晃起来。二人不由自主地挨紧了，互相搀扶着，迎着暴雨走去。〕

〔暗。灯光复明后，为金竹家内景。舞台右侧是金竹和欢欢的卧室，墙上挂着云山生前的奖状；左侧是青山的卧室。〕

〔金竹从医院回来，安置好熟睡的欢欢，心中若有所思。在另一侧，青山手捧田螺，在室内徘徊。〕

金　竹：（重唱〔四平调〕）

青　山：（唱）雨夜归来神情倦，
　　　　　　　且喜欢欢已安然。
　　　　　　　途中情景驱不散，
　　　　　　　辗转不宁难成眠。

青　山：（唱）手捧田螺联翩想，
　　　　　　　一股激流暖胸房。
　　　　　　　嫂嫂品格人敬仰，
　　　　　　　温顺善良世无双。

金　竹：（唱）青山他似当年哥哥模样，
　　　　　　　勤劳忠厚热心肠。

　　　　　　眼前朦胧神志恍，
　　　　　　好像云山在身旁。
青　山：（唱）一年前她让我顶职去煤矿，
　　　　　　艰难日月她承当。
　　　　　　含辛茹苦从不讲，
　　　　　　孤雁单飞难成行。
金　竹：（唱）一年多叔嫂间互相体谅，
　　　　　　家中事多亏他相帮。
　　　　　　患难情谊怎能忘，
　　　　　　思绪起伏意茫茫。
青　山：（唱）风卷竹涛大雨降，
　　　　　　点点滴滴敲胸膛！
　　　　　　手扶墙，心惆怅，
　　　　　　怎让她灯冷窗寒受凄凉？
金　竹：（唱）受凄凉，千辛万难担肩上，
　　　　　　还盼望他与凤玉结成双。
青　山：（唱〔反二黄〕）
　　　　　　结成双，人生的幸福她该享。
　　　　　　失去的感情应补偿！
　　　　　　我有心上去前把心事讲。
金　竹：（唱）我不该神情恍忽无主张。
青　山：（唱）怕的是嫂嫂怪我太孟浪。
金　竹：（唱）怕的是连累青山理不当。
青　山：（唱）岂能让世俗偏见把手脚绑。
金　竹：（唱）岂能让左邻右舍论短长。
青　山：（唱）我这里心潮翻涌不可挡。
金　竹：（唱）我这里马到悬崖急收缰！
青　山：（唱）主意定——
金　竹：（唱）太荒唐——

青　山：（唱）吐真情——

金　竹：（唱）心彷徨——

青　山：（唱）决心已定把门敲响，

　　　　　　　今夜找她诉衷肠！

〔青山敲门。〕

金　竹：谁？

青　山：我。

金　竹：青山，有事？

青　山：呵，没，没有事。

金　竹：那你——

青　山：睡不着。我准备回矿去了。

金　竹：现在就走？天还未亮呀！

青　山：不，嫂嫂，我走了！（拉外门，欲走）

金　竹：（忙开门出来，拉下青山的帆布包）你疯了！天这么黑，外面又下这么大的雨！（青山无言进屋坐下。沉默）二叔前天来了，他就等你回来后，要和你商量一下凤玉的事。

青　山：（不耐烦地）凤玉，凤玉，老是凤玉，还是让我走吧！

金　竹：硬要走，也得吃点饭再走呵。我马上给你做。

青　山：不。（决心地）嫂嫂，有件事我想了好久了！

金　竹：（预感到什么）什么事？

青　山：我……我和凤玉不会过好的。

金　竹：呵，不，会过好的，会的……你应该……

青　山：我，我是个挖煤的。她——

金　竹：她不错呀，长得漂亮，文化又高，又是商店的营业员。你……

青　山：别说了！我全都想过了。

金　竹：想过什么了？

青　山：我想……我想……我想我们永远是一家，真正的一家！

金　竹：啊——（手中菜盆落地）

　　　　　（唱〔二黄倒板〕转〔原板〕）

千波万浪心头汇，

胸中犹如乱鼓擂。

明知青山有此意，

话一挑明魂魄飞！

纯真的感情多可贵，

心灵的火花闪光辉。

猛想起公婆心有愧，

顿觉冷静清风吹。

青山胜我千万倍，

他与凤玉前程美。

我怎能将他幸福毁，

这不祥的念头快收回！

（痛苦地）青山，把我当成你的好嫂嫂吧！凤玉比我好一百倍，你应该有一个比我好的……

青　山：我，我，我就觉得你好，你比谁都好！

金　竹：不，不不，……（忽然想起什么，违心地）我已经有了……

青　山：（大惊）什么？

金　竹：二叔已经给我找了一个人了。

青　山：哪里的？

金　竹：石湾里的。

青　山：干什么的？

金　竹：城里的一个科长，死了家属。

青　山：叫什么？

金　竹：（咬着牙）姓赵。前天刚提起，还没有跟你商量。

青　山：啊？！——嗨！（抓起帆布袋，拉开大门，猛地冲了出去）

金　竹：（惊恐地）青山，青山！（拿起一把伞追出）〔一道闪光撕破夜幕，接着一个炸雷，雨似乎下得更大了。〕

〔金竹追上，撑开伞送到青山头上，青山躲开。二人沉默片刻。〕

青　山：（从怀里掏出田螺）这，给——

金　竹：（意外地）啊，这——

青　山：刚才哄欢欢睡觉的时候，我在你枕头底下拿的，没征得你的同意。我……还给你。

金　竹：（不知所措）这……

青　山：嫂嫂，我对不起你！（交田螺）

金　竹：不，不不……

青　山：我走了！（接过伞，急步向前走去）

金　竹：（怔怔地望着雨中远去的青山，哭了）青山——

〔幕落。〕

第五场：意外祸灾

时　间：一个月后。

地　点：金竹家门前，景同一场。

〔幕启。队长嫂上。〕

队长嫂：（唱〔二黄摇板〕）

　　　　青山离家去煤矿，

　　　　一月不见回山庄。

　　　　金竹家中常看望，

　　　　邻里相助理应当。

金竹，金竹！

金　竹：（从屋内上）是队长嫂。真麻烦你，又给送柴草来了！

队长嫂：从责任田回来，顺路就给你带回来了。青山还没有回家？

金　竹：没有。

队长嫂：兴许这阵子工作太忙了。这个青山，跟他哥的脾气一模一样，工作一忙，就顾不上家了！天不早了，我还要到代销店打点煤油。

金　竹：队长嫂，你走好！（送队长嫂下）

秃二叔：（上）金竹，青山没回家吧？

金　竹：他有四个月轮休没回来了。二叔，这一年多，他和凤玉的事就这么不冷不热地拖着，那凤玉家……

秃二叔：唉，这回总算大功告成了，她家同意尽快把婚事办了，只不过，又恢复了原先的条件，光聘礼，要准备八百块。

金　竹：哦——

秃二叔：金竹。这一年多日子，也难为你了，一个女人，拖着个孩子，要忙里又要忙外，确实难啦！

金　竹：二叔……

秃二叔：上次我跟你说过。石湾里的那位赵胖子，又从城里回来了。人家是房管科的科长，如今可是个吃香喝辣的美差，只因死了家属，他父母一心想给他在家乡找一个带到城里去。金竹，你看……

金　竹：二叔，今天你又喝多了酒吧？

秃二叔：金竹呀！

（唱〔二黄散板〕）

　　赵家夸你好人品，

　　多次托我来叙亲。

　　过门后清福享不尽，

　　好似鲤鱼跃龙门。

金　竹：二叔，我不是和你说了吗，我哪儿都不想去，你也就别操这份心了。

秃二叔：你看……这可是打着灯笼也难找的主呀！这不是让到手的好处擦着手指尖溜了！再说如今又是新世道了，这——好，算我白说，算我白说，哼，和青山一样，不知好歹。

（边说边下）

金　竹：（唱〔二黄摇板〕）

　　山道弯弯人不见，

　　二叔又来胡乱言。

　　抽刀断水水难断，

　　心中更把烦恼添。

欢　　欢：（跑上）妈妈！叔叔回来了！

金　　竹：真的？在哪？

欢　　欢：你看，那不是？（跑下拉青山上）叔叔，你快点回家呀！

金　　竹：你——你回来了？

青　　山：嗯。

欢　　欢：叔叔早就回来了，在我们家自留地里干活呢。我给叔叔拿吃的！（下）

金　　竹：没来家就到地里去了？

青　　山：嗯。

金　　竹：吃晚饭了没有？

青　　山：在矿上吃了。我是搭乘矿上拉坑木的汽车回来的。我怕地荒了，上两个星期我都回来了。

金　　竹：没进家，到自留地忙了一天？

青　　山：嗯。

金　　竹：在哪吃的饭？

青　　山：带了馒头。

金　　竹：（激动地）你——唉！你知道，欢欢的心里可想着你呀！（进屋里拿出两个小布包）青山，刚才二叔带来话，说凤玉家同意尽快把婚事办了。这是你哥在的时候积下的钱，整三百；这是你每个月送回的钱，整五百，是请二叔转交，还是你直接交给凤玉？

青　　山：（意外地）嫂嫂，你怎么把钱都存下来了？你该花的，应该花呀！你和欢欢……太苦了。

金　　竹：看你，又说傻话了。国家每个月给我们抚恤金，这不是过得很好么。是不是你到凤玉家去一趟？

青　　山：（冲动地）嫂子，你，你骗我！

金　　竹：啊？

青　　山：你——什么姓赵的！

金　　竹：青山……（止不住流出了眼泪）听嫂嫂的话，把我当成你的好嫂嫂吧！（送过两袋钞票）

青　山：这——好吧，我和凤玉的事，你看着办吧！（收下布袋入内）

〔这时远处突然升起一团火光，接着传来了"失火了！""代销店失火了！""快去救火呀！"的喊声。几个社员提着水桶等物从金竹家屋后的小道向火场奔去。青山闻风跑上。〕

金　竹：（拦住正在跑的女队长）队长嫂，什么地方失火了？

队长嫂：是大队代销店，都是凤玉这个懒虫，心根本不在店里，她把代销店的煤油给弄着了！（跑下）

青　山：嫂子，我救火去！（脱下外衣冲下）

金　竹：青山，等等，我也去！

〔金竹提木桶向火场冲去。〕

〔幕落。〕

第六场：病中负义

时　间：半个月后。

地　点：矿医院病房。

〔舞台右面三分之二是病房，房内设有病床等物，右侧有门通往矿医院的大院。〕

〔幕启，青山安详地躺在病床上。张医生、护士等正在给他做检查，凤玉在一边焦急不安。〕

凤　玉：张医生，青山他——

张医生：唉！伤得太重了。（拿一张X光片）这是入院时拍的片子：右腿粉碎性骨折。你看，腿上大小两根骨头都断了。半个月过去了，裂骨还是吻合不好。（欲走）

凤　玉：张医生，这腿会不会……

张医生：你不要多虑，我们会尽力治疗的。你好好护理吧！（下）

凤　玉：（拦住护士）小陈，他的腿到底会不会……

护　士：难说呀，弄不好会变成残废的。（下）

凤　玉：天哪，要变成残废……

　　　　（唱〔反二黄散板〕转〔原板〕）

　　　　　　忽听说青山右腿变残废，
　　　　　　不由我心中一阵起惊雷。
　　　　　　他为我冲进火海腿摔碎，
　　　　　　只望他伤痊愈委身相随。
　　　　　　护士话好似迎头泼冷水，
　　　　　　我心中希望的火焰化烟灰。
　　　　　　见矿上男女成双多甜美，
　　　　　　好比那天上的鸟儿比翼飞。
　　　　　　倘若是青山他失去右腿，
　　　　　　岂不是幸福的前程一风吹？
　　　　　　生不完的气，
　　　　　　受不完的罪，
　　　　　　无颜见亲友，
　　　　　　后悔莫可追。
　　　　　　想到此心中好似水煮沸，
　　　　　　我必须设法脱身把家回。

青　山：凤玉，给我一点水……

凤　玉：（望着门外想入非非）不，不！我不能这样侍候他一辈子……（青山只好艰难地坐起来提壶倒水，不料水瓶掉地摔碎）

青　山：你……（金竹提篮子上，见状急上前）

金　竹：青山，这是怎么了？（忙将地上收拾干净）

凤　玉：呵，表姐，你又给送菜来了……

金　竹：这只鸡，你们俩吃吧。怎么凤玉，身上不舒服？

凤　玉：没……呵，是不舒服，头疼死了。

金　竹：请医生开药了么？

凤　玉：开了。

青　山：（不由一声叹息）唉！

金　竹：这……凤玉，这半个月来，你也够累的了，要不，你先回去歇息歇息，我在这里顶两天。

凤　玉：表姐，那好吧！

　　　　（唱〔二黄散板〕）

　　　　　　她无意之中巧指点，

　　　　　　正好解我脱身难。

　　　　　　多谢表姐心意善，

　　　　　　我病体一好就回还。

我回去几天，也给弄点好吃的来，让青山好好补养补养。

金　竹：你回去歇息几天，欢欢在队长嫂家，请你去照看一下。另外，家里有两头猪，那是准备你们结婚时杀的，也请你代喂一下。

凤　玉：好吧！（下）

金　竹：（追出）凤玉，身子好些了，就马上来医院呀！

青　山：（生气的）我早就看出来了，她不会再来了！

金　竹：青山，不要这样想，趁热喝点鸡汤吧。（喂青山）不要生气，她会回来的……

〔暗。舞台复明，又是十天过去了，青山已能坐在床上。〕

金　竹：（唱〔二黄散板〕）

　　　　　　凤玉回家十多天，

　　　　　　人影不见信杳然。

　　　　　　青山病中常吁叹，

　　　　　　我两头牵挂心不安。

青　山：（感情复杂地）嫂嫂！

　　　　（唱〔二黄散板〕）

　　　　　　患难之中经考验，

　　　　　　是非良莠分截然。

　　　　　　嫂嫂日夜问冷暖，

　　　　　　感激的泪花流心田。

欢　欢：（跑上）妈！叔叔！

金　竹：欢欢，你怎么来了？

　欢　欢：是老支书爷爷带我来的！（门外传来说话声。老支书、苏大姐、队长嫂、矿工小吴上）

　青　山：老支书、队长嫂，你们又来看我了……

　队长嫂：看你说的，你可是为我们集体负的伤呀！

　老支书：青山，这些日子好些了吧？

　苏大姐：矿医院对青山的病十分重视，经过全院多次会诊，青山的伤情已大有好转了！

　金　竹：老支书，凤玉的病好了吗？

　老支书：凤玉，她有什么病？

　金　竹：那，她说什么时候来么？

　老支书：她——咳！

　金　竹：怎么了？

　队长嫂：（拉金竹至一旁）这个凤玉呀！真是没法提了！听说她从医院回去后，就托秃二叔在城里介绍了个什么科长，一心想着进城当干部家属去了！

　金　竹：啊？！

　老支书：咳，别提她了！

　　　（唱〔二黄摇板〕）

　　　　平日工作常懈怠，

　　　　玩忽职守酿火灾。

　　　　集体的财产受损害，

　　　　连累青山太不该！

　队长嫂：是呀，老支书，这次事故，群众对她意见可大了，她哪有一颗为大伙办事的心哪！

　　　（唱〔二黄原板〕）

　　　　凤玉虽说有文化，

　　　　毫无诚意为大家。

　　　　群众对她意见大，

　　　　按章就该将她罚！

老支书：大队已做了决定，辞退凤玉代销店的营业员，并让她罚款二百元，赔偿这次火灾的损失。

金　竹：啊……

苏大姐：刚才和老支书商量了一下，凤玉走了十多天，她恐怕不会来了。金竹家里还有孩子，在这里住久了也不方便。矿上准备安排小吴同志在这里护理，让金竹回家照看照看。

金　竹：这……

苏大姐：青山是我们矿上的好矿工。你就不要客气了。老支书，是不是先到办公室休息一会儿，让金竹她们准备准备？

老支书：好。

金　竹：小吴同志，我回去后，青山就托付给你了！

小　吴：行啊，你就放心回去吧！

〔苏大姐、老支书、队长嫂及小吴下，金竹和青山相对片刻无言。〕

金　竹：青山，我回去看看，很快就回来！

青　山：你放心走吧！（金竹欲下）你等等！

金　竹：有事？

青　山：给我拿两样东西，在我箱子里的棉衣下面，一样请你代还给凤玉，还有一样请你……收下吧！

金　竹：我——

〔幕落。〕

第七场：真正一家

时　间：清晨。

地　点：金竹家门前，景同第一场。

〔金竹从屋内拿出凤玉送给青山的笔记本和两个装钱的小布袋，思绪万端。〕

金　竹：（唱〔西皮散板〕）

乘车返回翠竹寨，
木箱里面看明白。
两件物品手中摆，
一夜不眠泪满腮，
青山心意我理解，
何去何从心徘徊……

〔突然一阵欢笑声传来，衣着艳丽的凤玉走上，后面跟着拎着大包小包的秃二叔。〕

秃二叔：哈哈哈……

凤　玉：（唱〔西皮摇板〕）

　　　　　　　进城攀亲多光彩。

秃二叔：（唱）喜气洋洋乐开怀。

凤　玉：（唱）如今展翅飞天外，

秃二叔：（唱）荣华富贵巧安排。

凤　玉：姑爹，这位赵科长，他……

秃二叔：人家是城里房管科的科长，我这个做姑爹的，还能对你不尽心么，你就放心吧！

凤　玉：反正我和青山是吹了！我妈说了，昨天那五十块钱，请你先收下，我们不会忘记你的大恩大德！

秃二叔：不客气，不客气。凭你这俊模样，还怕找不着个好主儿？谁像金竹这么傻呀！

（金竹见此情景，心中十分气愤，横下心迎了上去）

金　竹：凤玉，你打扮这么漂亮，带这么多东西，要上哪儿去呀？

秃二叔：（应付地）呵，侄媳妇，你回来了？

金　竹：（轻蔑地）你少管闲事吧，我可是问凤玉。

凤　玉：表姐，二叔给我说了一门亲，我要进城……

金　竹：青山他还在医院里——

凤　玉：表姐，对不起。请你和青山说，我应该有自己的幸福！

金　竹：（气愤）你——（把日记本和照片扔给凤玉）这是青山还给你的！

秃二叔：事到如今，咱就山坡上滚石头，实打实地说吧！本来我为你好，要你去城里享福，可你又舍不得离开青山。现在你们表姐妹俩……就两全其美吧！（二人下）

金　竹：你们……

（唱〔西皮散板〕转〔流水〕）

眼前犹如一噩梦，
团团怒火燃在心！
青山为她伤情重，
她却负义下绝情。
青山病中需照应，
她却远飞嫁新人！
捧起田螺心难稳，
奶奶的话语耳边鸣。
倘若青山再不幸，
金竹也是有罪人。
怕什么流言蜚语人谈论，
岂能让封建观念束住身。
莫再犹豫决心定，
如卸重负一身轻！

〔金竹感到从没有过的轻松，去屋内更衣梳头。〕

〔欢欢上。〕

欢　欢：妈，你要到哪里去呀？

金　竹：欢欢，我带你看叔叔去！

欢　欢：真的？

金　竹：真的！

欢　欢：太好了！我去捉一只最大的螃蟹，给叔叔下酒吃。

金　竹：好孩子，真乖！把这个田螺也带给叔叔！

欢　欢：这个——叔叔会喜欢么！

金　竹：会喜欢的。

欢　欢：好！妈，我给你照着镜子！
金　竹：孩子，你懂得妈妈的心啊？！
　　　　〔起合唱：
　　　　　　山青青，竹叶翠，
　　　　　　霞光万道铺金辉，
　　　　　　山乡景色多秀美。〕

万紫千红总是春(节选)

——纪实话剧

刘晶林 一级作家。出版小说、散文、诗歌、报告文学等 10 多部,舞台剧 10 部,电视片 10 多部。获紫金山文学奖、江苏戏剧文学奖、江苏省政府一等奖、花果山文学奖、《人民文学》征文优秀作品奖、中国影视家协会优秀长篇电视片奖

序幕:"雷锋车"

A. 一根扁担

(八十年代初。天幕仍是序幕时的景。)

(小姑娘英子扛着扁担,手挽父亲老李上。)

老　李:英子,你这是带我到哪儿去啊?

英　子:就到这里。

老　李:(目光呆滞地环顾四周)这是什么地方?

英　子:你不记得了?

老　李:不记得。我来过这个地方吗?

英　子：爸，你想想，好好想一想？

老　李：（继续环顾四周）没来过。（肯定地）没来过！

英　子：爸，你再想想，使劲想想！二十多年前……

老　李：（拍打着脑袋，痛苦地）真的没来过。我怎么可能来过这里呢？你带我来过吗？

英　子：那时候我还没有生下来呢。

老　李：我说的没错吧。没有你，我怎么可能来过这里。这是哪儿啊？

英　子：（一声叹息）这里是连云港市。

老　李：连云港市是什么地方？

英　子：是海边的一个城市，离我们家二百多里地。

老　李：离家这么远，我们来这里干吗？

英　子：寻找。

老　李：寻找什么？

英　子：记忆。

老　李：记忆？记忆是什么东西？……

（英子看着父亲，叹息一声，不知说什么好。）

（英子带着父亲边看边走。）

英　子：爸，我们身后是连云港火车站，我们刚刚从那里下车。车站前是一个大的广场，有一条路通往这里，这里是长途汽车站……你过去有没有印象？

老　李：（摇摇头，无语。）

英　子：你还记得这根扁担是谁送给你的？

老　李：（兴奋地）记得，记得，是一个高高个子、扎着两条大辫子、一见人就笑的姑娘送给我的！

英　子：在什么地方送给你的？你想想，好好想想，二十一年前……

老　李：不记得了……

英　子：是在这个地方吗？

老　李：（茫然而又痛苦地）不知道……

英　子：爸，你再想想！

老　李：再想，还是不知……哎，别说话！我好像……好像……

英　子：想起来了！

老　李：不，我好像听到了……

英　子：听到了什么？

老　李：（倾听。音乐声：索——米……索——米……声音微弱）声音来自很远很远的地方，一会儿就没有了……

英　子：你再仔细听一听。

老　李：（听后摇头）没有了。像是做梦一样，飘飘忽忽，你刚想捉住它，就消失了……

（英子扶着父亲继续倾听着什么。）

（这时，三位"雷锋车"手用车载着老人、孩子和行李，从台一侧上，在场上绕一圈，然后走到台的另一侧。其间，老李和英子尾随着车走。）

小　肖：到了，到了，这就是长途汽车站。

小　王：老奶奶，别急，我扶你下车。

奶　奶：真不知道怎么感谢你们才好！

小　赵：谢什么，这是我们应该做的。

（"雷锋车"手扶老人、孩子，拿行李下。）

英　子：爸，你怎么了？

老　李：（摇头。）

英　子：……你见过他们？

老　李：（仍摇头。）

英　子：那你跟着他们，究竟要看什么？

老　李：（沉思状）0、0、0……

英　子：0什么？

（三位"雷锋车"手和老人、孩子说"再见"，然后复上，拉三轮车欲去火车站。）

（老李跟随着小肖，目光盯在她的胸前，呆呆地望着。）

老　李：（喃喃自语）0、0、0……

小　肖：（见老李盯着自己的胸前看，便问）你好！有什么事吗？

老　李：0、0、0……

小　肖：我不姓林，我姓肖……

英　子：（对小肖）对不起，我爸（指头部）这里受过伤，出了一点问题……

小　肖：哦，没关系。需要帮助吗？

英　子：（点点头）你们是车站服务员？

小　肖：是啊。

英　子：那就好。二十一年前，我爸从部队退伍，途经这里，准备乘坐长途汽车回家，因为带的行李多，天又下着小雨，我爸正不知道怎么办才好，这时，来了一位车站的服务员，是她用扁担帮我爸把行李从火车站挑到了汽车站。

小　肖：扁担？！

（小肖、小王、小赵相互对视。）

英　子：对，就是这根扁担。那位助人为乐的服务员，考虑到我爸下了汽车，还有一段路要走，就把扁担送给了他。

（三位"雷锋车"手接过英子手中的扁担，仔细察看。）

小　肖：后来呢？

英　子：后来，我爸便以那位服务员为榜样，在我们家乡的车站学雷锋，用这根扁担为旅客搬运行李，做好事。

老　李：（仍盯着小肖看）0、0、0……

小　肖：大叔，还记得送你扁担的那位服务员吗？

老　李：嗯，高个子……扎着两条大辫子……一见人就笑……

小　王：二十一年前……那会是谁呢？

小　赵：大叔，你还记得什么？

老　李：（摇头。突然听到了什么）嘘——别说话，我好像又听到了那个声音了。

英　子：什么声音？

老　李：（倾听。音乐声：索——米……索——米……）唉，又消失了……

小　肖：别急，你好好想想，是谁的说话声吗？

老　李：不是。

小　王：是汽车或是火车发出的声音？

老　李：不是。

小　赵：那是风声、雨声？

老　李：也不是。

英　子：那是……

老　李：好像是，索……米……，索……米……

英　子：……索……米……

小　肖：索……米……，鸟的叫声？

老　李：不是……

英　子：这种现象已经不止一次出现了，我爸自从来到这里，经常听到这种声音，可是一下又想不起来。

小　肖：记忆有了障碍。

英　子：是的，前些年，社会风气不大好，我爸在我们家乡的车站坚持学雷锋，结果被两个小青年当成傻子在做傻事，于是连推带搡，把他推倒，不幸撞伤了头部……这次我陪爸爸来，希望通过旧地重游，唤起他的记忆。

老　李：0、0、0……

英　子：爸，你究竟想说什么？

老　李：0、0、0……

小　肖：0？0什么？

小　王：大叔，你想起什么来了？

小　赵：大叔，别急，你好好想想！

老　李：0、0……（痛苦地击打头部）……

小　肖：别急，慢慢想。

老　李：0、0……6……对，好像是6……

英　子：06？

小　肖：06？066？（指着胸牌）是说它吗？066号？

老　李：是06……066……

英　子：爸，你是说，你见过服务员胸前挂的牌子？

老　李：（点头，情绪开始激动。）

小　肖：那个服务员也是066号？

老　李：对，066号。

小　肖：这根扁担就是066号服务员送给你的？

老　李：是的，我想起来了……想起来了……就是她，066号……

小　王：066号！小肖，那是你妈妈啊！

小　赵：对，是你妈妈！

英　子：什么？你妈妈？你妈妈现在在哪？！

小　肖：（音乐声中，深情地抚摸着那根扁担）我妈妈她……已经去世了……

英　子：什么时候？

小　肖：不久之前……我妈妈得了癌症。手术之后，体力尚未完全恢复，她就回到工作岗位，又拉起了"雷锋车"。她是我们车站的第一代"雷锋车"手。她对"雷锋车"特别有感情。当时，领导劝她休息，可她却说："我生命中剩下的时间已经不多了，就让我多拉几趟'雷锋车'吧。我离不开我的工作，离不开南来北往的旅客，他们都是我的亲人啊！……"妈妈走了。妈妈把她佩戴的服务员胸牌留给了我。我接妈妈的班，像妈妈那样，也拉起了"雷锋车"……

老　李：雷锋……雷锋车……

英　子：（激动地）爸，你说什么？再说一遍？

老　李：雷锋……雷锋车……

英　子：爸，你可想起来了！是的，你来过这里！二十一年前你来过！

老　李：啊，我来过吗？……对，我来过！……这里是连云港长途汽车总站……那边是什么来着？对，是火车站。站前有个广场，有条马路通往这里……

英　子：啊，你终于想起来了：二十一年前的那一天，天上下着小雨，你带着很多行李，正不知道怎么办才好，这时，来了一位车站的服务员……

老　李：她高高个子……扎着两条大辫子……一见人就笑……

英　子：她问："同志，需要帮助吗？"然后，她用扁担帮你把行李从火车站挑到了汽车站。

老　李：是这样，是这样的……

英　子：（激动地搂着爸爸哭了起来）天啊！爸爸，你有记忆了，你终于恢复记忆了！（转身对三位"雷锋车"手深深地鞠躬）谢谢你们！谢谢当年给我爸爸扁担的那位066号阿姨！谢谢所有的"雷锋车"手们！

老　李：嘘——别说话！我又听到了那个声音……（音乐声：索——米……索——米……）

小　肖：大叔，你究竟听到了什么？

老　李：（回忆地）……索——米……，索——米……是它，就是它。……那时候，路旁的树上有个大喇叭……我想……想起来了……

（静场。像是来自远方，"学习雷锋好榜样"歌中第一句音乐断断续续地奏响：索——米——来——多——索，多——来——米——索……）

老　李：（索——米——来——多——索，多——来——米——索……）那时，大喇叭里正在播放这首歌。（边打拍子边唱）学习……学习雷锋……好榜样……

英　子：（加入歌唱）忠于人民忠于党……

三车手：（加入歌唱）爱憎分明不忘本，立场坚定斗志强……

（音乐声起，加入众多人的大合唱。）

（收光。转入下一场。）

B. 车站

（天幕幻灯片打出带有"候车室"字样的室内景。）

（场上置有几张长条椅。其中一张椅子上坐着一位公务员模样的中年男旅客。在他的身边，放着一个旅行包。）

（"雷锋车"手小王、小赵，孕妇，尿不湿推销员大江和小江夫妻俩，以及"酒鬼"董九，分别带着行李上。）

董　九：我指的路没错吧。我说朝哪走，就朝哪走。

大　江：你肯定来过，要不你怎么知道汽车站在这里？

董　九：我啊，有特异功能。

小　江：哟，怪不得市场上牛肉涨价了呢，都是你吹老牛，把牛给吹死了！

董　九：真的，不骗你们。出了火车站，坐上"雷锋车"，我用鼻子一闻，就知道需要转车的长途汽车站在这个方向。

孕　妇：拉倒吧你。你要是鼻子这么灵，我丈夫在部队就得下岗了。

董　九：下什么岗？

孕　妇：（笑）他啊，是军犬训练大队的大队长！

（众笑。）

董　九：别笑，别笑，我说的是真话。我闻到汽车站候车室里有酒的香味，就……就跟着感觉走，一路找过来了。

大　江：真神了你啊！我倒要看看你的鼻子有多灵！

董　九：那就一言为定，我们赌一把。

小　江：赌什么？

董　九：我要是在候车室找到了酒……

大　江：慢，你得说清楚了，是什么酒？

董　九：考我啊？当然是茅台，正宗的贵州茅台。要是我的嗅觉灵光，感觉分毫不差，你得请我喝酒！

大　江：今天是大年三十，咱们有缘碰到一起，没问题，不就是一瓶酒嘛！

小　江：喂，你要是找不到茅台酒呢？又该怎么办？

董　九：（想了想）你们是小两口对吧！这样吧，我要是输了，送你一件新的花棉袄！

小　江：别哄我，你哪来的花棉袄啊？

董　九：带给我媳妇穿的，就在包里。我媳妇和你个子差不多，穿起来肯定合身。

大　江：那好啊，咱们就说定了，君子一言，驷马难追！

小　王：各位旅客，来到候车室，就等于到了自己的家。别站着，快坐，快坐啊！

（大家各自在椅子上坐下。）

小　赵：大家都是往青岛方向去的吧？最近的一班车，晚上八点发车。我们的服务员马上就来上门服务，为大家买票。

大　江：八点啊？离发车还有三个多小时。

小　江：今天可是除夕夜啊！看来，这年夜饭是赶不到家里吃了。

公务员：谁说不是呢！这顿饭，只好在车站凑合了……

小　王：我们会安排好晚餐的，保证大伙儿满意！

公务员：算了吧，在这地方，能有什么好吃的？除了面包、火腿肠，就是方便面呗。

小　赵：不一定吧。

董　九：那还能有什么？

小　赵：（一笑）现在保密，到时候，你们就知道了。

董　九：会不会有酒啊？

小　江：你就知道酒啊酒的，一看就知道是个十足的酒鬼！

董　九：哎，你还真说对啦！我姓董，名九，谐音，喝酒的酒。即懂酒、懂酒，懂得喝酒。其实，你说我是酒鬼，我一点都不在乎。我觉得，你是在夸我呢！

（女站长上。）

站　长：大家辛苦了！

小　王：这是我们站长，来为大家服务，帮助大家办理车票。

（站长为旅客们办理车票。）

（小王扫地，小赵为孕妇倒开水。）

大　江：喂，我说董九，你刚才说过的话还算不算话？

董　九：当然算啦。

大　江：那酒在哪啊？

董　九：别急，别急，心急吃不得热豆腐。

（董九起身，一边用鼻子四处嗅，一边寻找。大江跟在他的身后走。）

（董九走到公务员面前，用鼻子往旅行包上凑。）

公务员：喂，你这是干吗？

董　九：就在这里了！

大　江：肯定？

董　九：肯定！

小　江：别不是哄我们玩的吧？

董　九：不信？不信你问他。

小　江：嘻嘻，这位同志，你这包里装的是什么？

公务员：（警惕地）你问这干吗？

小　江：大过年的，别介意，千万别介意。我们是闹着玩儿，他说他的鼻子灵，隔着大老远的，就能闻出你的包里有酒。

大　江：而且是茅台酒。是这样的吗？

公务员：有必要告诉你们吗？

董　九：愿不愿意告诉我们，那是你的权利。不过，我绝对没有猜错，是茅台酒，而且不是一瓶，是两瓶！

小　江：先生，你就打开包让我们看看吧。我们又不会要你的，怕什么？

公务员：我当然不怕了，这里是荣获"全国学雷锋先进集体"荣誉称号的汽车站，安全着呢！我只是想……

大　江：想什么？

公务员：想问问这位朋友，你的嗅觉真的那么灵敏？莫非有什么特异功能？

董　九：你想听？

公务员：反正等车，闲着不也闲着嘛。

众：对，你就给我们说说。

董　九：这得从我爷爷说起，我爷爷是开酒坊的，酒量特大，他一天三顿饭，从来不喝汤，就要喝酒，所以我一生下来，就被爷爷用筷子沾酒喂过。后来长到三四岁，我陪爷爷喝酒就成了家常便饭。我奶奶说我爷爷这样会把我带坏，说等我长大了，没有这么多酒喝，不就麻烦啦！可我的运气实在是好，参加工作时，进了一家单位，单位领导见我能喝酒，高兴得不得了，凡是有饭局，都要带我去，负责给领导代酒。我喝得越多，领导越高兴，脸上大放光彩，觉得我给单位挣足了脸面。你们说，我对酒的感觉还能差吗？！

小　江：哇，从婴儿时代就喝酒，练的是童子功啊！

大　江：那你究竟能喝多少酒？

董　九：不知道。反正从来没醉过！

公务员：难道酒精对你不起作用？

董　九：我啊，酒喝多了会出汗。记得，喝得最多的一次，对方敬我酒，我站了起来。对方说："屁股一抬，喝了重来。"要罚我一杯。我说："屁股一动，表示尊重。要罚，就罚你吧。"对方只好喝了一大杯，接着，把擦汗的毛巾一拧，挤出一摊水来。我说，这算什么，说着我当场脱下皮靴，就地一倒，靴子里哗哗啦啦流出一条河——全是汗！对方是一位领导，见了，双手抱拳，向我告饶，从此再也不敢跟我拼酒喝了！

公务员：难怪你猜得那么准，我这里真的带了两瓶茅台酒，是准备回家过年时和兄弟姐妹们喝的。

（公务员当场打开旅行包，取出酒来。）

（众鼓掌。）

董　九：（对大江）怎么样，兄弟，请我喝酒吧！

大　江：请，当然请。

小　江：不过，喝酒得有个条件！

董　九：什么条件？

小　江：你得买我们一部分产品。我们的产品可好啦，不信你看……（从包里取出尿不湿）这是我们的样品……

董　九：（接过样品）什么呀，尿不湿，开高级玩笑，我要这干吗？

小　江：当然需要啦！你想想，以后再跟领导喝酒，建议多带几件我们的产品，那样，你就不用从靴子里倒汗水了！当场脱靴子，多没档次啊，你说是不是？

董　九：拿我开涮啊？你要推销，找那位大姐，她快要生孩子了，没准正需要呢！

小　江：（来到孕妇面前）大姐，他说的一点没错，你现在特别需要它呢！

孕　妇：尿布啊？我都准备了。

小　江：是什么牌子的产品啊？

孕　妇：自力更生牌。

小　江：自己做的啊！那哪有我们的产品好啊！我们的产品，吸水功能强，面料柔软，保护皮肤，安全又卫生，是刚出生的宝宝首选的生活必需用品！

（在小江和孕妇对话时，大江和其他旅客聊天。站长对服务员说着什么，然后下。）

孕　妇：（笑）还必需用品呢，以前的孩子生下来没有尿不湿，不也照样长得好好的嘛！

小　江：（看孕妇的肚子）大姐，看你这样子，孩子快生了吧！

孕　妇：是啊，预产期就要到了。我到部队探亲，就是为了生孩子！

小　江：所以，你要早准备啊，我们的产品，绝对货真价实……

孕　妇：我知道，这东西的确好，可就是贵，我们用不起。

小　江：这还叫贵啊！我可以打折。八折，行不？……要不，七折？嘿，就冲着我们除夕在一起等车的份上，干脆六点五折吧！

孕　妇：（笑，摇头。）

（站长、小王、小赵推手推车上。车上盖着白布。）

站　长：同志们，饿了吧？

公务员：饭来了啊？

大　江：有什么好吃的？

董　九：这顿饭可是年夜饭，马虎不得。

站　长：那你们说说，想吃什么？

公务员：饺子！

大　江：对，按照老百姓的风俗习惯，这顿饭，最好是吃饺子！

站　长：大家的意见呢？

众：饺子！

站　长：那好，（揭开车上蒙的白布）那我们就一起包饺子吧！

小　江：真是包饺子啊！别是在做梦吧！（手拧耳朵）哎哟，痛，真的不是梦呢！

（小王、小赵从车上取出案板、水盆等，递给大家。）

小　　王：（端盆）来洗洗手。

（众人洗手后，在椅子上包起饺子。）

公 务 员：站长，你们想得真周到啊，我们虽然人在旅途，但已经感受到了家的温暖。

董　　九：这顿年夜饭，不同寻常，难忘，难忘！

大　　江：（对站长、小王、小赵）真的要谢谢你们！

小　　江：对，谢谢你们，这顿饺子，让我们真真切切找到了过年的感觉！

站　　长：谢什么啊，不就是包顿饺子吃嘛！这是我们站的传统，年年除夕夜都这样。瞧，这面、这饺子馅，都是我们"雷锋车"组的姐妹们从家里拿来的。一人拿一点，就够大家吃的了。

公 务 员：说起来惭愧，我还以为是……

小　　赵：以为公款消费？

董　　九：这就更加令我们感动了！

孕　　妇：今天大开眼界，"雷锋车"组，就是不一样！

（孕妇说着挽袖欲参加包饺子，被站长拦住。）

站　　长：你就歇歇吧。

孕　　妇：我能包。在家里，我是包饺子的一把好手呢。

小　　江：大过年的，就让她包吧。大姐，少包一点，别累着，重在参与。

孕　　妇：（边包边说）在我们老家，有一个风俗，除夕夜，一家人围在一起包饺子，总要在饺子里包上一枚硬币，如果谁吃到，谁就大吉大利，有福气。

公 务 员：我们老家也是这样。

小　　江：算起来，我长这么大，大概有三个除夕夜吃到包有硬币的饺子了。

董　　九：那我可比你吃到的次数多，五次！

大　　江：我六次！

孕　　妇：我就更多了，自打记事起，我年年吃到。

公务员：不可能吧？

孕　妇：真的，那是我妈妈每次都在包硬币的饺子上做了记号。小时候，我不知道，吃到带有硬币的饺子总是高兴得不得了。后来长大了，我明知道那是妈妈在饺子上做了手脚，可是我从来不说。我明白妈妈的用心，她是在为我祝福，希望她的女儿大吉大利，有福气！

小　王：你妈妈真好！

小　赵：你有这样的妈妈，本身就是一种福气！

孕　妇：是啊！要是今年不去部队探亲，在家里，我一定又能吃到妈妈包的带有硬币的饺子了！

站　长：我提议，我们现在就包一个带有硬币的饺子吧。

孕　妇：好，我来包！

公务员：我这有一枚新的硬币，（递给孕妇）我祝福，我们共同祝福，吃到它的人，心想事成，吉祥如意！

孕　妇：我提议，由于我们人多，这只饺子就不做记号了。你们说，可以吗？

大　江：当然可以！

小　江：但愿我能吃到这个饺子，在新的一年里，生意兴隆，推销出更多的尿不湿！

董　九：但愿我能吃到这个饺子，在新的一年里，能喝到更多更好的酒！

公务员：但愿我能吃到这个饺子，在新的一年里，工作顺利……嘿嘿，不好意思！……

站　长：有什么不好意思的，说呗。

公务员：那我就说啦！……（下定决心，随后泄气）还是不大好意思！

董　九：要不要我替你说？

公务员：那……你就说吧。

董　九：依我和干部们喝酒的经验来看啊，八成你是想由副职提为正的，对不对吧？

公务员：乖乖隆里冬，你猜得还真准啊！

董　九：没错吧？

公 务 员：对对对！神了！太神了！

大 　江：（对站长等三人）你们也许个愿吧！

站 　长：但愿我能吃到这个饺子，在新的一年里，能更多地接待像你们这样心地善良而又热爱生活的旅客！

小 　王：我也希望能吃到这个饺子，在我们连云港，饺子有弯弯顺的寓意，但愿新的一年里，我们"雷锋车"组的工作，一切顺顺利利！

小 　赵：我也是，为旅客服务是一件开心的事。我愿我天天开心！

众：（对孕妇）你呢？

孕 　妇：我希望能生一个健康漂亮的小宝宝！

站 　长：好啊，我看咱们包得也差不多了，那就下饺子吧。

（站长正准备收拾案板时，孕妇哎哟哟叫着，肚子痛了起来。）

站 　长：怎么啦？是不是快要生啦？

孕 　妇：我也不知道，刚才就痛了一阵子，我忍住没吭声，现在痛得厉害了，一阵比一阵痛……

站 　长：小王，快去找辆出租车，马上去医院。

小 　王：是！（转身下。）

站 　长：小赵，通知值班室，派两个人和我一起去！

小 　赵：是！（急下。）

（站长和小江扶孕妇下。）

公 务 员：（对孕妇背影）喂，这位大姐，祝你一切顺利！

董 　九：祝你生个健康漂亮的革命接班人！

大 　江：别忘了，孩子生下来，代我们向他问好！祝孩子一生中过的第一个春节节日快乐！

董 　九：（对大江）兄弟，你知道我现在最想做的是什么事？

大 　江：肯定是喝酒啦！

董 　九：知我者，老兄也！知音，绝对知音！为了庆祝那位大姐生个品种优良的好宝宝，那你就把欠我的酒拿出来吧！

大 　江：你还想着那事啊？

董 　九：那当然，当初说的话，就像泼出去的水，想收是收不回来了！

大　江：嘿嘿，那……那就继续欠着吧。

董　九：我的天啊，还欠啊？那得什么时候还啊？

大　江：你看你，整个儿就是一个活脱脱的杨白劳，大年三十逼债来了！急什么，到时候有你的酒喝……

（小王、小赵和小江上。）

公务员：你们怎么回来了？

小　王：站长和其他两位同事去了，她让我们回来。这里是我们的岗位。

大　江：（对小江）你也没去？你去了，可以帮帮手啊！

小　江：车坐不下……对了，站长让我告诉你们，有她在，请大家放心，还说让大家不要等她们，快下饺子吃，消消停停地吃完年夜饭，然后好上车赶路呢。

公务员：那好，我们下饺子。（动手收拾面盆。）

董　北：慢着，还有饺皮和馅子吗？

小　王：还有一点。

董　北：我提议，再包一个带硬币的饺子，做个记号，留给那位生娃娃的大姐吃。

小　江：太好了！我来包。

董　九：（取出一枚硬币）来，把这包上。

小　江：去去去，不能用你的。

董　九：怎么就不能用我的了？

小　江：你这不是害人家吗，你这钱肯定沾满了酒气！我看，还是用我的吧。

董　九：你的也不行！

小　江：怎么啦？

董　九：你长年累月推销尿不湿，钱上肯定沾满了尿气！

小　江：你瞎说你……

公务员：好了好了，别闹了，要我说，就用咱们"雷锋车"手的硬币吧，他们热心为旅客服务，好让那位大姐沾沾他们红红火火的喜气！

小　赵：那我们就不推辞了。（取出硬币递给小江。小江包饺子，包好，小赵收起面板放在车上推走，下饺子去。）

　　小　江：你们说，这会儿大姐该把孩子生下来了吧？

　　大　江：能有怎么快吗？

　　小　江：你不懂，女人生孩子，说快，很快，就像老母鸡下蛋，脸一红，咯咯哒，咯咯哒，一眨眼，就生下来了！

　　（台侧有人喊："饺子下好了吗？我们马上上医院，好把饺子带去。"）

　　小　王：再等等，这就好！

　　小　江：（对小王）有人去医院，太好了，快，把我的这个旅行包带上。

　　小　王：干吗？

　　小　江：给那个大姐呀！包里装的是尿不湿，算是我和我老公送给孩子的新年礼物！

　　小　王：（接过）那我代表孩子和他妈谢谢你们了！

　　董　九：还有我的礼物！（打开旅行包，取出红棉袄）孩子旅途中出生，也不知那位大姐事先有没有准备……瞧，这件棉袄是新的，棉布面子，新的棉花里子，柔软得很，就算是我董九和我媳妇送给孩子的小包被吧！

　　小　王：（接过，对小江和董九鞠躬）谢谢啦，谢谢啦！

　　小　赵：（推餐车上）饺子来了！

　　小　王：大姐的那份呢？

　　小　赵：（从车上取出一保温瓶）在这啦！

　　小　王：有人去医院，帮我们捎过去。（拿旅行包、棉袄、保温瓶下。）

　　小　赵：我们开饭吧？

　　小　江：好啊，吃饺子了！

　　（大江、小江、小赵、董九从车上端出饺子准备吃。）

　　董　九：（四处闻了闻）有酒，有酒的香味！（顺势闻到公务员的面前，见公务员从旅行包里取出一瓶茅台酒，高兴地）我说有酒吧！

　　公务员：年夜饭，没有酒怎么行？来，喝酒，喝酒！

　　董　九：太好了！

　　公务员：（开瓶，分别给大家的纸杯里倒酒。）

　　小　江：我不会喝酒。

大　江：过年，喝一点吧。好酒，茅台！

董　九：不会喝，就不要勉强了吧。好在不浪费，我来代你喝！

小　江：（把杯中酒倒给董九）咱们两清了，这下我老公不欠你酒了。

董　北：嘿，你算盘打得精，竟连袜子都想改成背心啊？！

小　赵：我也不喝。

董　九：那我就不客气，助人为乐一把了。（接过小赵杯中酒。）

公务员：那你们喝什么？

小　江：饺子汤。

小　赵：以汤代酒。

公务员：那好，我就不客气，致祝酒词了。（清清嗓子）先生们，女士们，朋友们，在这个难忘的除夕夜，在这个温馨的连云港长途汽车总站，在我们深刻感受到"雷锋车"手们全心全意为旅客服务的浓郁氛围中，大家有缘聚到了一起。为此，我提议，为了这个美好的夜晚，干杯！

众：干杯！

（小王上。）

小　王：告诉大家一个好消息！站长打来电话，让值班员转告我们，说孩子生了！

众：生了，太好了！

小　江：男的，还是女的？

小　王：站长说了，嘻嘻，带把的！

小　赵：大姐还好吧？

小　王：好，母子都好！

公务员：不知这孩子起了名字没有？

小　王：站长电话里说了，孩子的小名叫"车站"！

公务员：这个名字好！车站，车站，人生之路的起点啊！来，请大家端起酒杯，（小王取过一只纸杯，从小赵杯中倒了一点汤）我郑重提议，为"车站"干杯！

众：为"车站"——干杯！干杯！！

（在"学习雷锋好榜样"的音乐变奏曲中，收光。）

（转下一场。）

C. "受骗"记

（天幕上幻灯打出"汽车站"字样的景物。）

（场上类似屏风一样的布景，可以看出是一间办公室。台中置一张办公桌、一张长条椅和一张办公椅子。站长坐在桌前办公。）

（在延续上一场的音乐变奏曲中，"雷锋车"手小肖和三个学生模样的女孩上。）

（音乐渐停。）

小　肖：到了，到了，这就是我们车站办公室。

女孩1：我看不错，这个汽车站还是蛮大的。

女孩2：先干着看看吧，如果不理想，脚底板抹油，吱溜——立马走人。

女孩3：小声点，（指指小肖）别让她听到了！

女孩2：怕什么？实话实说呗！

小　肖：（会心一笑）这么着，你们先在门外等着，别乱跑，我进去跟站长打个招呼。这年头，就业难，要不是我和我们站长关系铁，什么事都别想办成。

女孩1：那是，大姐，您真好，让您费心了。

（小肖进办公室。）

站　长：小肖，你不是和小王他们拉"雷锋车"到火车站去了，怎么又回来啦？

小　肖：这不是有事嘛！

站　长：什么事？

小　肖：刚到火车站，就遇到从射阳县来的三个女孩，向我打听西安怎么走，那地方好不好玩，细问，原来她们竟是厌学擅自离家出走的学生。我看她们年龄不大，生怕将来有什么闪失，就想稳住她们。我说你们出去玩，那可要花不少钱呢？她们说，是啊，离家时走得匆忙，要是有钱，我们肯定就去云南西双版纳了。于是我趁机建议她们不妨打打工，赚些钱再走。她们说这年头，工作不好找。我说,我可以帮你们忙。她们说,你帮我们忙?为什么啊?我指指"雷锋车"说,我们的工作,就是为旅客排忧解难。怎么?信不过我?接着,我就临时瞎编呗,说车站临时对外招工……这不,就把她们骗来了。

站　　长：人呢？

小　　肖：就在门外。站长,你说,我一时没辙,嘴上缺个把门的,再加上心里着急,就把事情惹到你这儿了。这不是给你添乱子吗？！

站　　长：别这么说,帮助这些离家出走的孩子们,是我们的责任和义务。你做得对,(想了想)你看这样好不好？（对小肖耳语。）

小　　肖：行,那我就一切行动听指挥了。

站　　长：把她们请进来吧。

小　　肖：是！（做出门状,对三女孩）进来吧。

（三女孩进办公室。）

小　　肖：这是我们站长。

站　　长：请坐,请坐。

（三女孩坐在长条椅上。）

站　　长：听小肖说,你们想打工？

三女孩：对对对,打工！

站　　长：巧了,这些日子客流量大,我们正缺人手,所以,你们来得是时候。

女孩1：可是……可是我们不能待时间长,打短工能行吗？

站　　长：当然是短工。你想长期干,我们还不要呢！

（三女孩笑,然后商量。）

女孩2：干十天活,怎么样？

女孩1：少了吧？十天能赚几个钱,够玩的吗？我看,要干就干二十天吧。

女孩3：十五天怎么样？夜长梦多,在这不能待久了……

女孩1：那就十五天吧。

小　　肖：你们商量好了？

女孩1：半个月,可以吗？

站　　长：行啊。

女孩3：那我们都干些什么活啊？

站　　长：到我们车站的"雷锋车"组工作，为旅客服务。具体干什么活，将由我们"雷锋车"手小肖同志负责安排。

女孩2：可以问问报酬多少？

站　　长：干满十五天，每人二百五。

女孩1：二百五啊？！不好听！

站　　长：那就二百四。

女孩1：二百六！

站　　长：好吧，二百六就二百六。

女孩1：还是太少了，能不能稍稍涨那么一丁点儿？

小　　肖：这已经很不错了，还想得寸进尺啊？

女孩3：那……要是干得好，有没有奖金？

站　　长：可以考虑，但奖金不会太多。

女孩1：多少？

站　　长：多，往上封顶，不超过五十。

女孩1：要是少呢？

站　　长：少啊，不少于……

女孩2：五十！

站　　长：对。

众女孩：真的啊！

站　　长：对，减个零，我说的是五块！

女孩2：真抠门儿！（不太情愿地）那就只好……这样了……

站　　长：（从桌上拿出一份表格）就这么定了。来，签劳动合同，把姓名、身份证号码，以及联系电话都写上。

女孩1：（警惕地）这是干吗？

站　　长：正常手续啊！

小　　肖：这是保护打工人的利益，要不，干完了活，不给你们钱，你们不就白干啦！

（三女孩相互看了看，还在犹豫。）

站　　长：看来你们没有打过工，连这都不懂！

女孩1：好，我们签。（对女孩2和3）签就签吧……

（三人来到办公桌前，签合同。）

女孩1：电话号码非要写吗？

小　　肖：那当然！要是打工期间你们中途开溜，（模仿女孩2的口气）脚底板抹油，吱溜——立马走人，影响了工作，我们上哪找你们去。

女孩2：（不好意思地）怎么会呢？

女孩3：找份工作不容易，我们不会走的。

站　　长：电话号码一定要正确填写，这也是为你们好，对你们负责。

女孩1：好吧，那就写吧。（对女孩2、3，暗示）要认真填写哟！

（三女孩签完合同。）

站　　长：从现在起，你们就被我们录用为临时工作人员了。小肖，你先带她们熟悉一下工作环境，过一会儿回来，我再给她们提一提要求，讲一讲注意事项。

女孩1：（见小肖准备带她们下）大姐，附近有电话亭吗？

小　　肖：要打电话，就用办公室的电话好了。

女孩1：不不，我只是问问……

（小肖和三女孩下。）

站　　长：（等她们下场后，关上门）真不容易，跟演戏一样。（然后回到桌旁，拿起合同，拨打电话）喂，你好，请问是郑星辰家吗？……不是。那你是？……哦哦，对不起，打错了……（又拨一家电话）你好，请问是许露家吗？……不是。那你是？……对不起，对不起……这孩子，心眼多得像是马蜂窝，尽搞假冒伪劣！……（继续拨打）你好，请问是陈晓沛家吗？什么，电话亭？哪里的电话亭？……学校？什么学校……你知道学校办公室的电话是……不知道？那你是？……学生！你认识一个名叫陈晓沛的女同学吗？……不认识……这位同学，请你务必帮个忙……噢，是这么回事，我是连云港市汽车总站，陈晓沛和她的两个同学离家出走……对对，我们以需要临时工为名，把她们暂时留了下来……对对，她们还年轻，我们怕她们走远了不安全。再说，她们擅自离家出走，学校老师和她们的家人一定很着急，也许正在到处寻找她们，所以，请你务必转告学校，及时和我们联系……我的电话号码：7654321。这位同学，拜托你了！

（放下电话，站长在办公室里来回走动着，思考着。片刻过后，她重新拿起电话。）

站　长：县汽车站吗？你好！我是市长途汽车总站……对，我就是……有件事，需要你们帮助……

（音乐起。站长在不停地打电话……）

（音乐声渐弱。小肖和女孩2、3上。）

小　肖：陈晓沛怎么还不来，去一趟洗手间也用不了这么长时间啊？

女孩2：她啊，性子慢，磨磨叽叽的。

女孩3：再等等她呗。

小　肖：（看手表）要不我去看看她，你们在这等着。

女孩2：不用了吧，她又不是找不到路。

女孩3：我去吧！

小　肖：算了，再等等。

（音乐止。站长打完电话。）

女孩3：来了，来了。

女孩2：（对台侧）晓沛，我们在这儿！

（陈晓沛上。）

女孩3：（开玩笑地）嘻嘻，我们以为你掉进厕所，被冲进下水道里出不来了呢！

女孩1：皮痒痒，想胳肢了你啊？（说着就去胳肢女孩3的胳肢窝，对方咯咯笑着躲让）看你还贫不贫嘴！

女孩3：饶命！饶命……我投降了好不好……

小　肖：别闹了，站长还在等我们呢。（带三女孩进办公室。）

站　长：请坐，请坐……刚刚熟悉了环境，但上岗工作之前，我得先考一考你们。

女孩2：哇，还要考试啊？

女孩3：我最怕考试了！

站　　长：不难，不难，其实考题很简单。这是一个发生在我们车站"雷锋车"组的真实的故事。有一天，有一位前往日照的旅客开车前下车买矿泉水，结果误了车。其间，我们广播找了他几次，他都没听到，过后他很着急，因为他的旅行包还放在车上，里面装有一万八千块钱！怎么办？这时候，我们的"雷锋车"手陈叶俊走了过来，当她问清情况后，立即带着那位旅客乘坐出租车去追赶那辆车。于是，问题来了，我们车站离日照全程一共137公里，那辆长途客车在陈叶俊和旅客追赶时，已经开出了28分钟，以长途客车平均每公里行驶70公里计算，扣除中途停靠两个车站所需时间20分钟，出租车每小时要开多少公里，才能在何时何地追上？你们三位想一想，看看哪位能够回答？

（三女孩你看看我，我看看你，显得十分尴尬。）

女孩1：我……我算不出来……

女孩2：我最讨厌数学了……

女孩3：这道题太难了……

站　　长：可是我们的"雷锋车"手陈叶俊很快就算出来了，她带着丢失旅行包的那位旅客，在离日照还有17公里处的一个小镇，追上了那辆客车！

小　　肖：旅行包失而复得，那位旅客十分感激，他一边连连说着"好人啊，好人"，一边掏出钱，要送给陈叶俊，作为回报。可是我们的"雷锋车"手婉言谢绝了。她说，车就要开了，快上车继续旅行吧。祝你一路顺利！

站　　长：就在陈叶俊告别那位旅客返回市内的途中，她忽然想起因为追车，耽误了给儿子喂奶。其实，陈叶俊并不知道，在她走后，她的同事们已经替她想到了，并做了妥善安排。

小　　肖：那天，出租车司机一直把陈叶俊送回家，连车费都不收。司机说，眼见为实，你们"雷锋车"真是名不虚传啊！我要向你们学习，路费免了，就当是我交的学费！

站　　长：你们看，学习是不是很重要啊？

三女孩：（点头）嗯，重要。

站　　长：再考考你们。

三女孩：还考啊？

站　　长：这是必答题，也是我们"雷锋车"组发生的一个真实的故事。有一个男孩，迷恋网络，家长说了他几句，他就赌气离家出走了。

女孩2：有这么……回事吗？

女孩3：别是编了……哄……哄我们的吧……

小　　肖：真的。那是一个风雨天，男孩离家出走三天之后，花光了身上所有的钱，没吃没喝地来到了我们汽车站。

站　　长：我们收留了他。我们看他冷，给他衣服穿；看他饿，给他买盒饭吃……我们劝他说，孩子，你为什么要离家出走呢？你知道你的家人为了找你，有多么着急啊！他们到处寻找，喊得嗓子都哑了……其实，家长说你，也是为你好啊！你想想，你是学生，要把精力用在学习上，如果整天泡在网吧，迷恋于虚拟的世界，一旦荒废了学业，将来长大了，怎么去工作，怎么去面对生活……孩子，回去吧！你的爸爸妈妈在等你，你的同学们在等你，你的老师在等你。你是一个好孩子，你知道自己应该怎么做……

女孩1：（站起来，走向前。感动地流泪）别说了！站长，其实我都知道了，你们是为了我们，才安排了招工，安排我们参观了"雷锋车"，安排了眼前的考试……

女孩2：什么？陈晓沛，你是说……这一切，都是他们有意安排的……

女孩3：还"雷锋车"组呢，原来是设下圈套骗我们的啊！

女孩1：不是骗，她们是关心我们，爱护我们……刚才，我趁上洗手间的机会，给同学家里打了个电话……噢，就是我在劳动合同上登记的那个电话号码。（对站长）我的那个同学是我的好朋友，本来她也想和我们一起出来的，后来怕家里找，就留了下来。她说她可以做我们的内线，有情况及时转告我们。所以，她谎称是电话亭的电话。在接到你们的电话后，她便把情况原原本本地告诉了我……人心都是肉长的，我听到后心里挺不是滋味。刚才，你们用心良苦地说了这么多，我很受感动。我要说，谢谢你们，真的谢谢你们！

女孩2：竟然是这样？！

女孩3：这可真是善意的欺骗啊！

女孩1：阿姨，我们不该擅自离家出走。要不是遇到你们，真不知道我们现在怎么样了……

三女孩：是的，谢谢，太谢谢你们了！（鞠躬。）

（桌上的电话铃响。站长接电话。）

站　长：你好！我是……啊，县汽车站的老张啊……对了，找到了陈晓沛的家。她妈妈在……想和女儿接电话……好好……

女孩1：（接过电话）妈妈，我错了……对，多亏了车站"雷锋车"组的阿姨及时帮助，要不，你还不知道什么时候才能找到我们呢……妈妈放心，我们这就回去……

（音乐起，女孩1仍在打电话。收光。转下一场。）

D. 亲人

（天幕幻灯打出医院大楼的景物。）

（场上置有C场曾用过的类似屏风一样的布景，但已不是办公室，而是医院的急救室。布景前有一张护士用的办公桌，以及两张供探视者坐的长条椅。）

（"雷锋车"手小王、小赵、小肖围在急救室的门口，焦急地等待着什么。）

（男医生和女护士从室内走出。）

众车手：医生，怎么样？

医　生：幸亏你们及时送来，否则，就麻烦了。

小　肖：严重吗？

医　生：正在进一步检查。

护　士：你们是她的家人？

众车手：（不约而同地）是。

医　生：去交费吧，需要手术治疗。

小　肖：交多少钱？

护　士：先交五千。（将手中的单子递给小肖。）

小　肖：五千？

医　生：快去交吧。

小　肖：好的，好的。

（医生进急救室。护士来到桌前就座，然后办公。）

小　肖：你们带的钱多吗？

小　王：（摇头。）

小　赵：（摇头。）

小　肖：怎么办？

小　王：回去，让大伙儿先凑一凑？

小　肖：好吧。

小　赵：我去。（下。）

护　士：你们这些当子女的啊，对老人一定要关心。人老了，骨质疏松，哪经得起摔啊！一不注意，跌了一下，就跌得不轻呢！

小　肖：是，是……

护　士：不要怪我说你们，现在照顾不好老人，将来会后悔的。

小　肖：是啊。

护　士：我就很后悔！不久前，我母亲不小心摔了一跤，当时我正在家，我给母亲做了检查，觉得没有什么问题，就麻痹大意了……谁知仅仅过了六天，才六天啊，她老人家因突发脑溢血，离开了人世……我真的很后悔！当时我要是送她到医院检查检查，兴许就能躲过这一劫……

小　肖：是要好好对待老人啊！

（护士进屋。"雷锋车"手小李、小徐上。）

小　王：你们怎么来啦？

小　李：噢，只许你们来，我们就不能来了吗？

小　徐：刚刚换班，正好有空，就来了。

小　肖：见到小赵了吗？

小　李：她正筹钱呢。

小　徐：我们来时，她已经筹得差不多了。她说一会就过来。

小　李：大娘怎么样啊？

小　肖：摔得不轻，要动手术呢！

小　李：听说这位大娘一个人出门，在这里转车，是到山东威海看闺女的。

小　王：是的。带的东西多，大包小包的好几个，走路不小心，就摔倒了……

小　肖：还是小王及时发现了，然后我们一起用"雷锋车"把她送到了医院。

小　徐：通知她的家人了吗？

小　王：打了电话。她女儿最早也得明天上午才能赶过来。

小　徐：这种情况，我们已经不止一次遇到过了。记得，那一年八月初的一天，连云港客运108车队的一辆客车进站后，有一个青年人病重，四肢发凉，不省人事地歪倒在座位上，是我们的老站长掌传英和队长杨成法及时用平车把他送进了医院。

小　李：得知病人脱险后，需要补充营养，柏师傅还有小赵她们立即送来了鸡蛋、奶粉……

小　肖：我们的老大姐郝芳萍怕病人受凉，特地从家里抱来一床棉被……

小　王：还有一次，有一位来自内蒙古的旅客，从盐城来，途经我们这里，急着转车去北京。谁知到站后就病倒了，是我们"雷锋车"组的滕士花，把他送到医务室进行了及时的治疗……

小　肖：是啊，人在旅途，难免会遇到这样那样的困难，作为车站的工作人员，我们有责任和义务帮助他们！

（站长、小赵上。）

站　长：情况怎么样？

小　肖：医生还在检查。

小　王：小赵，钱都筹齐了吧？

小　赵：我回去后跟站长汇报，说是大娘动手术需要预付五千块钱。站长说没问题，然后一边通知大家，一边让我收钱。接着，用不了多会儿，钱就凑齐了。你们猜，这次拿钱最多的"大财主"是谁？（见猜不着，便主动说出）是刘燕丽！她正准备买项链啦，听说要替旅客垫付手术费，二话不说，就把一千多块钱掏了出来！

站　长：现在钱已交了，下一步需要我们做的事情还挺多。这样吧，我们先排个名单，轮流值班，看护病人。

小　徐：我值夜班吧！下半夜的那班！

站　　长：这个班由我值。我是站长，我说了算！

小　　徐：那我就值上半夜的班。

小　　王：不行，不行，你孩子还小，晚上离不开你，还是我来吧！

小　　肖：你也不行！

小　　王：怎么不行？

小　　肖：刚结婚没几天，小两口正黏黏糊糊亲热着呢，老公能舍得你啊？！

小　　王：他啊，舍得。有劳有逸，劳逸结合嘛！

小　　肖：哇，才当新娘子，皮就那么厚啦！说这话脸都不红！

小　　李：我看，你们都别争了，上半夜的班我值！

小　　肖：还是我来值！

小　　李：我的条件比你好啊，你的孩子虽然大了，但明天一早还要早起，给孩子做饭，让孩子上学。我就不同了，目前正谈朋友。我把我的男朋友调来，陪着我值班。你看，这个一举两得的机会应当成全我吧？

小　　肖：你呀，真是搂草逮兔子，什么都不耽误啊！

站　　长：那就这么定了。（指小肖、小王、小赵）你们从晚饭后开始轮值，两小时换一班。

（护士从里屋出。）

护　　士：这么多人啊！

站　　长：来看病人。

护　　士：我不是说你们，老人摔伤住院了，你们都跑来了。平时干什么啦？平时就要照顾好老人。

站　　长：是啊，我们……对，我们做得不够好，以后注意，一定注意……

护　　士：我看你们也不要都在这里，该排个班，轮流护理。俗话说，跌打损伤一百天，日子长着呢。你们要有思想准备。

小　　肖：我们已做了安排。

护　　士：（走到桌前，拿文件夹，向里屋走去）还有，回家做点有营养、好吃的东西送来。估计过不了多久，病人就要做手术了。

站　　长：谢谢你的提醒，这就办，就办。

（护士进里屋。）

站　长：你看我这脑子，还真把吃饭的事忘了呢！

小　李：现在回去准备不晚吧？

（已退休的"雷锋车"手老严，手提保温瓶和一包食物上。）

老　严：不晚，不晚！

众　人：哟，严大姐，你怎么来啦！

老　严：来看病号啊！

站　长：你都退休了，消息还这么灵！

老　严：巧了，我路车站，听说有一位上了年纪的旅客摔伤了，被你们送进了医院……这不，就过来看看。

小　肖：瞧，你把晚饭都带来了，想得真周到啊！

老　严：我可是咱"雷锋车"组的老同志了，经历多，就有经验了呗！你想想啊，病人已被你们送进了医院，我来了总得做一点什么吧，就想起了带些吃的来。正好，我儿媳妇坐月子，家里有现成的鸡汤。索性我回了一趟家，连肉带汤地装了满满一罐子。儿媳妇问，妈，你干什么？我说，我去医院慰问病号。当时，我心想，真是小气鬼，不就是弄你一点鸡汤嘛，还问这问那的，一副小肚鸡肠舍不得的样子！儿媳妇问，是车站的旅客吗？我说，是啊！你怎么知道？儿媳妇说，你心里除了旅客，还能有谁啊！我就笑，说你啊，不愧是我的儿媳妇，知我心呢！儿媳妇连忙说，光带鸡汤哪行啊，再带点干的，能吃饱的，对，鸡蛋，带煮鸡蛋！这不，我听了儿媳妇的话，顺手拿了十个煮鸡蛋外加四个大菜包子！

（医生和护士从里屋出。）

站　长：医生，怎么样？

医　生：需要做手术。

护　士：（手拿文件夹）签字。

众　人：（相互看看，无语。）

护　士：做手术之前，需要家人签字。这是程序。

站　长：我签。

老　严：我签。

小　肖：我签。

众　人：（纷纷地）我签！

护　士：一个人签就行了。

站　长：那就我来吧。

小　肖：（问护士）我们都签行吗？

护　士：这又不是领工资福利什么的，用不着都来。谁是病人最亲近的人，就由谁来签。

站　长：我！

老　严：我！

小　王：我！

众　人：（不约而同，纷纷地）我！……

护　士：你们这是怎么啦？我都跟你们说了，你们……

医　生：就让她们都签吧！

护　士：都签？这可是史无前例，从来没有过的事……

医　生：签吧。（从护士手里拿过文件夹，递给"雷锋车"手们）你们想签，就签吧。

（音乐起。众人自动站成一列。站长接过文件夹，庄严地签字后依次传给老严、小肖等人。）

（签字完毕。站长双手将文件夹递给医生。）

站　长：谢谢！

医　生：（动情地）不，应当感谢的是你们——"雷锋车"的同志们！

护　士：你是说，她们不是病人的家属？！

医　生：虽然不是亲人，却胜似亲人！

护　士：这么说，你早就知道……

医　生：是的。她们把病人送来的时候，我就认出了她们。……很多年前，我在医科大学上学，放假回家时，带的行李多，曾经不止一次地得到过"雷锋车"手们的帮助……事隔多年，她们一如既往地学习雷锋，全心全意地为旅客服务，其精神，再次令我感动。这不，我手中的这份集体签字，就是一份最好的证明！我要把它珍藏起来，以她们为榜样，不断鞭策自己，努力做一个雷锋式的好医生!

（音乐声中，收光。转下一场。）

尾声：誓言

（天幕打出"汽车站"的景色。）

（音乐声中，站长和乔安山背对观众。站长指指点点，正向乔安山说着什么。）

站　长：（音乐渐弱，渐止。侧身对观众，指着台一侧）老乔，你看，她们来了!

老　乔：啊，有精神气!

（小肖、小王、小赵拉"雷锋车"上。）

小　肖：站长，你们怎么来啦?

站　长：乔安山同志想来看看你们，这不，我就陪他来了!

老　乔：我这个连云港市长途汽车总站的名誉站长，就不能到现场来看看你们?

众车手：（上前与老乔握手）欢迎您莅临指导!

老　乔：我是向你们学习来了!

小　肖：向您学习!

小　王：您是雷锋当年的老战友，在雷锋离开我们的日子里，您始终坚持学雷锋。您是我们的榜样!

小　赵：尤其是您关心我们"雷锋车"组，鼓励我们弘扬雷锋精神，对我们的工作给予了巨大的支持与帮助……

老　乔：哎，咱们一家人就不说两家话了。今天我来，一是看望你们，二是来和你们一起拉拉"雷锋车"!

小　肖：那太好了!

（老乔和众人一起拉车。）

（四个身穿新兵服装的年轻人上。）

兵1：同志，你们是汽车站的"雷锋车"手吧? 我们在电视上见过你们!

站　　长：你们是？

兵２：刚刚应征入伍的新兵。

站　　长：有什么需要帮助的吗？

（四位男女大学生上。）

兵３：我们明天就要离开家乡，到西藏去守卫边疆。

兵４：临走前，我们有个小小的要求……

站　　长：什么要求？说吧！

众　　兵：让我们拉一趟"雷锋车"！

老　　乔：可以问问吗，你们为什么要这样做？

兵１：我们想把家乡的"雷锋车"精神，带到西藏高原的军营里去发扬光大！

老　　乔：好啊，我支持你们！

站　　长：我代表"雷锋车"组，欢迎你们！

众学生：我们也要拉"雷锋车"！

站　　长：你们是？

学生１：我们是本市高校的大学生！

（一女老外上。）

学生２：我们利用课外时间来感受生活，为旅客服务！

老　　乔：为什么要选择拉"雷锋车"呢？

学生３：因为它在我们的实际生活中，最能体现雷锋精神！

老　　乔：同学们，说得好啊！

学生装：这么说，同意我们拉"雷锋车"啦？

站　　长：同意！

老　　外：还有我啦！

众　　人：你是……

老　　外：我来自澳大利亚，现应聘在市内的一所学校教书。我从报纸上读到过你们"雷锋车"的事迹，所以，今天就来了。我要和你们一起拉"雷锋车"，当一当你们中国人说的洋雷锋！

站　　长：欢迎，欢迎！热烈欢迎！

（徐梅上。）

老　乔：（感叹地）可见"雷锋车"的影响多大，竟连外国朋友都参与了！

老　外：这有什么奇怪的吗？我注意到了，在中国，"雷锋车"已经拉出了市，拉出了省，拉向了全国，什么山西啊，贵州啊，青海啊，河南啊……许多地方都在向你们学习，有了"雷锋车"。等到将来我回国，回到悉尼，也要组织一支"雷锋车"的志愿者队伍，为大家做好事！

徐　梅：说得好！这位外国朋友，那我们就说好了，不分国界，不分肤色，不分人种，一起学雷锋，把雷锋精神发扬光大！

站　长：徐梅，你怎么来啦？（对众人介绍）同志们，这位是我们车站的"雷锋车"手、全国人大代表徐梅！

众　兵：你好！

众学生：你好！

老　外：你好！我听说过你！（与徐梅握手。）

站　长：你不是要去北京参加全国人代会，怎么……

徐　梅：临走前，我想和大家一起再拉一次"雷锋车"！（音乐起。徐梅深情地抚摸着"雷锋车"）这些年来，我和"雷锋车"朝夕相处，有感情了啊！虽然这次外出开会，离开它，时间不长，可毕竟此行非同寻常，我是去北京啊！要是到了北京，到了人民大会堂，见到了党和国家领导人，我该说些什么呢？我想说，祖国，在黄海岸边的一座开放城市，从上个世纪六十年代初，就有一辆以一位伟大士兵的名字命名的小车，载着人世间最美好的情感，载着生活中永恒的温馨，载着人们心中不可磨灭的理想，载着文明时代进步的最显著特征，被一群又一群年轻人，以接力的方式，拉着它，走过了一年又一年！我想说，祖国，"雷锋车"仅仅是一辆普普通通的小车，可是拉车人却受益匪浅，从它身上学到了很多很多。这辆车，教会了我们怎样做人，教会了我们如何生活，教会了我们什么是美好，教会了我们如何崇高！我想说，祖国啊，我们通过拉"雷锋车"，体现了一种精神，这就是雷锋精神，为人民服务的精神！我们来自人民，取自人民，没有任何理由背离人民！旅客是谁？是我们的衣食父母，是我们的亲人！我们之间有着血浓于水的血缘关系，我们是亲亲热热一家人啊！……其实，这些年来，我们做得很少很少，可是人民，却给我们的荣誉很多很多。这是多么大的鼓励和鞭策啊，每每想到这里，我们就觉得浑身是劲，像劲风鼓满了远航的篷帆，充满了前进的动力！我还想，祖国啊，请您放心吧，我们"雷锋车"组向您保证，我们会一如既往地弘扬雷锋精神，拉好"雷锋车"！

（天幕幻灯打出雷锋头像和毛泽东"向雷锋同志学习"手书字体。）

众　人：我们保证，弘扬雷锋精神，拉好"雷锋车"！

徐　梅：祖国，您听到了吗？这就是我们的誓言！

众　人：祖国，您听到了吗？这就是我们的承诺！

（音乐声中，全剧终。）

该作品获江苏第四届戏剧文学奖提名奖2008年5月，由中国戏剧出版社出版

在那遥远的地方（节选）

——长篇电视剧

雷献和 国家一级编剧、中国戏剧文学学会理事、中国电视艺术家协会会员。作品曾获全国"五个一工程"奖、"飞天奖"、"金鹰奖"、"中华人口文化"一等奖、"全国电视观众最喜爱的电视剧"金奖、解放军文艺奖等全国、全军奖。荣获第七届全国"德艺双馨"电视艺术家称号。

仲跻敏 女，曾任江苏省连云港市剧目工作室主任，连云港市知名专家（市政府授予），享受政府津贴。《春风花烛》参加央视戏曲晚会，并获得国家文化部群星奖；电视剧《在那遥远的地方》获得第二十五届中国电视剧金鹰奖优秀电视剧奖，第二十二届金星奖一等奖。

第三十集

医院监护室。日。内。

韦铁锤还处在昏迷之中，鼻子上插着氧气管，各项监护仪器在正常工作。病房里静悄悄的，只有氧气"咕嘟咕嘟"的声音。袁鹰和韦洁一边一个守候在韦铁锤的床边，两个人眼睛都是红红的。她们都不说话，好像没有对方的存在。金院长带着一帮专家医生走进来，他们来给韦铁锤会诊。袁鹰和韦洁退到一边。

柳　絮：（小声对袁鹰和韦洁说）是军区总院的专家来会诊。
（柳絮示意，袁鹰和韦洁走出病房）

医院走廊里。日。内。

袁鹰和韦洁默默地坐在一条椅子上，等着里面的消息，两个人还是不说话。有医生和护士进进出出。大家的脚步都是轻轻轻轻的。空气仿佛也凝固了。

（柳絮拿着病危通知书出来了）

柳　絮：你们谁签字？
（袁鹰和韦洁惊呆了）

韦　洁：（颤抖着问）我爸……我爸……不！我不签！我不签！
（韦洁看向袁鹰，柳絮把病危通知书递给袁鹰，袁鹰没有接通知书，她看着病危通知书发呆。柳絮摇摇头，拿着通知书进去了。韦洁突然忍不住小声哭了，袁鹰伸出手臂，揽住韦洁）

韦　洁：（一下靠在袁鹰的肩上）姐……爸爸会死吗？
（袁鹰的眼泪也"娑娑"掉下来）

医院监护室。夜。内。

韦铁锤躺在床上，袁鹰和韦洁还守在韦铁锤的床边，她们已经并排坐在了一起。心电仪器上，韦铁锤心跳的频率有规则地波动着，整个房间里只有他心跳的声音。

（韦铁锤的眼皮动了一下，袁鹰和韦洁惊喜地站起来）

韦　洁：爸！爸！
（韦铁锤慢慢地睁开眼睛，袁鹰和韦洁惊喜交加）

韦　洁：爸！爸！你醒了？你能听见我说话吗？
（韦铁锤眼睛直直地看着袁鹰和韦洁）

韦　洁：爸！你听见我说话吗？你能看见吗？爸，我和姐姐和好了，我们再也不闹了，再也不惹你生气了！爸，只要你能好好的，叫我们做什么都行，我们听你的话了！爸……

袁　鹰：爸爸，您听见了吗？

韦铁锤：（一下子坐起来，问）你叫我什么？

袁　鹰：爸……

（韦铁锤一把揽住袁鹰和韦洁，哈哈大笑）

（袁鹰和韦洁都一惊，马上就反应过来了，两个人也含着眼泪笑了）

韦　洁：爸，你吓死我们了！

韦铁锤家楼下。日。内。

（韦铁锤和韦洁在忙着包饺子，袁鹰推门进来了，手上拿着入学通知书）

袁　鹰：（兴奋地）爸！我拿到入学通知书了！

韦铁锤：（惊喜地）考上啦？

袁　鹰：考上了！考上了！

（韦铁锤拍拍手上的面粉，接过入学通知书看）

韦　洁：姐！是哪所大学啊？

袁　鹰：第二军医大学！

韦　洁：（高兴地）姐姐，你真棒！

韦铁锤：（已经拨通电话）袁大头！告诉你一个好消息！咱闺女……还是让袁鹰自己跟你说吧！

（韦铁锤把电话递向袁鹰）

袁　鹰：（接电话）爸！妈！我考上大学了，考上第二军医大学了！

（袁鹰的一声爸妈，把韦铁锤的心都叫碎了，他想起了桂红云）

（袁鹰还在高高兴兴地和袁有生、翠莲说话，她没看见韦铁锤一步一步走上楼去）

韦　洁：（看见韦铁锤情绪的变化，追过去）爸，你没事吧？

（韦铁锤没吭声，上楼了）

韦铁锤家。卧室。日。内。

（韦铁锤一个人坐在桂红云的遗像前，看着桂红云）

韦铁锤：红云啊，女儿回家来了，女儿考上大学了，你放心了吧？你高兴了是不是？

（韦铁锤哭了。门轻轻地开了，袁鹰走进来。桂红云的遗像扑进袁鹰的眼帘。袁鹰站在桂红云的遗像前，默默地看着桂红云。袁鹰眼睛红了，眼中慢慢蓄满了泪水。韦铁锤打开橱柜，拿出红布包，递给袁鹰。袁鹰慢慢地打开红布包，一只铮亮的银手镯呈现在眼前。袁鹰的眼泪止不住地落下来）

袁　鹰：妈，我考上大学了。妈，大学毕业，我还会回来，回到昆仑山来。我会像您一样，为边防战士们服务，当一个好医生……

韦铁锤家楼下。日。内。

韦铁锤：（从厨房里端出一盆饺子）这是我去买的肉和菜，是我拌的馅……

韦　洁：（在厨房里）爸！是我拌的馅！

韦铁锤：对对对！是小洁拌的馅。我不能贪天功为己有，是小洁拌的馅，不知道你喜欢不喜欢吃。

韦铁锤：（拿来碗，要给袁鹰盛饭，袁鹰抢过碗）我来。

（袁鹰盛了一碗饺子，恭恭敬敬地放在韦铁锤的面前。韦铁锤不停地往袁鹰的碗里夹着菜，他看着袁鹰，眼睛里满是慈爱）

（韦洁端着饺子汤出来）

韦　洁：爸，你偏心！

（韦铁锤赶紧也给韦洁碗里夹菜）

韦铁锤：亏你还是护士，你见过谁的心脏长在中间了？

韦　洁：我就要你长在中间！

（三个人都笑了）

韦铁锤：（问袁鹰）你什么时候去学校报到啊？

袁　鹰：下个月。我想再上山去一趟，和大家告个别。

韦铁锤：好啊，你没有忘了昆仑山。什么时候走？

袁　鹰：就这两天。

韦铁锤：就这两天？

袁　鹰：嗯。我想到山上每一个兵站和哨卡都去一下，怕时间不够，所以想早点走。

韦铁锤：我让车送你。

袁　鹰：不用，方扬已经说好了。

韦铁锤：（又高兴又有些失落的）你是舍不得离开昆仑山啊。

韦　洁：就是，就要走了，还不能在家里多住几天。

（袁鹰和韦铁锤都极力掩饰着自己的情绪）

袁　鹰：爸，在我心里有两座昆仑山，一座是我们守卫的昆仑山，一座就是您。爸爸，你就像昆仑山一样坚实、伟大。

（韦铁锤激动地连连点头）

袁　鹰：爸……

韦铁锤：（眼泪涌出来了，伸出双手把袁鹰的手紧紧地握在手中，老泪纵横地说）孩子，爸爸不舍得让你走。爸爸妈妈想了你二十年啊！

（袁鹰的泪水也涌了出来）

韦铁锤家。日。内。

（袁鹰和韦洁在厨房里洗刷锅碗瓢盆）

韦　洁：姐，我陪你一起上山吧。

袁　鹰：不用，你还是在家陪爸爸吧，他病才好，身边不能没有人。

韦　洁：也是。

袁　鹰：我走了，爸爸就交给你了。

韦　洁：你就放心爸，我绝对把他伺候得服服帖帖的。

韦铁锤：（坐在沙发上看文件，问）谁服服帖帖的啊？

韦　洁：是我！我服服帖帖的！

韦铁锤：你要是再敢惹我生气，我照样把你赶出去！

韦　洁：我不敢了，司令员！

（门外有人敲门）

韦铁锤：有人来了！小洁，开门去！

袁　鹰：我去。

（袁鹰走出厨房，去开门。门开了，袁鹰愣住了）

韦铁锤：谁呀？

（袁鹰没说话）

韦　洁：（从厨房里面出来）是谁呀？

（韦洁走到门边，她也愣住了）

（吕强来了，他穿得西装革履，俨然已经换了一个人）

（袁鹰转身走回厨房。韦洁和吕强面对面站着，久久地不说话）

吕　强：我回来了。我们能进去谈谈吗？

韦　洁：这是我爸爸的家，我不能做主。有什么话，你就在这里说吧。

吕　强：要不，我们回家说。

韦　洁：不必了。在你回去探家的这些天里，我天天都在想你，想袁鹰，想我和你们两个人的事情。我们的婚姻从一开始就是一个错误。我的父亲曾经是那样坚决地反对我们的婚姻，也许他是有先见之明吧。我这个人，个性太强，事事处处都想抢在人前，这让我伤害了不少的人，其中包括袁鹰，也包括你。重复的错误不应该再犯了，好在我们都还年轻，还没有孩子，一切都还来得及。这是我的离婚报告，我已经签上字了。

（韦洁把离婚报告递给吕强，吕强打开离婚报告书）

吕　强：我们一定要走到这一步吗？

韦　洁：我们还有退路吗？

吕　强：韦洁，我不想离婚，我心里……也许我说什么你都不会相信，但是我还是要告诉你，我不想失去你。

韦　洁：吕强，你告诉我，你曾经爱过我吗？

吕　强：爱过，现在还爱。

韦　洁：（眼睛里闪动着泪光）我也是，那时候，你是英雄，站在台上，那么高大英武，全身包围着光环，所有女兵的眼睛都注视着你。那时候，我就想，如果能和这样的人在一起生活一辈子，那会是多么幸福啊。

吕　　强：韦洁，我们和好吧。我们可以重新开始。

韦　　洁：来不及了。告诉你吕强，虽然我这个人有很多毛病，但决不会背叛！决不会背叛部队，决不会背叛战友，决不当昆仑山的逃兵！

（韦洁要进屋了）

吕　　强：韦洁，你真的一点儿都不留恋我们在一起的日子吗？

韦　　洁：我爸爸说得对，他不需要你这样的女婿，我也不需要你这样的丈夫。你是我们韦家的耻辱！

（韦洁推开吕强，义无反顾地走了。吕强看着韦洁的背影，傻在那儿了）

（韦家的大门关上了）

汽车连。日。外。

（方扬在保养汽车，一个战士拿着一封信走过来）

战　　士：排长，有你的信。

（方扬接过信，还没来得及看，信就被人从背后抢过去了。方扬回过头来，看见袁鹰笑吟吟地站在身后）

袁　　鹰：（把信放在鼻子上使劲地嗅一下）嗯，我已经闻到石油的味道了！快拆开看看里面有什么好东西！

（方扬脸红了）

方　　扬：很长时间没看见你这么高兴了，是不是有什么好消息？

袁　　鹰：你猜猜！

方　　扬：收到录取通知书了？

（袁鹰手一扬，手上多出一份通知书）

袁　　鹰：第二军医大！

方　　扬：（高兴地一把抱起袁鹰旋转起来）袁鹰！你太伟大了！

袁　　鹰：（喊着）嗨！嗨！你注意点影响！

（有人走过来，方扬放下袁鹰，两人相视，都有些不好意思。人走过去，袁鹰看看方扬窘迫的样子，忍不住哈哈大笑起来）

方　　扬：哎，我们是不是又回到学生时代了？

袁　　鹰：走！我请你吃饭，庆贺庆贺！

方　扬：等等！浩天知道了吗？
袁　鹰：还没有。
方　扬：对对！给他一个惊喜！走！应该是我请你喝庆功酒！

小饭店。晚上。内。
（袁鹰和方扬面对面喝着啤酒）
方　扬：（举起酒杯）为了军校，干杯！
（袁鹰举起杯子又放下，她看见了吕强。方扬顺着袁鹰的视线也看见了吕强，脸沉了下来）

小饭店。日。内。
（吕强和张保国坐在一张桌子边喝着酒。两个人都喝高了）
张保国：（已经没有了领章、帽徽）叫我离开部队，转业回家，我想不通，我没犯错误，我辛辛苦苦，我兢兢业业，我当上连长不容易，那是我吃苦吃出来的。吕强，这你知道，是不是……
吕　强：知道，知道。不过我说，回家没有什么不好，咱都是干部，是不是？回家不管怎么，也能弄个小科长干干，那也比在山上强多了。山上那是什么地方？不是人待的地方，兔子都不拉屎，不对，兔子都不待，谁上那儿拉屎……回家好，好啊……
张保国：我不想回家，我要上山去……我要上山……当连长……我不当科长，我要当连长，张保国连长……
张保国：（趴在桌上哭了，哭一阵又笑）吕强，你还是我带的兵，你当了司令员的女婿，你还有前途，大大的前途……
吕　强：什么前途？韦铁锤叫我回圣女峰，他不让我待在军区，他真狠，他逼我上山，我不去，我就是不去，他能怎么着？我不当他的女婿了，他管不了我了……铁打的营盘流水的兵，走就走，不叫走我也走，我爸爸已经给我把工作找好了，回家我高兴……高兴……韦洁，韦洁不跟我走，我自己走，我干出个人样来给她看看，还有韦铁锤，他不喜欢我，他看不起我，我留在这里干什么？我活得窝囊，我不是他妈的女婿，我是孙子。他想把我扔哪就是哪儿，他想把我再扔上山，我不去了，我回家。我不能像老蔫那么傻，把命扔在山上！不值，谁知道你？全国人民有几个知道你？只有自己拿自己当盘菜……

张保国：我不吃菜，我要喝酒……喝……

（袁鹰和方扬端着酒杯过来）

袁　鹰：张连长！

张保国：（看见袁鹰和方扬，哭了）袁鹰、方扬，他们叫我转业了……，我不是张连长了，不是了……

方　扬：（夺下张保国的酒杯）张连长，你喝多了。

张保国：袁鹰我想听你唱歌……唱歌……

张保国：（自己唱起来）毛主席的战士最听党的话，哪里需要哪里去，哪里艰苦哪安家……

（张保国唱着歌，摇摇晃晃地出去了）

袁　鹰：张连长，你还能走吗？

（吕强看见袁鹰就傻呵呵地笑）

吕　强：袁鹰，你怎么到现在才来？我已经等你很长时间了！你们家的窗子关着，我喊你，你听不见，我就给你唱歌……

袁　鹰：（愣了一下）吕强，你喝多了！不能再喝了！

吕　强：我没喝多，我给你唱歌，唱歌……（唱）下定决心，不怕牺牲……

袁　鹰：（夺下吕强的酒杯）我送你回去！

吕　强：我不回去，我们去公园，我要送你一个礼物，是我姐姐的，给我偷来了，送给你……

吕　强：（翻自己的衣袋）我的发卡呢？发卡怎么不见了？

（方扬拉了袁鹰就走）

袁　鹰：你放开我！我不能看着他不管！

方　扬：他伤害你还不够吗？！

袁　鹰：你放开我！

（方扬见袁鹰真的生气了，就松开手。袁鹰回到桌边，拉起吕强往外走，

吕强不肯走，挣扎中，吕强吐了，脏物全吐在袁鹰的身上）

袁　鹰：（喊方扬）你还不快来帮忙！

（方扬抓起一把纸擦袁鹰身上的脏物）

袁　鹰：送他回家。

（方扬不愿意，他看看袁鹰固执的眼睛，只好扶起吕强。袁鹰和方扬一边一个架着吕强往外走）

吕　强：（含含糊糊地唱）下定决心，不怕牺牲……

吕强家。夜。内。

吕　强：（横躺在床上，嘴里还在唱着）下定决心……

（袁鹰帮他擦拭着脸上的脏污，方扬站一边不满地看着）

袁　鹰：你来帮他脱了衣服。

方　扬：我想不通，你究竟是为什么？！

（方扬要走）

袁　鹰：方扬！你要是还拿我当最好的朋友，你就不要走！

（方扬站住了）

袁　鹰：不管他曾经做过什么，我们都是从一个学校走出来的，都一起在昆仑山上走过，不是吗？

吕　强：（爬坐起来，抱住袁鹰，哭着喊）韦洁！你不要走！你不要离开我……

山上。日。外。

一辆军车在高原上行驶。司机开着车，车内坐的是方扬和袁鹰。车到龟石处停下来。方扬跳下车，拿了红油漆，和往常一样要去漆龟石。

（袁鹰从车上下来，拿过油漆，走向龟石。袁鹰在龟石旁边蹲下）

袁　鹰：龟石啊龟石，你要保佑方扬，保佑丁浩天，保佑我的家人，保佑每一个官兵，保佑每一个来往的人，平平安安。

（方扬在一边看着袁鹰。袁鹰把红油漆慢慢地涂在龟石上）

路上。日。外。

方扬的车穿越着喀喇昆仑。袁鹰看着窗外层层叠叠的山脉。不知什么时候，高原上飘起了雪花，风也大了起来。

袁　鹰：雪花？怎么现在就下雪了？

方　扬：（见怪不怪）昆仑山就这样，要不怎么说是孩儿脸呢，说变就变。就快见到丁浩天和刘大昭了。

（袁鹰看着远方，有点期盼，又有点激动）

哨卡。外。日。

（方扬的车开进哨卡，袁鹰从车上下来）

有人喊：袁鹰来了！

（战士们从宿舍涌出来，奔过来，把袁鹰围住，抢着和袁鹰握手，丁浩天站在外围，笑吟吟地看着热闹的场面）

（方扬从车上下来，站到丁浩天身边）

方　扬：（感叹地）哎呀，难怪韦洁心里不平衡呢，就是我，也吃醋啊。

（袁鹰和战士们握完手，来到丁浩天和方扬面前）

袁　鹰：浩天！

丁浩天：（伸出手）祝贺你呀！

袁　鹰：你呢？收到录取通知没有？

（丁浩天笑而不答）

刘大昭：袁护士，丁浩天现在是我们代连长了！

方　扬：浩天！袁鹰考上大学了！是第二军医大学！

丁浩天：（深情地看着袁鹰）我知道你准行。

哨卡。连部。日。内。

（丁浩天从抽屉里拿出录取通知书，放在袁鹰和方扬的面前。袁鹰拿起通知书看）

袁　鹰：军事学院指挥系？！丁浩天！你还打埋伏啊！方扬，怎么惩罚他？

方　扬：（笑了）罚他打扫厕所！

（三人一起笑了。他们想起了在新兵连的岁月，都无比感慨）

丁浩天：时间真快啊！一晃六七年过去了，新兵连的日子还历历在目啊！

方　扬：还记得分手的那天吗？我们四个人坐在操场上，看着西边天空上的云彩。袁鹰说吕强、丁浩天你们先上昆仑山，我和方扬随后就上去，我们昆仑山上见。

丁浩天：我说，袁鹰、方扬，你们一定要上去啊，我和吕强等着你们。然后，我拿出日记本，递给你们三个人，说做个纪念吧，希望你们看见这本子就像看见我一样。

袁　鹰：我也送笔记本给你们三个人了。我说我也是，希望你们看见它就像看见我一样。

丁浩天：然后是吕强，吕强也拿出三个日记本，给我们。

丁浩天：吕强现在在哪儿呢？

吕强家。日。内。

西装革履的吕强默默地整理着自己的东西，他要走了。吕强把抽屉里的东西都倒出来，袁鹰和丁浩天送的日记本赫然出现在眼前。吕强捡起日记本，一页一页地翻看。吕强仿佛看见袁鹰打开他的本子看了一眼，脸上飞起一片红云。

圣女峰哨卡。日。内。

方　扬：我没有准备东西送你们，我把毛主席的那首词送给你们做临别赠言了。

方　扬：（站起来，大声朗诵）北国风光，千里冰封，万里雪飘。望长城内外，惟余莽莽；大河上下，顿失滔滔。山舞银蛇，原驰蜡象，欲与天公试比高。须晴日，看红妆素裹，分外妖娆。

袁鹰和丁浩天：（兴奋起来，也跟着大声朗诵）江山如此多娇，引无数英雄竞折腰。惜秦皇汉武，略输文采；唐宗宋祖，稍逊风骚。一代天骄，成吉思汗，只识弯弓射大雕。俱往矣，数风流人物，还看今朝……

（词背完了，三个人都沉默了，各有各的心思）

吕强家。日。内。

吕强把那两个日记本装进箱子里，然后把地上所有的来往书信归拢在一起。吕强划一根火柴，点燃那些信件。信件燃烧起来，火苗映红了吕强的脸，映出他眼睛里的闪闪泪光。吕强在废纸堆里发现一张照片，那是他和韦洁的结婚照片，照片上的吕强和韦洁幸福地微笑着。

哨卡连部。日。内。

袁　鹰：时间过得真快啊。

丁浩天：真想再回到新兵连去啊。

方　扬：那样你就会把你的雪莲诗亲手交到袁鹰手上了，是不是？

丁浩天：（看看袁鹰）也许吧。

袁　鹰：（转移话题）方扬，我们都走了，就剩你一个人留守了。你可要代我们好好地守护昆仑山啊。

方　扬：（半真半假地苦着脸）啊！就剩下我一个人了，我要哭了。亲爱的战友们，什么时候才能再见到你？

（袁鹰和丁浩天一下子冷下来）

袁　鹰：方扬，怎么能说你是一个人呢？不是还有刘大昭，还有柳絮、文凯、张保国好多人吗？噢，对了，还有一个人！方扬，你快把信拿出来给丁浩天看看。

（方扬不肯拿）

袁　鹰：（逼他）拿出来！

（方扬笑嘻嘻地从口袋掏出一个信封。丁浩天一把抢过信封，从信封里抽出一张照片：钻井工地的露天舞台上，阿依古丽在舞台上跳着舞，阿依古丽的身后是一座座高大的井架，输油管道伸向远方）

丁浩天：（感叹）阿依古丽真是一个舞蹈的精灵！

袁　鹰：方扬，你准备什么时间请我们吃喜糖啊？

方　扬：（看看丁浩天，又看看袁鹰）这话是不是应该由我问你们吧？

（丁浩天看着袁鹰，目光中流露出欣赏和深情。袁鹰脸红了）

哨卡宿舍。日。内。

（袁鹰来收集脏衣物，战士们纷纷把衣物藏起来）

老兵蔡：袁鹰同志，我们对你有意见。

袁　鹰：你说。

老兵蔡：你为什么要去上军校？你走了，谁还来给我们巡诊、演节目？

刘大昭：袁鹰，我们都不舍得你走。

一个战士：（突然哭了）袁护士，你还会回来吗？

袁　鹰：（眼圈也红了）回来，我当然要回来。

老兵蔡：（怔了怔）你要走了，说，要我们给你做点什么。

战士们：你说！只要我们能做到的，我们都会为你做！

刘大昭：做不到的也要努力做！

战士们：对！对！

袁　鹰：你们说话算数？

战士们：算数！

袁　鹰：那好，我要你们把脏衣服拿出来！

（战士们都不吭声了）

河边。日。外。

雪停了，太阳露出了笑脸，天空碧蓝碧蓝。丁浩天正在挥镐破冰，他要走了，上学去了，一去几年，他要为大家多储些冰块。一双女军人的脚走在雪地上，咔嚓咔嚓响，袁鹰拿着战士们的衣服过来了。

丁浩天：来了？

袁　鹰：来了。

（河中心还有一隙没有封冻，流着清凌凌的水。丁浩天破冰，袁鹰洗衣服，两人都不说话，但似乎又有千言万语）

丁浩天：到伙房洗去吧，这儿冷。

（袁鹰没有吭声，埋头洗衣服。丁浩天看了看她，又埋头刨冰。冰屑四溅）

袁　鹰：（忽然开了口）除了说些不痛不痒的，还会说什么呢？

（丁浩天愣住了）

袁　鹰：不是会朗诵诗嘛，就是朗诵首诗，也比不说话强啊。

丁浩天：（突然唱起来）两个小羊吃草哩，两个小伙招手哩，要想过去狗咬哩，要不过去心痒哩……（那是当年老蔫唱的歌）

烈士陵园。日。外。

镜头：袁鹰和丁浩天久久地站在老蔫的墓碑前。丁浩天把背来的石头砌在山坡，袁鹰给他当下手。

吕强家。日。内。

吕强把结婚证也装进行李箱里。吕强提着行李，走出家门，他站在门口，最后一次打量着家里，眼睛里带着不舍之情。吕强关上家门。一双手把一只锁套上门环，卡死。

军区大门。日。外。

下雪了。大雪纷纷扬扬，铺天盖地。吕强提着行李，一个人走出军区大门。吕强一个人走在茫茫雪地里，显得那么孤独，那么渺小。

（方扬开着车从后面追来，在吕强的身边停住）

方　扬：上车吧。

（吕强犹豫一下，还是上了方扬的车。方扬开着车，两个人都看着前方的路，都不说话）

烈士陵园。日。外。

丁浩天还在砌石头，袁鹰给他当下手。

路上。车上。日。内。

方　扬：（打破沉默）为什么没人来送你？为什么袁鹰离开了你，韦洁离开了你，所有的人都离开了你？从我们穿上军装，还没有走上昆仑山，你就处心积虑，想逃避。你给张保国送烟，你给丁浩天使绊，你抛弃袁鹰攀上韦洁，为的就是一个目的，逃避！我们每一个人，老鸢、大胡子、张保国、阿依古丽，还有丁浩天、袁鹰、韦洁、桂主任，还有司令员，我们都在为守卫昆仑山努力奋斗，我们把青春都献给了昆仑山，老鸢和袁鹰的妈妈把命都搭进去。他们为的是什么？我们为的是什么？可是你，你吕强在当逃兵！每一个人都看不起你，每一个人都唾弃你！你心里就那么平静吗？你就没有一点儿愧疚吗？你下半辈子心里就能安稳吗？你的良心就能原谅你自己吗？你就能把这段岁月从你的记忆中抹去吗？你就能忘掉昆仑山吗？不可能！绝对不可能！吕强，你已经把你自己永远地钉在耻辱架上了！你永远也逃不脱昆仑山对你的诅咒了！

吕　强：（突然大喊）停车！停车！

（车停下了，吕强从车上下来。吕强扑通跪下，面对着远处的昆仑山，号啕大哭）

烈士陵园。日。外。

丁浩天把最后一块石头砌在山坡上。

远景：那是六个石头砌成的大字"祖国在我心中"。巍巍昆仑，犹如一条巨龙，蜿蜒在祖国的边陲！

烈士陵园。日。外。

丁浩天：（给三个新兵介绍）这里埋着我们圣女峰哨卡的烈士们。章宝根，18岁；刘大庆，19岁；郝峙，17岁，牺牲在1952年在阻击叛匪出逃的战斗中。倪志好，21岁，1953年在巡逻路上突遇暴风雪，被冻死。王多田，20岁，患肺水肿，病死。董席古，23岁，1962年在巡逻路上心脏病突发，去世。王永年……我的老班长……

（丁浩天眼睛红了，他带着新兵久久地站在老鸢的墓碑前）

（烈士陵园后面的大字：祖国在我心中）

圣女峰哨卡。傍晚。外。

老兵蔡：（整好队伍，向丁浩天报告）报告代连长，队伍集合完毕，请指示。

丁浩天：请稍息。

老兵蔡：（下令）稍息。

（丁浩天跑向队列中间，目光朝队列扫视一圈。战士们挺胸收腹，神情严肃）

丁浩天：现在交班。

老兵董：报告，东线平安正常。

老兵王：报告，西线平安正常。

老兵蔡：报告，哨楼观察区，平安正常。

丁浩天：（跑向电话机，拿起话筒，神色庄重地报告）报告，圣女峰哨卡防区，平安正常。报告人：代连长丁浩天。1978年8月28日。

空镜：苍茫暮色中，一排电线杆沿着公路，穿越群山，向远方延伸，似乎一直延伸到心脏，延伸到北京！丁浩天的报告声穿越时空，在电话线上方回荡！哨塔上的五星红旗缓缓降下来。夜色覆盖了平安的大地。

哨卡。值班室。夜。内。

丁浩天在写边防日志：今天防区内一切正常。三个新兵王小小、丁同知、张卫国到位。代连长，丁浩天，1978年8月28日。

哨卡招待所。夜。内。

袁鹰在写信：浩天，我明天就要下山了，我希望我走了以后，你能看见这封信。就要离开昆仑山，去一个新的战场，我的心里既有依念，又有向往，然而更多的还是依念。人往往生活在爱中并不知道那是爱，一旦离开了，才深切地意识到那是多么深厚，多么博大的爱。我现在就是这种心情。这么多年，我一直生活在爱中，养父母的爱、生身父母的爱、战士们的爱，还有你的爱……我真的希望时光能倒流，一切都能重新开始，让我尽情地享受这些爱。让我也满怀深情地对生我、养我的爸爸、妈妈，对战士们，对你，说一声，我也爱你们，爱你……

哨卡院子。日。外。

雪，还在下着。大雪已经将院子严严地覆盖了。方扬在给车轮套防滑链。

哨卡招待所。日。内。

（袁鹰的背包已经打好了，她把那封信放在桌上）

袁　鹰：（画外音）好在我们还要回来，还要回到我们都想为之付出一生的昆仑山来。那时候，我想让你带我登上圣女峰的山顶，我要告诉每一个人，告诉每一座山峰，浩天，我也爱你……

哨卡值班室。日，外。

（丁浩天、刘大昭都在看着外面的天，有点迟疑）

丁浩天：等雪停了再走吧。

袁　鹰：昆仑山上的雪，一会半会停不下来，还是走吧，赶到三十里营房就好了。

丁浩天：这场雪太大了。

昆仑军区。日。外。

军区大院也被大雪裹住了。一把把扫帚哗哗地挥动着，军区的人正在清扫路上的雪。

路上。日。外。

（方扬的车驶出了哨卡的院子，突然，后面传来一阵呼喊）

丁浩天：（掉头看了看）是老兵蔡他们。

（方扬停下车。袁鹰、方扬、丁浩天都下了车，看着追过来的兵们。果然，

老兵蔡和几个战士抱着骆驼刺气喘吁吁地跑来）

丁浩天：你们这是干什么？

老兵蔡：我们一大早就上山找骆驼刺了，都被雪盖住了，不好找。再迟一步就赶不上你们了！

袁　鹰：骆驼刺？

老兵蔡：袁鹰同志，你要走了，山上没有鲜花，我们只能找到骆驼刺，用骆驼刺装扮你的车了。（老兵蔡一挥手，几个兵忙活起来，他们把骆驼刺插在车上）

袁　鹰：（激动地看着兵们，逐个地握着他们的手，含着热泪）谢谢你们，谢谢大家，这是世界上最美丽的鲜花了。

（老兵蔡笑了，兵们粗糙黑红的脸上，都露出了笑容）

老兵蔡：（收敛了笑容，神情庄重地）袁鹰同志，请你记住我们！记住圣女峰！记住圣女峰缺氧不缺精神！

袁　鹰：（一震）我会记住你们的，我会记住圣女峰缺氧不缺精神！

（袁鹰和每一个士兵紧紧地拥抱。袁鹰和每一个士兵都激动得热泪盈眶。袁鹰站到丁浩天的面前，她伸出手。丁浩天的手和袁鹰的手紧紧地握在一起）

（插满骆驼刺的军车启动了）

老兵蔡他们：（挥动着手臂喊着）

　　高飞，高飞，高飞入云端。

　　你是鹰你勇敢，

　　勇敢更坚强。

　　高飞，高飞，高飞入云端。

　　你一边飞翔一边欢唱，

　　鹰笛嘹亮刺破青天，

　　听昆仑回响。

　　你激励我飞举，引导我翱翔，

　　飞举，翱翔，

　　在那遥远的地方。

哨卡院子。日。外。

雪，还在下着。丁浩天站在风雪中，默默地看着军车远去。

韦铁锤办公室。日。内。

（韦铁锤正在审阅文件，一参谋拿着一份电报匆匆进来了：司令员，军区急电）

韦铁锤：念。

参　谋：莎州县红旗、跃进等六公社遭遇百年未遇的暴风雪，令你部火速组织部队营救。

韦铁锤：通知各部门领导，去作战室。

军区作战室。日。内。

（人们集中在巨幅地图下，一个个神情严肃）

一参谋：（拿着金属棍，指点）这儿，这儿。

一军官：大面积了。

韦铁锤：（下令）命令军区所有单位，全员投入抢险救灾。要不惜一切代价，不惜一切人力物力，确保牧民群众不伤一人，不亡一畜！

参　谋：是。

军区机要通信室。日。内。

所有的有线无线都下着同一个命令：全员出动，抢险救灾。要不惜一切代价，不惜一切人力物力，确保牧民群众不伤一人，不亡一畜！

圣女峰哨卡连部。日。内。

丁浩天：（神情庄重地复述命令）一排留守哨卡，其他全员出动。要不惜一切代价，不惜一切人力物力，确保牧民群众不伤一人，不亡一畜！

（集合号响了，在雪峰上空回荡）

路上。日。外。

（插满骆驼刺的军车正在路上行进。车上，方扬和袁鹰都听见了紧急集合号。方扬停下了车。袁鹰摇下车窗，探出头去，侧耳细听）

袁　鹰：是紧急集合号！

方　扬：出什么事了？

袁　鹰：（果断地）开回去！

圣女峰哨卡院子。日。内。

（雪花飘着。部队在飘飘大雪中集合了。袁鹰、方扬都站在队伍里）

丁浩天：（神情严肃地站在队列前）同志们，我军的宗旨是什么？

战士们：（高喊）听党指挥，服务人民！

丁浩天：我们连队的誓言是什么？

战士们：（高呼）一切为了祖国！一切为了人民！

丁浩天：很好！现在，实践我们誓言的时候到了！红旗公社遭遇百年不遇的大雪灾，灾区的百姓等着我们救援。现在我命令：全连干部战士，一排留下负责防区的执勤，其余人员全部出动，即刻赶往灾区！

刘大昭：连长！还有阿迪江大叔一家怎么办？

方　扬：你们去红旗公社，我去阿迪江大叔家吧！

袁　鹰：我也去！

丁浩天：刘大昭，你和方排长、袁护士一同去阿迪江大叔家！把阿迪江大叔一家转移出来以后，我们在拉玛大阪下会合！

刘大昭：是！

战士们：（举起手臂，再次高呼）一切为了祖国！一切为了人民！

丁浩天：登车！

（两辆军卡和方扬的车早已点火待发。战士们神情庄重，秩序井然地登车。军卡出发了，驶进风雪中。国旗在风雪中飘扬）

路上。日。外。

雪还在纷纷扬扬地下着,军车顶着风雪前进。丁浩天坐在第一辆车上,他的身边坐着背着发报机的通讯员。第二辆车上,坐着袁鹰和刘大昭,刘大昭身上也背着发报机。分路了,丁浩天和袁鹰在各自的车上挥手告别。

雪山口。日。外。

(哨卡被大雪阻住了。丁浩天跳下车,战士们纷纷跳下车)

丁浩天: 探探路!

(丁浩天用铁锹插了插,积雪齐腰深了。战士们用铁锹当拐杖,踏着厚厚的积雪艰难地前进。大雪纷纷扬扬,肆无忌惮地抽打着这支队伍)

路上。日。外。

方扬的车还在行进。

韦铁锤办公室。日。内。

(韦铁锤在地图下踱着步)

一参谋:(进来报告)司令员,大部分部队已经进入指定位置,正在帮助群众转移。

韦铁锤:(点点头)有没有圣女峰哨卡的消息?

参 谋: 还没有。据地区通报的情况,红旗公社灾情最重,进出的道路全被封住了。

韦铁锤:(转过脸,看着参谋)全封住了?

(参谋点点头)

韦铁锤:(神色严峻)告诉丁浩天,要不惜一切代价冲上去,把牧民救出来!现在是党考验我们的时刻!也是人民最需要我们的时刻!

参 谋:(立正)是!走了。

(韦铁锤走到地图前,找到红旗公社的地盘)

路上。日。外。

丁浩天：（给发报员下令）向军区报告，我们已经突破大雪封阻，进入灾区，正组织灾民转移。人员安全。牧民安全。

（发报员熟练地发报。电波声声，在长空回响）

军区机要通信室。日。内。

一排排收发报机正紧张工作着。一译电员将一封电报递给参谋：圣女峰哨卡的。参谋接过电报，匆匆跑去。

韦铁锤办公室。日。内。

（韦铁锤在踱步，他面无表情，但脚步透出了内心的焦急。门外响起一声：报告）

韦铁锤：进来！

参　谋：（进来报告）圣女峰哨卡来电！

韦铁锤：念！

参　谋：圣女峰哨卡官兵已突破大雪封阻，进入灾区，正组织灾民转移。

韦铁锤：（着急地问）人员情况？

参　谋：人员安全。牧民安全。

韦铁锤：（脱口而出）好！其他地方情况怎么样？

参　谋：大部分群众已经转移到安全地方，部队正在对分散的牧民点进行搜索和营救。

（韦铁锤点点头）

路上。日。外。

袁鹰和方扬、刘大昭踩着厚厚的积雪往前走。

牧场帐篷。日。内。

（阿迪江大叔躺在铺上呻吟，阿拉尔罕抱着孩子在哄，孩子没有吃的，饿得哇哇叫。阿拉尔罕一筹莫展地祷告着，祈祷真主保佑阿爸身体康复，祈祷全家平安度过雪灾）

阿迪江大叔：（醒过来，看着阿拉尔罕）阿拉尔罕，阿爸身体不太好，走不动了，你带着孩子下山吧，下山可以找到吃的。

阿拉尔罕：阿爸，我走了，您怎么办呢？我不能把您一个人放下自己走啊。

阿迪江大叔：听话，孩子，谁也想不到大雪现在就下呢，咱们什么东西都没有储备啊，孩子没有吃的不行的嘛。你带着他下山吧，山下总是能找到吃的东西嘛。

阿拉尔罕：（流着泪，摇着头）不管怎么样，我不能把阿爸丢下，我得侍候阿爸。

（阿迪江大叔摇摇头，他对固执的阿拉尔罕没办法。阿拉尔罕把孩子裹了裹，走出了帐篷）。

雪地上。日。外。

（阿拉尔罕的双手在雪地上刨着，寻找着。阿拉尔罕什么也没有找到，她失望了，一下子跪倒在雪地上，哭了）

阿拉尔罕：热哈迈提！你在哪里？你赶快回来吧！回来救救我们吧！

牧场帐篷。日。内。

（阿拉尔罕擦干眼泪，揉了一个雪团走进帐篷。孩子还在哭，阿拉尔罕抱起孩子，把雪团放在孩子嘴边，孩子舔了两下，又哇哇哭起来）

阿拉尔罕：（哄着孩子）不哭，不哭，阿爸马上回来了……

阿迪江大叔：（直摇头）阿拉尔罕！你赶紧带着孩子走！

（外面传来急切的呼喊声：阿迪江大叔，阿迪江大叔……）

（阿迪江支起身子看着门口，脸上露出了笑容。阿拉尔罕抬头向门口张

望！门开了，几个雪人出现在门口，他们浑身都被雪裹起来了，只露出红红的帽徽、领章和两只大大的眼睛）

阿拉尔罕：（惊呼）解放军！

热哈迈提：（进来）阿爸！解放军救我们来了！

阿拉尔罕：（眼泪掉下来了）阿爸！解放军来了！

雪坡上。日。外。

一行人背着阿迪江大叔，抱着孩子，搀扶着阿拉尔罕在雪地里走着。他们走到一座山谷里了。

临时帐篷。日。内。

丁浩天：（向发报员）联系一下刘大昭，看看他们在哪里，把我们的方位告诉他们。

发报员：刘大昭！刘大昭！听见请回话，听见请回话！

雪坡上。日。内。

阿迪江大叔：（不住地向上看着，嘴里说）袁护士、方扬，小心点儿！快点过去，这个地方山坡太陡……

（阿迪江大叔话还没说完，突然，雪山天崩地裂一般倾泻下来。）

阿迪江大叔：（大喊）雪崩——！

临时帐篷里。夜。内。

（丁浩天和许多战士都在这里等候着袁鹰和方扬。）

丁浩天：（对着发报员拼命地喊）刘大昭！刘大昭！你听见没有？听见没有？

（丁浩天和战士们焦急不安。）

雪地。日。外。

方扬、阿迪江大叔、阿依古丽、刘大昭一边呼喊着袁鹰，一边发疯一样拼命地刨雪。

临时帐篷。日。内。

发报员还在呼叫：刘大昭！刘大昭！

突然传出刘大昭的声音：连长！连长！我们遇到雪崩……

所有的人都是一惊。

丁浩天：（抢过发报机，大声问）有没有人员伤亡？有没有人员伤亡？

刘大昭的声音：袁鹰失踪了！袁鹰失踪了！我们正在寻找！请求援救！请求援救！

（还没等丁浩天下命令，战士们已经冲出临时帐篷。）

路上。夜。内。

卡车亮着大灯慢慢地在雪地里移动。灯光里，大片大片的雪花在风的推动下肆虐着。老兵蔡开着车，丁浩天坐在他的身边。车厢里，坐着战士们，每一个人都神情凝重，都心急如焚。

路上。夜。外。

车轮滚滚，卷起层层雪尘车内，韦铁锤脸色铁青，如同雕塑！

路上。夜。外。

救护车拉着警笛，红灯闪闪，向山上疾驰。车内，金院长沉默如山，韦洁的脸上挂着泪水。

车内。夜。内。

老兵蔡圆瞪着眼睛，开着车，丁浩天坐在他的旁边，死死地盯着外面。外面，除了灯光里的雪花，其他什么也看不见。突然，车子一歪，陷进路边的沟里。

丁浩天跳下车，察看一番，发疯吼道：走不了了！我操你老天爷！

军区机要通讯室。夜。内。

机要员还在喊:刘大昭!刘大昭!

雪地里。夜。外。

丁浩天抱起袁鹰。在雪地的照映下,袁鹰像一个婴儿一般熟睡着。

一组镜头

丁浩天:(神色沉重地报告)圣女峰哨卡报告,昆仑军区外科护士袁鹰病重,生命垂危,请求援救!报告人:代连长丁浩天。1978年8月31日。

空镜:苍茫暮色中,一排电线杆沿着公路,穿越群山,向远方延伸,似乎一直延伸到心脏,延伸到北京!丁浩天的报告声穿越时空,在电话线上方回荡!

(远景)昆仑山上,漫天大雪。茫茫雪海中,一辆军车在一群军人的簇拥下在风雪中艰难地行进。卡车在高山雪原的衬映下,显得那样孤独,弱小。

战士们拼命地推着军车,车轮在雪地里打滑,空转。一个战士脱下大衣,铺在车轮下,又一个战士脱下大衣,铺在车轮下,卡车在大衣铺成的道路上缓缓行进。路上,一辆军用吉普冒着风雪向山上疾驶,车上坐着司令员韦铁锤,他一脸的凝重。一辆救护车呼啸着在山路上疾驶,车内,韦洁眼睛里包着泪水。军区,有线的、无线的电波都在下达一个命令:紧急援救!卡车上,袁鹰已经处于昏迷状态,她平躺在战士们用手搭成的担架上。方扬紧紧握着方向盘,眼睛盯着外面弥漫的风雪。军用卡车在风雪中缓慢地行进。车内,丁浩天抱着袁鹰,紧紧地咬着唇,唇上洇出丝丝血迹。他的内心忍受着千百倍的煎熬,他把脸贴在袁鹰的脸上,泪水无声地滑过他的脸颊,落在袁鹰的脸上。

(镜头落在袁鹰的脸上)

丁浩天:(画外音)我们已经被困在雪地里三天三夜了,死神的脚步声离袁鹰越来越近。也许再有两天,也许一天,也许就在十分钟以后,她就会被冻僵,生命离开年轻的躯体,浓缩为一块石头,不,是一颗石子,永远留在昆仑山上了。但是,她不会后悔,走上昆仑山,是她的选择,也是我们共同的选择。如果生命还会再有一次,袁鹰、方扬,还有我,我们还会重复这个选择,还会再一次走上昆仑……

路上。日。外。

吉普车在风雪中行进。救护车在风雪中行进。

路上。日。外。

军车在风雪中行进。

路上。日。外。

吉普车在飞驶。车内,韦铁锤呆呆地望着外面茫茫原野。

(闪回)

雪域高原。日。外。

(枪炮声中镜头拉开。敌人又一次发起冲锋)

袁有生:同志们!狠狠地打!绝不能让敌人越过国境线!

(敌人从三面包抄过来,袁有生和小分队仅有的几个战士被敌人包围起来,处境已经很危险了。敌人的后面响起枪声,韦铁锤带着战士赶到。敌人开始撤退,韦铁锤和袁有生带着战士追击,这时一颗手榴弹飞过来)

袁有生:(大喊一声)大铁锤!

(袁有生扑在韦铁锤的身上,他的身边又倒下两名战士。战士的血和袁有生的血染红了他们身下的雪地)

韦铁锤:(惊呼)指导员!

医院。日。外。

(韦铁锤在手术室外转来转去,急得像一头饥饿的狼。医生从手术室出来,韦铁锤迎上去)

韦铁锤：（急切地）怎么样了？

医　生：命是保住了，但是没有生育的能力了。

韦铁锤：生育能力？啥叫生育能力？

医　生：就是以后不能生孩子了。

韦铁锤：（笑了）命保住就好，生孩子那不是咱大老爷们儿的事！

医　生：（笑起来）韦连长，没有男人，女人也会生孩子？

韦铁锤：（愣住了）你是说……袁有生不能传宗接代了？

（医生拍了一下韦铁锤的肩膀，走了。韦铁锤愣怔怔地站在那儿了）

火车站。日。外。

（横幅）热烈欢送复员转业军人。站台上，已经没有领章帽徽的兵们相互告别，依依不舍。

袁有生：（在人群里找来找去，大声地问）老李！看见韦铁锤没有？

医院。日。外。

（一辆吉普车风驰电掣一般驶来。车还没停稳，车上就跳下来一个人，是韦铁锤）

韦铁锤：（一边往医院里面跑，一边大声命令）不要熄火！

（韦铁锤带着风冲进医院）

火车站。日。外。

人们开始上车了，袁有生翘首眺望着。

袁有生：这个韦铁锤，上哪儿去了？！

医院。产房外。内。日。

（韦铁锤在手术室外转来转去，急得像热锅上的蚂蚁。一护士从产房出来）

韦铁锤：护士！我老婆生没生？

护　士：没有。

韦铁锤：（霸道地）你告诉她，就说是我的命令，叫她五分钟之内必须解决战斗！

　　护　士：韦营长，这可是生孩子，急不得。

　　（里面孩子的哭声传出来，韦铁锤高兴得"嗨！"一声，冲进产房）

　　护　士：（跟在后面喊）韦营长！这是产房，不能进去！

　　（很快，韦铁锤抱着一个包裹又冲出产房，一阵风一样刮走了。产房里传出一个女人撕心裂肺的哭声：我的孩子！……）

火车上。日。内。

襁褓中的小袁鹰在哭。

路上。日。外。

战士们推着卡车，在风雪中艰难地行进着。

军卡上。日。内。

（袁鹰动了一下，睁开眼睛）

　　丁浩天：袁鹰！袁鹰！你醒了？觉得怎么样？

　　袁　鹰：（衰弱地）我听见妈妈喊我了。我的妈妈喊我了……这是哪里？

　　丁浩天：我们快要到圣女峰了，快到了。

　　（袁鹰的眼睛望向窗外）

　　（闪回）

　　〔一列军车远远地驶来，又呼啸而过；身着军大衣，头戴军帽的袁鹰跳上客车。客车起动了；袁鹰跟着军列跑；袁鹰身体惯性地又向前冲了几步，跌倒在地上，一动不动。袁鹰从煤车里站起，她逆光站着，身后是刚刚升起的朝阳。阳光下，她身影的四周散发着一圈一圈光轮；身上又脏又黑的袁鹰撒腿就跑，车站工人跟在后面追；袁鹰在路上行走着，她的身边，三三两两的藏民转着经筒，一边走一边叩着长头；袁鹰走不动了，坐在路边哭了；袁鹰来到军区，她还是穿着父亲那件黄大衣，头上戴着黄棉帽，衣服脏兮兮的，好像已经穿着走过了万里长征。她瘦了，又黑又黄，头发乱糟糟的；袁鹰跟在韦铁锤的身后跑来；韦铁锤站住，袁鹰也站住，大口大口地喘息，被汗水浸湿的头发贴

在脸上，她在门口的台阶上坐下，她累坏了；袁鹰穿着军装，笑吟吟地走来；哨卡，袁鹰在唱歌。〕

突然，桂红云向她走来，走来，脸上挂着笑容。

袁　鹰：（轻轻地叫了一声）妈妈……（她扑了上去，扑进了妈妈的怀抱！）

（袁鹰的眼角滚出了两粒大大的泪珠）

丁浩天：袁鹰，袁鹰！

（昆仑巍巍，回荡着丁浩天铭心刻骨的呼喊）

圣女峰上。日。外。

白茫茫的天，白茫茫的地，白茫茫的山河。韦洁手捧着袁鹰的遗像走上山来。

（特写）袁鹰微笑着注视着圣女峰。四个军人抬着覆盖着国旗的棺柩，迈着标准的步伐，缓缓走上山来；韦铁锤、袁有生、翠莲跟在棺柩的后面走上山来；丁浩天带着哨卡的官兵们，手持着钢枪，面色凝重，走上山来。

烈士陵园。日。外。

白茫茫的大地上又隆起一座坟茔，墓碑上刻着"袁鹰烈士之墓"，和"王永年烈士之墓"排在一起。

两座墓后，矗立着一个高高的纪念碑，纪念碑上刻着两排大字：一切为了祖国！一切为了人民！

哨卡的官兵、医院的官兵站在烈士陵园前。韦铁锤、袁有生、翠莲、韦洁、丁浩天、方扬、金院长、柳絮站在队伍的最前面。阿迪江大叔、热哈迈提、阿拉尔军和地方领导也站了一大排。

一排枪口直指向天空，一排子弹飞上天空；又一排子弹飞上天空，又一排子弹飞上天空。

哨塔下。日。外。

碧蓝碧蓝的天，火红火红的霞，洁白洁白的雪。经过风雪洗礼，圣女峰格外清纯圣洁。哨卡全副武装，整整齐齐地列队在雪峰哨塔之下。韦铁锤、袁有生、翠莲、韦洁、阿迪江大叔、热哈迈提、阿拉尔罕和地方领导也站在哨塔下。

（韦铁锤站在队列的前面）

韦铁锤：同志们，我们的身后是什么？

哨卡：（齐声高呼）祖国！人民！

韦铁锤：我们的职责是什么？

哨卡：（齐声高呼）保卫祖国！保卫人民！

韦铁锤：我们的誓言是什么？

哨卡：（齐声高呼）一切为了祖国！一切为了人民！

（圣女峰上回响着韦铁锤的声音：几十年来，我们一代一代边防战士不怕艰苦，不怕牺牲，前赴后继，奋勇向前！因为我们心中装着祖国，装着人民，我们一切为了祖国！一切为了人民）

战士们：（高呼）一切为了祖国！一切为了人民！

韦铁锤：向为保卫祖国保卫人民而献身的烈士敬礼！

（哨卡的战士们向烈士敬礼）

韦铁锤：（下令）升旗。

（丁浩天上前一步，将五星红旗升起来。圣女峰上响起《国歌》的雄壮旋律。韦铁锤抬头仰望哨塔上的国旗，他的眼中含着热泪！袁有生抬头仰望哨塔上的国旗，他的眼中含着热泪！丁浩天、韦洁、方扬抬头仰望哨塔上的国旗，他们的眼中含着热泪！每一个人都抬头仰望哨塔上的国旗，他们的眼中都含着热泪！蓝天白雪之间，五星红旗格外地鲜艳，充满整个画面）

剧　终

　　该剧 2009 年建军节期间在央视一套黄金时段首播，同年国庆期间在央视一套再播，并在央视八套、十套，以及各大卫视、地方台热播，获得第二十五届中国电视金鹰奖优秀电视剧奖，第二十二届金星奖一等奖。

桃花庄

——七场现代戏

李海涛 笔名鲁脉。剧作家、作家、导演兼音乐制作人。在《人民文学》《剧本》《雨花》等刊物发表作品200余万字。其中大型现代戏《桃花庄》获文化部2007—2008年度国家舞台艺术精品工程现代戏优秀剧本大奖。

时　间：二十一世纪初

地　点：苏、鲁两省交界处，一个叫桃花庄的平原村落

人物表：

雷振汉——男，50多岁，中共桃花庄村原支部书记、村民委员会主任。

雷玉影——女，40多岁，海天母，振汉恋人。

海　天——男，25岁，桃花庄村新一届民选村民委员会主任（村长）。

梅　子——女，20多岁，黄海大学回村锻炼的研究生，列席村两委。

庆　云——女，24岁，镇长，振汉女。

张　开——男，40多岁，中共桃花庄支部副书记。

鲁二篷——男，40多岁，党支委。

老会计——男，50多岁，党支委、会计。

吴世茫——男，30多岁，村委会"秘书"。

吴世贤——男，30多岁，桃花岭水库值班员。

赵寡妇——女，50岁，村民。

王奶奶——老年村民。

王爷爷——老年村民。

第一场：风雨洗心

〔村两委办公楼。墙上硕大的铜牌闪闪夺目：平原第一村。透视可见乡土别墅式的村容村貌……〕

〔院子里，葡萄花架，架上安一个大号喇叭；下置原木桌凳，有电话、功放、话筒等。〕

〔一串雷声，乱哄哄嘈杂一片："雷书记落选啦！振汉吐血啦！"风声呼啸而起、带哨回旋，天阴了……〕

〔三支委、梅子内齐唱：〕

    选举场上惊雷炸！

〔张开、鲁二篷、老会计心绪烦乱上；梅子跟上。〕

四　　人：（接唱）风云突变万人哗。

梅　　子：（接唱）党支委全体落选场面尴尬，

四　　人：（接唱）雷书记大树参天也垮塌。

老会计：（接唱）选票稀如秃顶发，

鲁二篷：（接唱）——阶级斗争怎能不抓！

梅　　子：（接唱）是非因果休简化，

    当从根底细深挖。

张　　开：（接唱）这一些统统是后话，

    眼前的局面——怎样收刹？

梅　　子：庆云镇长到县里汇报去了，说是要请上级来决断。

〔内声："奇耻大辱！"振汉怒冲冲上，险些绊倒。四人急扶。〕

雷振汉：（一挺身子推开）奇耻大辱哇！大意了，大意了！就去县医院查了个身体，单子都没拿就往回赶，还是没控制住局面！（吐出一口血来，忙用

大手巾捂住）

梅　　子：雷书记！您又吐血啦？

雷振汉：我死不了。真能要我命的，是这该死的海选！（唱）

二十年为百姓披肝沥胆！

二十年的当家人哪，就这样被乡亲们给甩啦？为什么呀？

梅　　子：是啊，我们是应该想一想了。（接唱）

想一想，是何时从何处干群离心、油水分川。

鲁二篷：没什么好想的，"平原第一村"的群众集体排斥党支委：政治事件！

张　　开：定性要慎重——问题不简单：我们落选，得票最高的却是非党群众——海天！

梅　　子：关键是，父老乡亲们为啥疏远组织而拥护他？

老会计：这几年，海天一直在资助困难家庭的孩子上大学，贴了几万打工挣来的辛苦钱……

张　　开：绝户刘婆中风偏瘫，也是海天跟他妈玉影端屎倒尿、冬棉夏单！

梅　　子：最后还披麻戴孝，送老人含笑长眠……

雷振汉：（叹息地）这都是些很得人心的事啊！

梅　　子：海天的长处，也许正是支部所短？

鲁二篷：得了吧你们！品行好就该登台掌权？要我说，这事纯是海天资助的那几个大学生寒假期间活动的恶果，不可姑息，要追究、查办！

〔"轰隆"一声巨响传来，大地震颤，余响不绝。众人几乎站不住脚。大风暴啸，天更阴了……〕

〔吴世茫内高喊着："雷书记！"气急败坏地跑上。〕

吴世茫：雷书记，出事啦！出大事啦！

雷振汉：出什么事了？你快说！

吴世茫：桃花岭水库炸岭扩容，把咱村的农民别墅震倒了七八家！

鲁二篷：你胡说！水库扩容怎么会震倒村里的房子？纸扎的吗？

吴世茫：不是纸扎的，也是泥糊的……

雷振汉：（一把揪住吴的胸口）什么意思？你说！（一用劲把吴抓起按在

凳子上）你讲！！

　　吴世茫：勒死我啦！……那七八家都是困难户，村里要求建别墅，当了裤子他们也盖不起呀！

　　老会计：不是每户人家都有三万元补助吗？

　　吴世茫：他们用的就是那份钱！

　　老会计：那可差太多了。

　　吴世茫：所以只好偷工减料！

　　张　开：地基？

　　吴世茫：不夯了。

　　鲁二篷：钢筋？

　　吴世茫：不用了。

　　老会计：砌墙？

　　吴世茫：单砖立放。

　　梅　子：水泥？

　　吴世茫：黄土砂浆！这样的房子今天才倒，已然是苍天保佑，烧了高香！

　　梅　子：就该实事求是，盖不起暂时不盖！

　　吴世茫：谁敢哪！雷书记心狠手辣……（见雷瞪眼一哆嗦）工作力度大，工作力度大……他也太大了！说是要参加什么先进村镇评选，下的是死命令！

　　雷振汉：造孽呀！……（猛醒）人怎么样？有没有砸着什么人？

　　吴世茫：幸好都在参加选举……

　　〔内忽传来一声惨厉的女声哭骂："雷振汉！我要杀了你！"赵寡妇举着一把菜刀披头散发冲上；雷玉影喊着"赵嫂！赵嫂！"急追而来。〕

　　雷玉影：（一把拉住赵）赵嫂！你不要冲动……

　　〔赵寡妇发疯般甩开雷玉影，举刀直扑雷振汉！〕

　　〔鲁二篷忙推开振汉，架住赵寡妇。〕

　　鲁二篷：赵嫂，你要干什么？！

　　赵寡妇：（歇斯底里地挣扎）我要杀雷振汉！你让我杀了他！……

　　张　开：（厉声呵斥）赵嫂！杀人犯法！（把刀夺下）有啥问题，冷静下来说！（扔刀在地）

赵寡妇：（大哭）天哪，我赵家断子绝孙啦，你让我怎么冷静啊！（瘫坐在地，惨烈地唱）

　　　　杀千刀的雷振汉，
　　　　你逼得我哑巴也哭皇天！
　　　　土庄户非要把洋楼建，
　　　　害我家欠下几万冤枉钱、几万冤枉钱哪……

（哭得说不下去，伏地大恸）

雷玉影：（接唱）为还债，赵嫂的独生儿，进城打工摔成瘫痪；
　　　　怀孕的媳妇摆了菜摊！
　　　　洋楼倒，砸伤她的儿媳流了产——

赵寡妇：（接唱）我那未出世的小孙孙哪！
　　　　可怜赵家就断了香烟。
　　　　这笔账应该怎么算？
　　　（切齿）姓雷的！（接唱）
　　　　赵寡妇这辈子跟你没完！

〔雷振汉捡起刀来走到赵寡妇跟前，把刀递到她手里。〕

雷振汉：（沉重地）大妹子，请拿好了刀。（唱）
　　　　留头不算断头算，
　　　　雷振汉任你剐来任你剜。

雷玉影：（大惊）哥！你要干什么呀？（拉扯振汉）

雷振汉：（搡开玉影）你别管我！

众　人：（大急）雷书记？！（纷乱欲阻）

雷振汉：都不许动！谁拦我跟谁拼命！（接唱）
　　　　千刀难尽我的愧和憾。
　　——振汉领死！（在赵寡妇面前单膝一跪）

赵寡妇：（拿刀的手剧烈地颤抖着，忽然惊叫一声）不！你是党的干部，共产党是老百姓的天哪！（接唱）
　　　　我宁愿杀自己，也不杀共产党员！

〔"当啷"一声刀掉在地上，赵寡妇哭着跑下。〕

雷玉影：赵嫂！赵嫂！（看振汉一眼，叹口气追下）

〔空中回荡着赵寡妇撕心裂肺的哭叫声："天！我们小老百姓可怎么过噢？……"〕

张　开：雷书记，我们现在……

雷振汉：（没好气地）还用说吗，都去塌房现场！

〔内声："不，你们没有这个资格了！"海天昂然上。〕

海　天：（唱）海天拜会前领导！

鲁二篷：对不起，没工夫搭理你。雷书记，我们快去组织抢险！（欲下）

海　天：站住！现场抢险有新任村委们主持，你们，歇菜吧！

张　开：凭什么？

海　天：就凭你们都是——罪魁祸首！（接唱）

老百姓不信任，我岂敢有劳。

〔吴世茫赶紧端条凳子赔笑送到海天跟前，极麻利地用袖子揩揩——〕

吴世茫：村长，您请坐——请上座！（很"自己"地）这可真是啊，风水轮流转，今年到咱家！二十年前，雷书记夺了令尊海水海书记的权；二十年后，群众又帮您夺了回来！啊？哈……

海　天：（怒喝）闭上你的破嘴！民主大计，人心所趋，你怎么敢往争权夺利上扯！走开！（转对众人）现在我以桃花庄新任村民委员会主任身份通知各位，请尽快收拾东西离开这里，以便给新班子腾地方办公！

梅　子：（友好提醒）海天！过分了啊，雷书记还是你舅舅呢。

海　天：那……只好算我大义灭亲了！

雷振汉：（锉得牙响）欺人太甚……不要忘了，这是村两委办公楼！除了村委会，这里还是党支部的办公地！

海　天：你也不要忘了，中共中央、国务院联合通知，（"唰"地抖出一份文件）拟推荐的党支部书记人选先参加村委会选举，获得群众认可后再推为书记人选；如选不上村主任，就不再参选党支部书记！——所以，你雷老舅恐怕已经历史性地出局了！

雷振汉：（勃然爆发）你……你，你，你住口！（唱）

青山仰天自伟岸，

　　　　岂是随便能掀翻!
　　　　雷振汉为党为国为村为民倾尽多少血和汗,
　　　　二十年,桃花庄穷村变成米粮川。
　　　　小康路快马超前赛飞箭,
　　　　新农村建设领先再领先!
　　　　"第一村"不是牛皮换,
　　　　靠实干崛起在大平原!
　　　　雷某今日落了选,
　　　　良心依然敢对天。
　　　　历史自有历史验,
　　　　怎容你黄口小儿信手胡弹!
　　混账东西,滚!
　　海　天:(反而坐下了,接唱)
　　　　有理不在高声喊,
　　您说我混账?嘿嘿!(接唱)
　　　　群众的算法大不然,
　　　　雷老舅你往这里看。
　　(掏出一张单子)这份账单,是支持我的村民在本村、本镇、本县各家饭店调查的结果。(撇在桌子上)好好看看吧,看完可能就明白了:什么样的账才是混账?(接唱)
　　　　为什么老百姓要用选票——换了村官!
　　〔海天扬长而去,吴世茫讪笑着追随下〕
　　梅　子:(捡起账单念)近三年村两委公款吃喝账目表……啊?三年吃喝……一百万!
　　〔音乐突起,沉重的大鼓一下一下撞击着人们的心灵。〕
　　梅　子:振汉叔,张副书记,这是真的吗?
　　〔振汉无语。〕
　　张　开:老百姓的眼睛……毒哇!
　　老会计:这还没包括出差在外的酒水……

梅　　子：二篷叔？

鲁二篷：（愤愤地）你是回村锻炼的研究生，又不是月里嫦娥下凡，不识人间加减数！眼下就这社会风气，哪样事情离得了开桌设席、上名酒！

梅　　子：可那是一百万哪！都是父老乡亲们的血汗……记得那年我考上了大学，全家砸锅卖铁也凑不齐学费。娘说，要不把该交村里的提留钱先用上，爹死活不让，说公家的钱一分也不能欠，（泪下）他……他是到县里卖血给我凑够了学费呀！……

雷振汉：孩子，社会是复杂的，你不能太理想化。

梅　　子：可你们是党员，是支委，在村里，你们就等于中国共产党！

〔一声霹雳，余雷滚滚，闪电频挥。风裹雨声暴啸而起。〕

众　　人：（从心底掂量）在村里，我们就等于共产党……（隐去）

〔追光照着大雨滂沱中的雷振汉。〕

〔序幕中的女声："雷书记，我们当真可以不选你吗？"〕

〔赵寡妇的声音："天！我们小老百姓可怎么过噢？……"〕

〔海天的声音："你们都是——罪魁祸首！"〕

〔一声炸雷，风雨更猛。〕

雷振汉：（仰天长啸）大雨啊，你好好地冲刷一下雷振汉吧！（唱）

　　　　雨打雷轰风激荡，

　　　　落花流水五脏伤！

　　　　痛极方知病中相，

　　　　愚而妄，躁而狂，急功近利、顶上缺点，

　　　　"民主"不觉变"民王"。

　　　　忆当年初上任心明眼亮，

　　　　临大事重民意反复协商。

　　　　干群同心把新路闯，

　　　　闯出个报纸有名、电视有影、上级满意、百姓舒心的桃花庄！

　　　　是何时眼中唯奖与唯上，

　　　　村情民意丢一旁。

　　　　百姓疾苦过目忘，

最可恨雪上添严霜！
名酒大宴如水淌，
父老乡亲透心凉。
选票轰我下了场，
这才叫种瓜得瓜种豆得豆、倒贴二斗红高粱！
我对不起百姓对不起党，
悔青了三尺莽汉肠。

〔风雨渐歇……内汽车刹车声响，庆云匆匆上。〕

庆　云：（一见振汉的样子急了）爹！你，你怎么在雨地里淋着？……

雷振汉：一个镇长，别婆婆妈妈的！你从县里回来了？

庆　云：嗯，县委和人大的意见是，尊重群众的民主权利，这次选举合法、有效。

雷振汉：那，党支部换届怎么搞？新村委会没有一个党员，我又失去了书记候选资格！

庆　云：情况特殊，县委指示可以推迟一年换届，由原支部带领全村党员，重拾人心重聚民气，重树党的大旗！但是——

雷振汉：怎么说？

庆　云：党员候选人全体落选，必须有人负责！因此你被降为代理书记。

雷振汉：感谢县委！只要党给我机会——

庆　云：（打断）爹！（惨然地）你……没有机会了，从县委出来，我又去了县医院，替你取体检单……（掏出单子递过去）

雷振汉：（看单子一惊）啊？！这，这……（拿单子的手颤抖起来）

庆　云：县医院的医生说，要马上住院动手术。

雷振汉：（强力使自己镇定）动了手术，我能多活几年？

〔庆云摇头，凄然无语。〕

雷振汉：不动手术呢？

庆　云：最多……一年！

雷振汉：噢？（突然大笑）哈……足够了！（打开桌子功放，带回声的召唤破空而起）全村党员注意，桃花河畔将军林，集合！

〔乐起。雷又欲吐血,忍了又忍终于没有忍住,一口鲜血喷出,把一条大毛巾染得血红。〕

庆　云:(凄切地)爹!……

〔风声大啸,雷面色凝重如一尊石雕——切光。〕

第二场:誓师

〔紧接前场。景同序幕。大雨虽停,风声仍一阵紧似一阵。〕

〔雷振汉内唱:〕

　　　　　　大局危容不得(急步登场"亮相")浑浑噩噩!

〔张开、鲁二篷、老会计、梅子率大批基层党员急上,列队。〕

张　开:书记同志,桃花庄四十八名党员,全部到齐!

众党员:全部到齐!

〔庆云内声:"爹!"匆匆奔上。〕

庆　云:爹!你的病耽搁不起啦,赶快跟我去县医院……

雷振汉:闭上你的嘴!(接唱)

　　　　私情细事你少啰唆,

　　　　桃花庄党旗飘摇欲堕,

　　　　天大的责任肩头搁。

众党员:(接唱)堡垒岂能任陷落,

　　　　　　　民心急待挽滑坡。

庆　云:(接唱)有功论功有过改过,

雷振汉:(接唱)有问题,剖肝洗肺也要解决,

　　　　　　　战骄战惰战自我。

庆云,站到党员队伍里面去!(接唱)

　　　　　　共产党生来是——

庆　云:(接唱)战士的集合!

〔风声呼啸而过。〕

雷振汉:同志们!我们脚下这是什么地方?

众党员：将军林！

雷振汉：它为什么叫将军林？

众党员：将军栽种，百姓管养！前人栽树，后人乘凉！

雷振汉：是啊，这桃林年年大丰收，早已是桃花庄人的活银行。又有几人记得，它还是一位共产党人犯了错误，并且勇于改正错误的血汗篇章！……

〔乐起。〕

庆　云：爹！爷爷一生过五关斩六将，你干吗单提他走麦城啊？

雷振汉：因为他不仅是我雷振汉的养父，也是桃花庄的老支部书记。

庆　云：我明白了：雷猛将军的一切，都是后辈党员的宝贵营养！（唱）
　　　　抚今追昔，汲取力量！

雷振汉：（接唱）似看到老将军，金刚怒目、恨铁不成钢……

〔音乐持续。〕

庆　云：爷爷是位长征英雄，打了一辈子恶仗，遍体鳞伤！

雷振汉：中华人民共和国成立初他回老家来疗养的时候，桃花庄还是远近闻名的"叫花庄"！没多久，他老人家就解甲归田当了村官，据说是他的两句话打动了高层首长。他说——

雷振汉、庆云：军队不缺英雄，农村需要战将！

雷振汉：老将军为桃花庄鞠躬尽瘁一辈子啊！一辈子也没能让桃花庄繁荣富强。他急呀，晚年反复研究当时的农业政策，居然提出了"再造一个大寨"的主张。

庆　云：他不顾全村人的强烈反对，逼着群众打造大寨式的梯田。

雷振汉：为此竟把桃花岭上下的树木，统统伐光！

庆　云：结果第二年天降暴雨，梯田全部垮塌。

雷振汉：壅了桃花河，冲了村子，淹了上千亩肥沃的好地——

庆　云：还让两位孤寡老人在大水中……呛水身亡！

雷振汉：从此爹爹像换了个人，不再豪言壮语。

庆　云：每天默默地带人种树——他栽了那么多的树啊！

雷振汉、庆云：桃花庄变成了绿的海洋！

雷振汉：他在改革开放的前夜去世了，立下遗嘱说：不立碑，不造墓，烧掉拉倒!

庆　云：彻底奉献，悲壮苍凉……

雷振汉：但他的经历就是血汗遗训，他的精神与日月同光！

庆　云：爷爷骨灰撒向这片桃林的时候，送行的群众成千上万——桃花河为之断流哇！

雷振汉：同志们，我们从这里看到了什么？

众党员：共产党人的肺腑肝胆！

〔伴唱：（呐喊似的）啊……〕

所有人：（合唱）将军血汗留遗训，

〔伴唱入——〕

　　　　富民首在重民心。
　　　　立党为公与时俱进，
　　　　天地和谐万家春！

雷振汉：说得好！同志们，我们的目标就是"天地和谐万家春"！但是现在，父老乡亲用选票向我们发出了严重警告，党在桃花庄的基层组织，又到了最危险的时候！怎么办？老书记血汗犹存，将军林早有答案——

众党员：民主为本！无私奉献！实事求是！不尚空谈！

雷振汉：党支部号召全村党员以密切党群关系为己任，分工包干困难家庭，几人帮一家，一家胜一家，争取在最短时间内赶上全村平均水平。这件事由张副书记抓总，梅子出谋划策、居中协调。

张开、梅子：保证完成任务！

雷振汉：有几件具体事要马上办。一是水库扩容震塌的房子。请张开同志马上和水库方面联系，要求赔偿！房子总是他们放炮震塌的嘛！

张　开：明白！

雷振汉：二是村工业园与镇民营工业园合并。因为要封闭小金矿，关停砖瓦厂和小水泥、小造纸厂，我一直在和镇里顶牛。现在想通了，事关地方可持续发展，——庆云，我们全力配合！具体条件，村里派人和你谈判。

庆　云：好，我等着！

雷振汉：第三件事，财务公开。请老会计尽快把账目整理出来，公布出去，接受全村群众的审查！

老会计： 别的好说，这接待和公关费用……

雷振汉： 内外有别！关乎我们自己的，彻底公开！不要掩耳盗铃，你藏着掖着，群众还不是查出我们公款吃喝？

老会计： （一挺腰板）是。

雷振汉： 现在明确一件事：这些费用由雷振汉负责偿还。

众党员： （大惊）这、这怎么可以？

庆　云： 爹，你疯啦？那些大都是公务用餐！

雷振汉： 什么公务用餐！大部分是巧立名目，私人请客！关键问题是，咱失民心就从这些地方开始啊……（唱）

　　　　千宗账目关门算，

　　　　百宗协议背人签。

　　　　奢华大宴称便饭，

　　　　美酒名牌换轮番。

　　　　都说是为民掌印鉴，

　　　　凭自律实难慎用权。

　　　　浪涌长江无堤堰，

　　　　自然是泥沙俱下无遮无拦。

　　　　党旗因我溅污点，

　　　　矫枉过正誓纠偏。

　　　　挽民心必清酒和宴，

　　　　才配称光明正大的共产党员！

张　开： 雷书记说的对，这笔钱我们应该偿还。

鲁二篷： 对，坚决还！桃花庄支委会——集体分担！

众党员： （声如雷震）全体党员，集体分担！

雷振汉： 集体？你们一个个拉家带口，找死啊？这任务只有我能完成！（轻抚石雕）瞧我雕的老将军，何等传神！不要忘了，我可是有国家职称的石雕工艺师，不当书记，早发了财……

庆　云： （痛苦地）爹！你不要命啦？叔叔伯伯们，党员同志们！快帮我劝劝这疯老头吧，他有病啊！

雷振汉：（厉声）庆云！

庆　云：我偏要说！同志们，你们的支部书记他，他得的是……肺癌！

〔大风呼啸，振汉一晃身躯跌坐在斜坡上。〕

雷振汉：不晓事的丫头哇！……

〔众人惊呼一声，纷乱围上。〕

张　开：振汉哥，啥也别说了！治病要紧，家里的事情我担着！

众党员：我们担着！（欲拉振汉离场）

雷振汉：（挣开）同志们！请听我说两句，说两句——肺腑之言。如果昨天我知道自己得了这个病，我会毫不犹豫地直奔医院，但是今天，我不会去了，即便是华佗主刀，也只能让我苟延残喘，从此在病榻缠绵……死也要向着党旗倒！同志们，这不是个需要讨论的问题，这是一个有着三十年党龄的老党员，起码的良心、责任和尊严！

众党员：（哭腔）雷书记！

雷振汉：因此——同志们，请成全我吧，成全我做个有尊严的代理书记，有质量的共产党员！（"急急风"，抚抱雕像、与众交流、振起精神，唱）

　　　　大病难摧硬骨汉，

　　　　砥柱中流挽狂澜。

　　　　浮云荡尽阳光灿，

　　　　党心民心血脉连。

　　　　"不忘初心"全力践！

〔西天泛起火烧云，一片红光映射在将军石雕上。〕

雷振汉：同志们，让我们在老将军的瞩目下，像新党员那样举起右手重温入党宣誓：（举手领诵）我志愿加入中国共产党——

全　体：（举手复诵）我志愿加入中国共产党，……随时准备为党和人民牺牲一切，永不叛党，牺牲一切，永不叛党！

〔伴唱轰然而起：〕

将军林大誓师——

全体、伴唱：（合唱）豪气冲天！

〔夕阳如火如血，满台大红……〕

第三场：情归

〔将军院，即雷振汉家。这是早年军队为雷猛建的苏式营房风格小楼，外墙面挂些辣椒、老玉米之类。场上是院子，散放几块雕凿过的大石方。振汉手持锤、錾，叮叮当当加工着一尊马首。〕

〔雷玉影挎一包袱脚步匆忙上，至门口忽驻足。〕

雷玉影：（心绪复杂地）振汉哥！……

雷振汉：（意外地）玉影？我的天，你可二十六年没登娘家门了！快进来，快进来呀！

雷玉影：哥！我，我回来看看你……

雷振汉：这才对么！（拉玉影进院）虽说我只是咱爹的养子，到底也是你娘家哥，何至于这么些年——

雷玉影：（哭出来）哥！（扑进振汉怀里，捶着他的胸口）别说这个，别说这个了！哥，你牛一样的身子骨，咋就得了癌症啊！（唱）

哥好冤哥好惨哥太不幸，

才落选又惊闻命似残灯！

雷振汉：哎，不哭不哭……雨打梨花，可不是将军女儿的做派！情况你知道了？

雷玉影：（哭着连连点头，接唱）

庆云儿来哭诉你不肯治病，

影妹我如雷轰顶，心似滚油烹。

痛忆当年鸳鸯梦，

醒来肝肠寸寸疼……

雷振汉：影妹！（接唱）

自你改嫁海天父，

振汉紧锁一片情，

多少年夜夜呼妹拥倩影。

雷玉影：（接唱）白日对面装陌生，
　　　　　　　　到今日生死隔一缝。

雷振汉：（接唱）才知晓东边日头西边雨。

两　人：（同唱）苍天未减一分晴！

〔两人真情相拥。〕

雷玉影：哥，你的病确实不能再拖了，赶快去城里动手术——赶快去！

雷振汉：傻妹子！一开刀我就等于行尸走肉了，不去！（拿起捶、錾准备干活）

雷玉影：地球离了谁也照转！

雷振汉：（敲敲马首）起码这活儿非我不行！邻省的飞马港要立一组形象石雕，大小七匹奔马，包工包料三十万！我揽了……

雷玉影：我知道你要还村里一百万，可天下有这样的债吗？

雷振汉：有！（下捶击錾）良心债！民意债！党性、责任债！

雷玉影：这是促你自己早死！（无力地跌坐在石方上，泣下）多少年了，哥——我俩一村住着，却隔山隔水……你就给个机会，让我在病榻前伺候你几天，行不行啊？

雷振汉：痴妹子！我一个半死老头，无所谓了，更需要照顾的，是你那位刚当了村长的宝贝儿子海天！

雷玉影：海天……（一激灵站起）哥！海天不只是我的儿子——

雷振汉：当然——也是他爹海水的儿子。要不海天能那么恨我？他一直以为我当年夺了他爹的权，把他爹给气死了。

雷玉影：（愣了一瞬，又坐下）唉，这孩子随你，死犟！高中毕业没考上大学，去南方打了几年工，回来就民主哇法治呀满世界煽呼，拱得人心乱哄哄的。

雷振汉：（苦笑）结果把老子给拱下来啦，有种！可问题是，愣小子并没有错！想想咱爹雷猛将军就明白了，重要的不是走麦城，而是麦城之后——怎样走！（唱）

　　　　爹好似一部书寓意无尽，
　　　　最遗憾生前未富民！

　　　　　　大业殷殷望后进，
　　　　　　可叹我违党愿、失民心、断缆翻船，辜负了泉下英灵
　　　　　　老将军……
　　　　　　影妹呀，战士只应阵前死，
　　　　　　岂能病榻苦呻吟。
　　　　　　但愿得党旗重辉民气重振，
　　　　　　九泉也笑桃花春！

雷玉影：（接唱）妹早知哥是千里马中骏，
　　　　　　　　绝不甘床头卧养刀余身。
　　　　　　　　我……

雷振汉： 影妹？

雷玉影：（接唱）我……

雷振汉： 妹子，有话跟哥说么，吞吐个啥？

雷玉影： 哥！（接唱）
　　　　　　　　寒梅也需香雪润，
　　　　　　　　妹愿做连心肝——和你成亲！

雷振汉：（一震，不敢置信地）小妹？

雷玉影：（眼含热泪扑到振汉怀里）哥！

雷振汉：（激动，而后叹息）晚啦，晚了二十多年……

雷玉影： 哥，你可知我为啥从不回娘家，为啥那年突然嫁给了天儿他爹海水，背弃了你我的山盟海誓？

雷振汉：（一声长叹）二十六年哪，我没想明白……

雷玉影： 就是因为我爹！

雷振汉：（震惊）养父——老书记？

雷玉影：（含泪点头）由于自己一意孤行，导致村毁人亡，爹推举海水出来接任党支部书记，领导村庄重建。他说海水是全县有名的"学毛选标兵"、政治上过硬，只有他才能帮爹恢复党组织在群众中的威望。

雷振汉： 唉，我那时正在蒙山学石雕，啥忙也没帮上。

雷玉影： 爹并不看好你！养你这孤儿十几年，他总嫌你主意太多，心眼儿

太活；怨你不好好打庄户，非要去学什么石雕手艺……

雷振汉：不看好我，也用不着在你我之间棒打鸳鸯啊？

雷玉影：当时上面调海水去巡回讲话，他有可能被提拔，永远离开桃花庄！偏偏爹已认准了他……

雷振汉：（苦笑）海水呀，你追影妹多年，好歹抓住机会啦！

雷玉影：他不抓我，抓我爹……那时我刚去蒙山看过你，自然是死活不愿意。爹不跟我啰唆，只说一句"孩子，别让我永远欠党的！"一生流血不流泪的铁汉哪，他竟然给我……跪下了！

〔振汉一口鲜血喷了出来。〕

雷玉影：（惊叫）哥！……（哭着为振汉揩血，唱）

　　　　百战将军膝落地，

　　　　女儿心似惊雷劈！

　　　　孔雀东南飞泪雨，

　　　　从此拒登娘家枝……

（取过包袱解开，捧出一双双精心刺绣的鞋垫，接唱）

　　　　曾记得妹绣的鞋垫我哥最喜，

　　　　妹一年绣一双岁岁无遗。

　　　　一双双绣牛郎举头望月，

　　　　为的是哥属牛——有个七夕

　　　　牛女七夕天河聚，

　　　　哥哥呀，妹是邻家别人妻！……

〔鞋垫散落一地，玉影捂脸饮泣。振汉动情地为其拭泪。〕

雷玉影：（抱住振汉，接唱）

　　　　人生十九不如意，

　　　　何必任它雾迷离。

　　　　海天已壮妹亦老，

　　　　哥哥冲天火渐熄。

　　　　夕阳最贵晚景丽，

　　　　从今而后，妹和你生死相依！

雷振汉：（一把将玉影紧紧地揽进怀里，不知是甜是苦）妹子啊！……

〔内忽传来一声断喝："妈，你给我出来！"〕

雷玉影：海天？……（下意识地避开振汉）

雷振汉：小子哎，你给我滚进来！

〔海天大摇大摆上。〕

海　天：我进来了！你怎么着，吃了我？

雷玉影：（急喝）天儿！不许这么说话，他是你……你舅舅。

海　天：那又怎样？他二十年前就夺我爹的权，把他活活气死——妈，我没工夫跟他扯淡，上午我要去县城签份合同，你回家给我把西服烫一烫。（拽上玉影就走）

雷振汉：等一等！你的这份合同，是个人行为，还是代表村委会去签哪？

海　天：（自豪地）当然是以村长的身份！

雷振汉：那么你就少了一道工序：没和党支部通气。

海　天：有这个必要吗？你只是个代理。

雷振汉：我代理的是什么？

海　天：书记。

雷振汉：（斩钉截铁地）好像不能不汇报了吧！

海　天：你……好好好，汇报，我汇报——你给我听着！（唱）

　　　　县城面貌大变样，

　　　　环卫工作要增强。

　　　　新建垃圾填埋场，

　　　　选址看中我桃花庄；

　　　　将军林近旁废芦荡，

　　　　稍作收拾便开张！

　　　　四十万元年进账，

　　　　算得"双赢"利城乡。

　　　　乡亲们慧眼识英厚爱一场，

　　　　这是我新官上任——头功一桩！

〔雷振汉脸上阴云密布，一声未吭。〕

海　天：（得意地）咋样，嫉妒了吧？

雷振汉：嫉妒？那是我三个月前拒绝了的项目！

海　天：（愕然）呃？昨晚我才接的城里电话……

雷振汉：他们刚知道换了村长！哼，不想着在垃圾处理技术上下功夫，尽图省钱省事，变着法子往农村转嫁！

海　天：转嫁？这项目很有后劲！一位科学家说过：垃圾只是放错了地方的财富……

雷振汉：那就等放对了地方再谈！

海　天：（拉下脸来）这么说，你不同意？

雷振汉：这是大事，须经村两委联席会议慎重研究以后才能决定！

海　天：没这个必要！我是一村之长，有权做主！

雷振汉：你……（努力压下火气）海天，你不能独断专行！

海　天：不客气，向老舅您学习！

雷振汉：所以我遭到了民意的惩罚！孩子，你要接受我的教训哪！

海　天：我？接受你的教训？哈……您老似乎忘了我是怎么登上桃花庄历史舞台的了。好吧，我同意开会讨论这个双赢共利的项目。但不是开什么两委会，我们直接召开村民大会，（气壮声洪地）公决！（昂然直下）

雷振汉：（看一眼玉影）你这个儿子呀！……海天！……（呕出一口血来，拿大手巾一揩摔在地上，急追而下）

雷玉影：（抓起血手巾追喊）哥！天儿！（止步）吵什么，闹什么呀，（跌坐在大石方上，凄切地）你们是亲父子！……

〔切光。〕

第四场：干部凭啥仰天站

〔景同一场。〕

〔海天肩搭上衣，没精打采上。〕

海　天：（唱）晴天霹雳，村民会否决了我的提案，

　　　　　　百思不解，众乡亲为什么忽水忽山。

（仰天长慨）烦哪，烦，烦哪！

〔梅子拿一卷图纸上。〕

梅　子：（闻言一怔）海天，村民大会都过去一个多月啦，你这精气神咋还跟烂瓜秧似的？——村长啊！

海　天：村长不假，可不当家！一年四十万现大洋的项目啊，一场村民大会，屁啦！那会还是我提议开的呢，这叫什么？

梅子、海天：作法自毙！

〔梅子大笑。〕

海　天：这小芝麻村官，干起来才知真不易……你还笑？我都愁死了！（吟曲）问君能有几多愁，恰似一江春水向东流……

梅　子：行了，别酸了。有个问题你想过没有？换届选举时多数村民投他的反对票、选择了你；这次村民大会，大多数人却反对了你，投了他的赞成票！这是为什么？

海　天：为什么？（怒上心头）严重的问题在于教育农民！

梅　子：不，这就是民心！（唱）

民心无形又无影，

却是人间定盘星；

任你英雄千般勇，

一违民愿万事空。

雷书记轻民心教训惨痛，

海村长悖民意项目不成。

共产党与人民休戚与共，

成大业须读懂民主的真经……

海　天：（愣了半天，摇摇头）很难把握。——找我什么事？

梅　子：两件事：第一，党支部正组织人重建水库放炮震塌的房子，请你派人照此图纸监督施工，要严把质量关！（交图纸）

海　天：没问题，我派专人现场盯着！

梅　子：第二件事更重要：村工业园一家台湾老板的玩具厂，偷招了四十多名童工——

海　天：这事我知道，孩子不是都被鲁二篷领回来了吗？

梅　子：可孩子们的长辈不依不饶！他们冲砸了二篷叔的家，还扬言要出村上告。

海　天：纯粹无理取闹！

梅　子：雷书记希望新村委出面干预，防止情况变得更糟。

海　天：他自己为什么不出面？

梅　子：他担心刚刚落选，威信不够；而你新官上任，威望正高！

海　天：没那么简单吧？四十多个孩子，几十家，一大堆沉甸甸的选票……

梅　子：怎么说？

海　天：他自己躲清静，倒扔我一个炸药包！

梅　子：果然不出雷书记所料。

海　天：怎么讲？

梅　子：他料你心有成见，未必接招！——算了，还是我来想想办法，看怎么解决为好。（下）

海　天：（有点尴尬地）偏劳，偏劳！……

〔内传来几声沉闷的巨响。"村长，村长！"吴世茫吆三喝四跑上，一跤跌个大马趴。〕

海　天：（忙拉他起来）慌什么呀你！狗咬脚后跟啦？

吴世茫：我替你着急……听到爆炸声了？

海　天：听到了。——咋回事？

吴世茫：知道桃花岭后身的小金矿吗？

海　天：当然知道，村工业园的重点项目。

吴世茫：雷书记的宝贝心肝！村、镇并园以后，安监、环保一齐出动，几包炸药一点，当！轰！玩儿完。

海　天：炸矿封井？

吴世茫：庆云镇长现场总监！

海　天：封就封了呗，与我何干。

吴世茫：哎哟，我的小爷哎，你可真傻，那是桃花庄的金狗蛋！

海　天：（一震）你什么意思？

吴世茫：连分红带补偿，一年三到四百万！

海　天：小金矿给村里的？

吴世茫：当然！

海　天：我的天！（一个踉跄跌坐在凳子上，唱）

　　　　小金矿的确是个金狗蛋，

　　　　几场闷响变了青烟……

　　　　老雷头二十年村官没白干，

　　　　阴险！阴险哪！（接唱）

　　　　刚落选，他就上交了村办工业园！

　　　　我成了旱地的河鱼只能干喘……

吴世茫：这你怨谁？人家雷书记几次请你参加并园谈判，你不睬么。

海　天：唉，我那是赌气！心想：我不稀罕你的政绩，怎么处理我懒得管。唉！（接唱）

　　　　没承想扔了财政处分权！

　　　　干部凭啥仰天站？

吴世茫：（接唱）没有政绩全白谈！

你看人家雷书记，十年工夫招商引资，建起了村办工业园！报纸报道，电视访谈，省长都来视察参观！什么人大代表、政协委员，荣誉头衔一大串；要不是改了章程闹海选，至今依旧稳如山！你海天老弟有点惨……

海　天：（烦躁地）别说了！

吴世茫：有点惨哪，有点……

海　天：（嘶声一吼，吓吴一个跟头）你别说了！（唱）

　　　　干部凭啥仰天站，

　　　　政绩皇皇傲人间！

　　　　百事无钱不能办……

（电话铃响，接）桃花庄村委会。我海天！你是……后岭金矿孙大宽？（捂话筒问吴）孙大宽是谁？

吴世茫：金把头——矿长！

海　　天：（继续通话）小金矿不是封井了么，您找我……为桃花庄作贡献，推荐重大项目？哈哈！（惊喜接唱）

　　　　　　这才是及时雨，救命的甘泉！

（对话筒）老兄，进城找家大饭店，我们详谈！

吴世茫：咱也吃啊？

〔切光。〕

第五场：开门办公

〔景同三场。高大的马首已略见轮廓。〕

〔张开、鲁二篷、老会计匆匆进院。〕

张　　开：（唱）工业园栽厂封矿不容商量。

鲁二篷：（接唱）真如割肉扯肝肠！

老会计：（接唱）十年心血忍痛让……

〔楼内传来雷振汉的吼声："别跟我讲那些大道理！老子整个工业园都被你吞了，不想再听你电话上课！"怒冲冲上。〕

三支委：雷书记！

雷振汉：都来啦？各自找地方坐——我清清火！（把头伸进凉水桶中呼噜一气，接唱）

　　　　　　定定心重提笔，咱另起一行！

张　　开：（递毛巾）是庆云镇长吧，嫌你在安监、环保那些人面前失态？

雷振汉：炸矿、关厂的时候我不是骂了几句娘么，闺女恼啦！桃花庄一年损失三四百万，发几声牢骚都不成？我也不知是跟谁较劲，并园是我自己决定的么？

〔梅子携笔记本电脑上。〕

梅　　子：跟您自个儿呗！振汉叔，您这叫情感、理智不同步。

雷振汉：（想想也笑了）还真是的啊！算了，都过去了。现在开会！

〔梅子打开电脑开始工作。〕

张　　开：塌房重建进展顺利。

梅　子：扶贫帮困稳步推行。

鲁二篷：村、镇并园如期结束。

老会计：财务公开账目已清。

雷振汉：梅子，记录在案。下面我们不议具体事了，高灯远照——务虚！

众　人：务虚？

雷振汉：这些天我总琢磨一个问题：为什么经济发展了，百姓和组织却疏远了；建成了平原第一村，群众和支部却隔了心？

众支委：为什么？

雷振汉：我们在科学发展，以人为本、作风和制度建设上吃了败仗！落选以来，我们一直在修锅、补盆、锔大缸。可要想更好地解决问题，我们桃花庄党支部责无旁贷，必须为桃花庄寻找一条更科学、更得民心、可持续发展之路！

梅　子：雷书记，您有具体方案了？

雷振汉：还不成熟……

〔内忽传来一声喝骂："雷振汉！你还我们公道！"一大帮老头老太呼天抢地冲上，堵着雷家大门乱七八糟吵嚷起来："雷振汉！你别有用心！""不许断农民的财路！""跟下台书记拼啦！"〕

雷振汉：这不是台湾玩具厂那四十几个童工的家长吗，咋还在闹？

鲁二篷：真邪性！（迎门大喝）都不许吵！老辈们哪，你们冲砸了我家还不够吗？党支部开会搅不得！

〔众老人一阵哄闹，五奶奶越众而出。〕

五奶奶：我老太婆不怵他振汉小子，民主一回！（唱）

庄户人有理讲在当面，

党支部狗拿耗子把得太宽！

年轻人进城打工卖血汗，

多少孩子扔在家里无书念、没处玩，他们上房揭瓦

讨人嫌。

爷爷奶奶无力管，

多亏了台湾老板出面承担！

让咱的孩子有活儿干，

　　　每天净挣二十元！

　　　这样的好事你们为啥不给办？

七爷爷：（接唱）无非是仗势耍威权，

　　　换届没选雷振汉，

　　　你打击报复在今天，

　　　民主壮咱英雄胆……

雷振汉：（实在忍不住了）驴唇不对马嘴！

七爷爷：咋？要咬人？告诉你，我们这三十多户人家都商量好了，今儿个你不应承我们的条件，大伙儿就集体上访。

五奶奶：去县里市里，

七爷爷、五奶奶：告你！

老会计：老哥哥老嫂子们，你们到底想咋样么？

七爷爷：想咋样？想让我们的孩子重回台湾老板的厂里。

五奶奶：上班！

七爷爷：挣钱！

众老人：挣钱！挣钱！（唱）

　　　我们要挣钱！

雷振汉：（气极）妄想！（一口鲜血喷在大手巾上）

众老人：（吓了一跳）血！血！……

雷振汉：（喘息着）没错，血——一个半老头子的血，吐就吐了，可你们在干什么？在卖自己嫡亲娃娃们的血——为了二十块钱！丢人哪！……

〔场上出奇的安静。〕

雷振汉：（低沉地）鲁二篷！

鲁二篷：有！

雷振汉：我的心都碎了，不想再啰唆了。有两件事你马上办：一、通知县有关部门，严厉处罚那个台湾老板！

张　开：这合适么？那是咱招商引资的成果。

雷振汉：可他擅用童工，违了国法！二、把这帮老头老太集中起来，好茶好饭伺候着，就是不许离村半步！

张　　开：（一拽雷衣襟，低声）振汉哥，现在是党支部的非常时期，这民意……他们代表三十多户人家呀。

雷振汉：（暴躁地）这样的民意，我宁可不要！

梅　　子：（亦低声）雷书记！软禁他们，也违法！得从根本上解决问题。

雷振汉：哦！你有办法？

梅　　子：这事我琢磨了一阵子了，四个字：开门办公！

〔振汉沉吟……〕

鲁二篷：（大为不然）荒唐！党的会议，岂能让普通老百姓进门？

雷振汉：（果断地）这门也许就不该关。（信任地拍拍梅子肩）去吧，敞开大门！

梅　　子：各位长辈！雷书记欢迎大家参加这次党的会议，与支部委员们共同讨论解决留守孩子问题！

〔众老人顿觉大有面子，鼓掌欢呼起来。乐起，梅子与支委们热情地招呼大家向院内集中。〕

五奶奶：（很"权威"地）都别吵！没瞧见梅子姑娘正发言呢吗！

梅　　子：那我就抛砖引玉——雷书记！（唱）

　　　　　我建议孩子们集中管理。

张　　开：集中管理？怎么个集中法？

梅　　子：办一处"留守儿童乐园！"（接唱）

　　　　　保安全保健康保证学习。

雷振汉：好主意呀！

梅　　子：（唱）难处是一无经费，二缺场地。

老会计：是啊，开园置产、聘老师，常年的衣食住行，免不了的头疼脑热……多大一笔花销！

〔众议论纷纷。〕

五奶奶：（高声）我有个主意！——刚才振汉骂了咱们，骂得好！老东西们，咱为老不尊哪，咋想到从娃儿们身上挣那三头两角的？他们是桃花庄的未来！丑死了丑死了，（跺脚打脸）呸呸呸！……

七爷爷：（拽其衣襟提醒）说你的主意。

五奶奶：不用你嘚啵！我那主意还用说吗？各家都出点血！（接唱）
　　　　自家的亲骨肉，咱不积极谁积极。

七爷爷：对！凡有孩子在园的家庭，按月拨钱！

众老人：（热烈响应）拨钱！拨钱！

鲁二篷：可那也不够哇，缺口不小呢。

雷振汉：两委议议，财务上……（见梅子欲说还休）丫头有话？说！

梅　子：（接唱）违法者责任岂能避……

鲁二篷：台湾玩具厂？他们要接受县里的处罚。

雷振汉：二篷，你迂啊？我们可以不向县里报告，但厂家必须为违法付出代价！

鲁二篷：（一拍脑袋）真笨！（接唱）
　　　　怎忘了为儿童立法的目的。

雷振汉：（唱）这件事责成梅子协调处理……

梅　子：坚决完成任务！（唱）
　　　　我当与海天村长共同落实。

〔老人们哄然兴奋。〕

张　开：（唱）场地仍然无处觅。

雷振汉：这我已经想好了，就用我家，将军院！

〔雷玉影与赵寡妇前后脚上。玉影闻振汉言一震！〕

老会计：这是早年军队为老书记盖的房子，当然合用。可给孩子们用了，你住哪儿呢？

雷振汉：我？庆云在镇里，她妈也病逝多年，我一个老鳏夫，哪儿不是一觉啊……（双关地，唱）
　　　　几间房捐给孩子，我更好安息。

〔乐止。〕

雷玉影：（痛心）哥！你，你咋像在安排后事啊……

雷振汉：影妹，你来得正好！乡亲们，咱们在将军院办"留守儿童乐园"，就请将军的女儿玉影来当园长怎么样？

众老人：（轰然欢呼）好！（热烈鼓掌）

雷振汉：干脆，再配个副园长管生活！影妹，就请那位拿刀要杀我的老妹子，赵嫂！（唱）

> 那是我一生中最深的愧意，
> 赵家因我丧生机。
> 儿瘫孙殁处绝地，
> 夜夜思来汗淋漓！
> 若将赵嫂小安置，
> 于公于私俱相宜。
> 老妹子三餐不愁米，
> 伴儿童日日在花期，
> 白纸黑字入决议。

梅子，请写明：党对赵嫂终生负责！儿子瘫了，桃花庄的年轻人都是她的亲人；孙子没了，桃花庄的孩子，都是她的后代！

梅　子：是！（飞快地打字）

赵寡妇：（痛哭一声）雷书记！（重重一跪、伏地呜咽）谢谢，谢谢……

雷振汉：（一惊，急挽）赵嫂！不该你给我下跪，而是我这个党的基层代理支书，该向你谢罪呀！（接唱）

> 共产党永远是百姓的根基！

梅　子：（捧着电脑走近振汉）雷书记，议题完成，该表决了。

〔雷玉影忙将赵寡妇搀起，拉在自己身边。〕

雷振汉：不，再加一条：今后凡事关群众切身利益，不涉机密的支部会议，一律向父老乡亲公开！

梅　子：（急敲键盘）补充完毕！

雷振汉：（严肃地）好，同志们！对支委会形成决议有不同意见的，请提出。（鸦雀无声）那么，赞成支委会决议的，请举手！

全场人：（雷霆般一声呼喊）同意！

〔一片手臂的森林！〕

〔乐起，切光。〕

第六场：堵漏

〔距前场两月余，村口。莽莽苍苍桃花岭，岭下的河……〕

〔梅子匆匆上。〕

梅　子：（唱）雷书记离村两月半，

　　　　　　　直到今日始回还。

　　　　　　　电话约我见一面……

〔汽车刹车声。雷振汉快步上。〕

雷振汉：（对内）多谢师傅！也谢谢你们港领导派车送我！（车声远去中。唱）

　　　　　　　一路风尘，掩不住意畅心欢。

梅　子：振汉叔，我来啦！（接过振汉包）飞马港来人送城雕预付款那天，不是说邀您去和城雕设计者见见面，三五天就回来的么，咋耗了这么久？

雷振汉：有事，有大事！记得上次支委会上，我们曾说到探求新路。

梅　子：当时您说还不成熟，现在——

雷振汉：可以讲了！你看我们桃花庄西南八里是本省的北方干线，桃花岭后是邻省的沿海走廊。偏偏我们四六不靠，既死又僵！倘若能把北方干线和沿海走廊经由我村一线贯通……

梅　子：（大悟）桃花庄一体两翼，高飞远扬！

雷振汉：可桃花庄和邻省的沿海走廊之间，（转身一指）隔着那座蒙山余脉、两省分界的桃花岭！要穿省越界，得把它彻底凿通。那可是天文数字的成本哪，想想都肉跳心惊！没想到去了趟飞马港，嘿，柳暗花明！

梅　子：（一振）怎么回事？

雷振汉：港内有人告诉我，桃花岭邻省一面地质状况奇特，腹内遍布溶洞。备战备荒的年代，海军曾征为军用，爆破打通！眼下么，废弃已久，草掩土封。

梅　子：您是说……再由我们这方开凿，贯通两面？

雷振汉：我上京下卫调查过了：余量一千五百米，能干可干！邻省正在推行海洋经济大战略，热火朝天；我们联络庆云和飞马港，三方组建跨省集团，以未来的路桥收费为回报……

梅　子：集资招股凿岭铺路！

雷振汉：再建一座桃花河大桥，

梅　子：冲破区域界限，

雷振汉：主动融入邻省的沿海经济圈！

梅　子：（惊喜地）哎呀，这可真是个完美的方案，足以让桃花庄——

雷振汉：梅开二度。

两　人：一飞冲天！（同笑）哈……

雷振汉：梅子啊！（唱）

　　　　　方案虽佳太粗放，
　　　　　为文仍在第一章，
　　　　　多少法规须避让，
　　　　　多少政策要掂量，
　　　　　多少门户不通畅，
　　　　　多少利益待协商！

梅　子：（唱）收费期，车流量，土地增值聚商帮。

雷振汉：（唱）科学论证第一步，

　　　　　再与乡亲议短长。

　　　　　任务交你——

梅　子：（唱）当仁不让，

两　人：（同唱）先把蓝图绘停当……

〔内突起一片惊呼声："不好啦，小金矿出事啦！快救人哪！……"〕

雷振汉：（一震）小金矿！小金矿不是已经封了吗？

梅　子：我找人问问情况去！（急下）

〔乱声大作中，雷玉影长声呼唤着"哥！"冲上。〕

雷玉影：哥，快救救孩子，救救海天！……（腿一软欲倒）

雷振汉：（急扶）影妹你快说，怎么回事？

雷玉影：小金矿出事了，天儿下井检查，被封在巷道里……连同二十多个工人！

雷振汉：（暴怒）谁让那个废矿重新开工的，谁？

〔庆云内声："我知道！"急上。〕

庆　云：现在都搞清楚了，封矿以后，金把头孙大宽利用海天急于出政绩的心理，以每年交村四百五十万诱使海天兼任矿长，从一个废坑口重新打开了作业面……

雷玉影：快救海天！事到如今顾不得脸，哥！海天是你的亲生儿子呀，你不能不管！（哭倒在地）

雷振汉：（大惊）什么？！……这，这怎么可能？

雷玉影：（泪流满面）就是去蒙山看你那次怀上的……

雷振汉：那海水——

雷玉影：他领导救灾受了伤，不能……人道！

雷振汉：（心苦透了）妹子，你瞒得好，瞒得好……

〔梅子内声："雷书记！"如飞跑上。〕

梅　子：雷书记，是井下透水，导致冒顶塌方！

雷振汉：（急切地）确实封了二十多人？

梅　子：包括海天村长！据技术人员介绍，金矿井下地况复杂，过岭就是桃花岭水库，大水茫茫！是井下作业打通了某条地下水脉，这才祸从天降；抢险队全力排水，井下水位不降反涨！

雷振汉：为什么？

梅　子：桃花岭水库高高在上……若不能尽快找到透水的源头设法堵住，海天和那二十多人不是淹死，也得死于缺氧！

雷振汉：（当机立断）庆云！你去现场指挥，尽一切力量组织抢救！

庆　云：是！

雷振汉：玉影配合村委会，调度物资和人手！

雷玉影：是！

雷振汉：梅子，通知全体党员立刻赶往桃花岭水库。

梅　子：任务？

雷振汉：查找透水源头，堵漏！

〔暗转。风浪裹着工人家属的哭喊声大振。〕

〔雷振汉内唱：〕

    风急浪高忧心如炸！

〔灯明，桃花岭水库大坝。张开、鲁二篷率大批党员急上分列；振汉急上"亮相"。〕

〔梅子另侧内高声："雷书记！"率一队女党员急上。〕

梅 子：透水点现已查明，就在坝前水下，（一指）看……

女党员：水面漩涡，

众党员：越来越大！

张 开：水库正在关闸蓄水，压力剧增。

鲁二篷：肯定引起井下——

雷振汉：（浑身一震，唱）

    连锁坍塌！

    人命关天生死一刹，

    容不得迟疑犹豫患得患失羞羞答答。

    开闸堵漏双管齐下！

（命令）鲁二篷带人去开闸放水，其余人搬运沙包土袋，下水堵漏！

鲁二篷：走，我们去调度室开闸！

〔内有人尖声高喊："不许开闸！"吴世贤如飞冲上。〕

吴世贤：你们桃花庄的人要造反吗？不许开闸！

雷振汉：吴世茫！你要干什么？

吴世贤：我不是吴世茫，我是他哥吴世贤！

鲁二篷：无论"忙闲"都得让路，我们要放水减压，救人！

众党员：救人！救人！

吴世贤：不行！这是全县抗旱用水，擅自开闸，（狂吼）犯法！

〔涛声轰然而起。众人怔住。〕

雷振汉：（接唱）一句话，如山的责任肩头压……

〔风声呼啸，卷来工人家属的哭喊声。〕

雷振汉：（两眼冒火）共产党以人为本……就是枪毙了我，也得先救井下的人。——二篷，把这混蛋绑起来，大家按刚才的部署，拼！

〔切光。水声大作。吴世贤嘶声号叫："雷振汉！我要到县委去告你！……"〕

〔光影变幻，振汉率党员们搏战大水，抢险堵漏……〕

第七场：钢铁是怎样炼成的

〔前场若干天后。景同序幕。〕

〔石雕工场移到这里来了。单调、沉闷的凿石声……追光，振汉手执捶、錾用力雕凿着一方骏马部件。画外音："雷振汉同志未经请示擅放桃花岭水库抗旱用水，本应严惩不贷，但其主观动机是抢救矿难工人，其堵漏行动，客观上有利于根除水库隐患，经研究，决定撤销其中共桃花庄支部代理书记职务，保留党籍，以观后效。"〕

〔女声伴唱随光渐大起由弱而强：〕

    保留党籍，以观后效……

雷振汉：（大笑）哈……（唱）

    保留党籍足够了，
    落霞一样照天烧。
    堵漏抢险见成效，
    救出了井下工人鲜活的生命二十多条。
    思来大慰老怀抱，
    管什么职务撤销不撤销！

〔张开、鲁二篷、老会计匆匆上。〕

张　开：不好啦，雷书记，绕来绕去，矿难的经济负担绕到桃花庄头上来了！

雷振汉：岂有此理！该由金把头孙大宽付账！

张　开：孙大宽卷款潜逃，

鲁二篷：而矿长——正是咱们那位海天村长！

〔振汉废然跌坐。〕

老会计：县医院的救护账单，开出三十六万。

张　开：这么多钱，还是有三个外地民工不治而亡。

鲁二篷：上面指令高额赔偿，每名死者二十万！

雷振汉：（大叹）海天哪，我的儿！你坑苦了桃花庄……

〔内忽有人一路高声吆喝着奔来："金把头死啦！孙大宽死啦！……"〕

众　人：什么，孙大宽死了？

〔吴世茫跟头趔趄窜上。〕

吴世茫：没错！县里传来消息，孙大宽逃跑途中撞车起火，连人带钱统统烧光！

鲁二篷：（怒喝）吴世茫！你哥一状告倒了雷书记，你又来憋什么坏水？

吴世茫：什么话？我是来救海天，救咱桃花庄！

雷振汉：你什么意思？

吴世茫：孙大宽一死水就浑了，我们把一切责任都推在他头上！死无对证的事，大可赖账！

雷振汉：纸能包得住火？荒唐！

老会计：医院在催讨欠款！

张　开：死者家属正坐等赔偿！

鲁二篷：凭空赖账，良心何在？

雷振汉：世人眼里，咱是个什么形象！

吴世茫：可不这样做，桃花庄立马要掏上百万，海天他更得坐牢——蹲班房！

〔乐起，振汉重重一掌拍在石雕上。〕

雷振汉：（凄楚地）你们知道吗，海天他，他是我的亲儿子！……（唱）

　　　　　　　大家去吧，我要好好地想一想！
　　　　　　　想一想为什么情有长短，理有是非，天地有玄黄……

〔众人叹息着退下。〕

雷振汉：（唱）此生多忧少欢畅，
　　　　　　　今日里又逢歧路，我左右彷徨。
　　　　　　　倘若我无原则昧心赖账，

　　　　　桃花庄顿失诚信臭名扬。
　　　　　照章办事法难谅，
　　　　　小海天银铐入狱要坐监房……
　　（进退两难，忧急绕场……空中似有军歌传来，望空急唤）爹！是你吗？是你在提醒我吗？……哎！（唱）
　　　　　桃花庄，靠什么立村镇街巷，
　　　　　老将军正气犹轩昂！
　　　　　军歌无声倍嘹亮，
　　　　　促我猛醒定主张！
　　　　　为什么神州要有共产党，
　　　　　只为她光明正大，天下为公，带领着亿万人民与时俱进，
　　　　　奔小康，一路阳光！
　　　　　海天哪，我的娇儿郎！
　　　　　大丈夫修身是硬仗，
　　　　　男儿敢做必敢当，
　　　　　千锤万击炉火旺，
　　　　　顽铁才成百炼钢！
　　（拿起电话迅速拨通）海天吗？四个字：马上自首！
　　〔玉影内一声凄唤："不！不能这样做，哥！"急上。〕
雷玉影：（一把抱住振汉）哥，你不能——万万不能啊！（唱）
　　　　　骨肉连心怎忍断送？
　　　　　哥，我什么都说了，什么都跟孩子说了呀！（接唱）
　　　　　虎毒不食子亲生！
　　　　　我的儿地狱归来噩梦方醒，
　　　　　可怜他亲爹备好了捆儿的绳，你……你太绝情！
雷振汉：（唱）揩痛泪，忍悲声，
　　　　　哥一样割肉剜心疼！
　　　　　我的儿一声爹爹未曾叫，
　　　　　先尝手铐冷如冰。

　　　　　　都只为天儿功利心太重，
　　　　　　错把琉璃当水晶。
　　　　　　如今大错已铸定，
　　　　　　是汉子就该勇担承。
　　　　　　缩头乌龟成笑柄，
　　　　　　怎面对泉下英雄百战将——他的亲外公！
　　雷玉影：（接唱）天儿他毕竟是好心烙饼成画饼，
　　　　　　难道说给个机会将功补过也不成？
　　雷振汉：我的影妹呀！（接唱）
　　　　　　哥一生可算得男儿薄命，
　　　　　　唯入党三十年最为光荣！
　　　　　　做支书二十载难说过硬，
　　　　　　好赖把桃花庄带出了贫穷。
　　　　　　积小过为大憾块垒成病，
　　　　　　选举会眼睁睁走了麦城……
　　　　　　发展已过粗放境，
　　　　　　新路当讲新章程。
　　　　　　雷振汉黑甜梦未醒，
　　　　　　一朝污了党旗红。
　　　　　　重聚民心征程远，
　　　　　　错迈一步过非轻。
　　　　　　小海天不巧是振汉的种，
　　　　　　他命该跟着爹爹做牺牲，做牺牲！

〔剧烈的动荡，使振汉呕出一口血来。玉影欲帮振汉擦拭，忽一跺脚，赌气走开。〕

　　雷玉影：（接唱）男人都是神经病，
　　　　　　以为江山只手撑。
　　　　　　女人从来多母性，
　　　　　　泪雨总为儿女倾。

〔振汉怜爱地把玉影紧揽在怀。玉影挣开,愤怒地猛捶哥胸。〕

雷玉影:(唱,滔滔而泄)

　　　　你只道儿是爹的种,

　　　　可知晓十月怀胎,娘奔死换来儿奔生。

　　　　你只图父子短长共,

　　　　可知道一朝分娩遭难产,

　　　　儿的娘险些命丧大血崩!

(力尽,伏在振汉怀里痛哭起来。稍倾,哀怨地接唱)

　　　　我的儿,一岁上咿呀学语懵懵懂懂,

　　　　一声妈叫得妹子心肝疼;

　　　　三岁上宝贝学跑脚丫儿笨,

　　　　跌一跤痛得玉影梦魂惊。

　　　　十岁八岁儿多病,

　　　　病一回妈妈几番热汗冷;

　　　　十八岁未圆大学梦,

　　　　哭一场如揭娘的皮一层……

　　　　二十岁出门打工去,

　　　　弃了这城奔那城!

　　　　娘骂他做事无常性,

　　　　儿笑答我拿青春赌一程,儿还年轻!

　　　　到后来——

雷振汉:(接唱)到后来竟夺了他亲爹的印。

雷玉影:(接唱)我是哭是笑闹不清!

雷振汉、雷玉影:(同唱)我的妹子(哥哥)呀!

〔兄妹抱头相慰。振汉扶玉影肩促其振作。〕

雷振汉:(接唱,豪壮地)

　　　　养儿莫俱风雨猛,

　　　　雨润风梳好栽松!

　　　　待来朝风雨洗得天地净,

我兄妹笑迎一座：百丈青峰！

〔海天精神抖擞上。〕

　　海　天：（爽快地）舅舅、妈！你们的话我都听到了，也想明白了，我应该去自首！

　　雷振汉：好！这才像将军的后代！

　　海　天：舅舅，我向您道歉！我才知道当年我爹是因为虚报产量，造成全村长时间断粮而愧疚自杀。这么多年我一直以为是你夺权气死了他。

　　雷振汉：唉，你爹遗书要我们封锁真相……他是条汉子！用生命补偿了自己的错误——可惜，那不是一个共产党员的正确选择。

　　雷玉影：（骄傲地）天儿不是党员，可他敢直面错误，比他爹更有种！

　　海　天：妈、舅舅，我要上路了，有一公一私两件事情放心不下。

　　雷玉影：儿啊，私事是什么？

　　海　天：我想在受审以前看着你和舅舅成婚！

　　雷振汉：（决断）好，满足你这个心愿——孩子，你当场赞礼！

　　海　天：（强作欢愉）哎！请二老准备好……（在几分悲怆、几分庄严的乐声中百感交集地）一拜天地！

〔振汉、玉影行传统礼。〕

　　海　天：二拜高堂！

〔二人拜将军雕像。〕

　　海　天：夫妻对拜！

〔夫妻对拜。〕

　　海　天：（实在控制不住了，哭出声来）送入……洞房！……

　　雷振汉、雷玉影：孩子？

　　海　天：爹！妈！

　　雷振汉、雷玉影：（伸出手来）儿啊！……

〔一家三口紧紧拥抱在一起。〕

　　雷振汉：孩子，现在交代公事。

　　海　天：（唱）大错铸成已难挽，

　　　　　　　善后急需百万元！

    医院催讨抢救款，

    死者的家属坐等钱。

    爹爹你受儿拖累职务已免，

    海天我戴罪更无权！

    倘若是顺水推舟弃而不管，

    儿纵把牢底坐穿心也难安。

  雷振汉：孩子，爹是个老共产党员，有两条根本的原理：（念）相信群众，相信党——（唱）

    心心在念！

    去，把功放打开。

〔音乐，海天进里屋。树上的高音喇叭一阵电流声。〕

  雷振汉：（向全场观众）桃花庄的父老乡亲们，这是紧急求援！一场矿难，欠款百万。有人说死无对证，可以赖账不还……

〔海天复上。〕

  海　天：桃花庄是诚信的集体，岂能如此无耻？

  雷玉影：那是自绝发展之路，自绝于明天。

  雷振汉：我的儿子海天，就要去接受审判。可他是乡亲们选票决出的村长啊，桃花庄财政不能不管！

  海　天：各位长辈和兄弟姐妹，亲人们！我辜负了你们的期望，那一百万，请算作海天的学费钱。

  雷振汉、雷玉影：请让我的儿子——桃花庄的儿子啊，走得安心，坦然！（接唱）

    天地间跪下了——

  雷玉影：（接唱）一位母亲，

  海　天：（接唱）一位儿子，

  伴唱、雷振汉：（接唱）一位老党员！

〔振汉手牵玉影和海天，面向全场观众重重一跪！〕

〔起无字合唱，光收成特写圈。〕

〔光圈外传来老会计的声音："雷书记，乡亲们都支持你！"〕

〔光与群众的呼应声同时骤起——〕

满场人：（轰雷一诺）我们支持你！桃花庄——支持你！

〔天呼地应中老会计捧账前列，其后是满场的支委、党员和父老乡亲：赵寡妇、五奶奶、七爷爷、村姑俊小……〕

〔振汉一家泪流满面地拜伏在群众的呼声里。〕

〔音乐，切光。〕

尾　声

〔黑暗中一点火头在一闪一闪……特写光显，一组石雕奔马，振汉盘腿坐在底座上抽着烟斗。〕

雷振汉：瞧，我又抽上了——死人是没有健康问题的。（叩叩烟斗）这儿本该是个骨灰盒。可导演说，有些事情我得直接交代——好吧，照办！

偿还公款吃喝那一百万，我吹牛了。（指）这组城雕三十万，扣除成本，交村不足二十万。汗颜哪，汗颜！

塌房重建顺利竣工，扶贫帮困成效大显，"留守儿童乐园"按部就班。梅子帮玉影设计了运行框架，惹得十里八村都来参观……唉，有点烦！

老会计公开了十年的账目，累垮啦，提出交班。梅子建议聘请专业的会计事务所，代掌财权！这想法太超前了，然而……不凡！

我那个新发展方案，让梅子搞成了黄海大学的实验课题！她的导师亲自出马论证，并帮助组建跨省集团，庆云首任董事长，推举我当C什么O……唉，"O"不成啦，一缕青烟……

我死得早了一点。县里特批桃花庄两委同时换届，我已然无福消受票选。好在我留下了遗嘱，凭三十年党龄、二十年村官的经验，隆重举荐梅子姑娘，她是新一届村委会主任和党支部书记的最佳人选！

〔音乐起。灯大明的同时，振汉和奔马飘移而下。〕

〔序幕景再现。梅子内唱：〕

现在开会！

〔胸挂"候选人"绸布条的张开、鲁二篷、雷玉影、赵寡妇上，至椅子旁

肃立；梅子英气勃勃上"亮相"。〕

梅　子：请坐！（接唱）

　　　　　七大姑八大姨，快收起鸡零狗碎居中而围。

　　　　　狗蛋妈狗蛋不妨继续喂，

　　　　　牛娃爹牛皮只能暂缓吹。

　　　　　民主应知选票贵，

　　　　　它关系到：吃饭饱、饮酒醉，老人几套新衣被，你孩子的

　　　　　前程红与黑！

　　　　　共产党不是圣人队，

　　　　　也有失误痛难追。

　　　　　只为她强国使命沁骨髓，

　　　　　这才有坚持真理修正错误，前赴后继一辈辈，鞠躬尽瘁

　　　　　百折不回！

　　　　　莫道梅子尽说嘴，

　　　　　雷书记蜡炬始成灰……

　　　　　从容候选信心百倍。

〔内一苍老的男声问："梅子，我们可以选雷书记吗？"〕

梅　子：（干脆地）那是你的民主权力！（接唱）

　　　　　众乡亲依法选举，自由发挥！

　　　　　选举开始！

〔音乐，收光。嘈杂的人声中追光起，庆云现。〕

庆　云：我宣布：本届桃花庄村委候选人全体票数过半，顺利当选！（掌声、欢呼声）有个特殊情况，部分选票中填了雷振汉、梅子两个人的名字，雷振汉在前……鉴于他已经去世，我建议这些选票归属梅子，并且推荐她候选中共桃花庄支部书记——大家同意不同意？

〔雷鸣般的呼声："同意！"〕

〔光大起，雷玉影、张开等当选村委和党员，群众欢呼着簇拥梅子上。〕

梅　子：（唱）党心民心真心换，

　　　　　　　换得党群血脉连！

·147·

　　　　新农村万众同心建,
　　　　桃花庄——

全体、伴唱：（合唱）要登山外山！

〔庆云向内一挥手,吴世茫扛一杆大旗上,旗上可见一行大字：跨省路桥集团,另有一行稍小的字：首席执行官。庆云向梅子授旗。梅子舞旗"亮相"。〕

梅　子： 向公路、桥梁和隧道,向桃花庄的明天,出发！

〔气势如虹的群体造型。〕

〔未知何时,桃花通天彻地地开了,艳得惊心动魄……〕

　　　　　　　　　　　　　　　　　　　　　　　　剧　终

2008 年获第 31 届世界戏剧节"创新剧目奖"
2009 年获文化部 2007—2008 年度国家舞台艺术精品工程"优秀剧本奖"
2009 年获江苏省优秀新剧目评比展演"优秀剧目一等奖"
2009 年获江苏省精神文明建设"五个一工程奖"

青春花开粉嘟嘟（节选）

——校园青春

徐继东 二级作家，词作家，灌云县作家协会主席。创作电影剧本《青春花开粉嘟嘟》《水晶之恋》《手慌脚乱》等。微电影剧本《永远的秘密》发表在《草原新剧本》2014 年 4 期上。微电影剧本《在无边无际的春天里奔跑》发表在《草原新剧本》2015 年 1 期上。

徐培译 男，1994 年 2 月 18 日出生，2016 年毕业于江苏大学信息管理专业。创作的诗歌曾经获得冰心新作奖。现供职于响水县应急管理局执法大队。

---

1. 城南中学。夏末傍晚。外。

〔破落、陈旧的城南中学，灰蒙蒙的格调，尘土飞扬的足球场上，"四小天王"关人杰、马野等率领一群小伙伴正在挥汗如雨地踢足球。〕

〔马野突破乱哄哄的防守，破门进球，众人喝彩。〕

马　野：（兴奋地）刘通，你们输了！买雪糕，买雪糕！

刘　通：（摸了一把额头的汗水）买！那是一定的！君子一言，就是驴都难追！

甄　磊：嗨！你们快看哦。美女！美女！

〔傍晚那金灿灿的阳光下，身着一身洁白色运动服的韩雪，充满青春活力地走进校园，让人眼前一亮。〕

张云飞：（感慨万千）My god！莫非这就是传说中的天使么？

甄　磊：（触景生情地吟唱）let me fly，I'm proud to fly up high.

马　野：（抵抵关人杰的胳膊）嗨！老大，你说这个美女会是谁呢？不会是哪个同学的姐姐？

关人杰：（憨笑着挠挠头）嘿嘿！我哪知道呢？我又不是天使。

刘　通：真啰唆啊你们！派个哥们过去套词问一下不就都清楚了。

马　野：（意味深长地坏笑，扫视众人）可是，谁敢去呀？

张云飞：（心领神会）我看这点小事难不倒咱们飞毛腿刘通！大家看看，同意刘通去的举手！

〔刘通惊恐地环顾四周，众人的手臂已经高举成了森林。〕

刘　通：唉！我真是臭嘴（轻轻地抽了自己一嘴巴）。和你们这班猴孙儿在一起，好事反正都是我的！

马　野：（拍拍刘通的肩膀）不要辜负组织的信任哦！再说，明天就要开学了，你的暑假作业还需要弟兄们（抄写动作）。

刘　通：（打起精神敬了一个军礼）首长请放心！等待我胜利的消息吧！

2. 校长室。白。内。

〔行走在有些破败的校园里，韩雪回忆自己曾经在这里度过的中学时代。〕

〔轻轻敲开校长室的门，迎接她的是一位头发花白的长者。〕

〔这间不足20平方米的校长室，一桌一椅，一张木质沙发，都是十几年前的款式，桌子上面的那台电脑写着"某某公司赠送"字样，后墙一个老大的书橱，整整齐齐地摆满了新旧交杂的书。〕

韩　雪：您就是刘校长吧？我是韩雪（递上介绍信），我报到来了。

刘校长：欢迎欢迎！坐坐坐！小韩老师。

〔刘校长像迎接贵客一样乐不可支地四处寻找纸杯、茶叶，乐呵呵地给韩雪递上一杯热茶。〕

韩　雪：（受宠若惊地连忙起身接过）谢谢！哪能叫您老人家——

刘校长：坐呀！韩老师。革命不分先后，来到城南中学我们就是同事了，可不兴叫老人家的！你要是不见外的话，你就叫我老刘好了。

韩　雪：那哪成呢？论职务您是领导，论年龄您也是我的长辈呀！

〔韩雪礼节性地喝了一下杯子里的水，水很烫，她双手轮换地端着杯子，眼睛不经意地扫视一下这简陋的校长室。〕

刘校长：呵呵！有点寒酸吧？我们这学校目前的条件确实是差了点，不过人际关系还挺不错。你这个师范大学的高才生来了，给我们补充了新鲜血液哩！

韩　雪：条件差点不要紧，人是最好的硬件！刘校长，我的班级分了没有？

刘校长：我们的初二年级有四个班，三班、四班还好些，一班、二班挺乱的，我不知道你想选择哪两个班。不瞒你说，我们这学校情况有点……（斟酌一下词汇）有点特殊，学生十有八九都是船民的孩子，父母常年不在身边，都是跟着爷爷奶奶长大的，家庭教育缺失，孩子们都很皮——

韩　雪：这个我知道，因为我初中就是在这里毕业的！可是，你让我自己选择？

刘校长：什么？（惊讶地）你就是城南中学毕业的？那就跟你直说了吧，好班有好班的好处，差班也有差班的好处。

韩　雪：刘校长，谢谢您的好意，好班是我们学校的希望和脸面，还是让有经验的老同志带吧，我就教差班好了！

刘校长：（颇为意外）谢我什么呀，我还要谢谢你呢！我来了不到一年时间，就走了六个老师和三十多个学生，实话对你说吧，现在你来了，就是看得起我老刘，是给我雪中送炭哩！

〔刘校长动情地看着韩雪。〕

3. **城南中学。白。外。**

〔离开校长室，韩雪边走边低头想着心事。〕

〔忽然从操场上气喘吁吁地跑来一个十三四岁的少年，胖乎乎的，一头汗水，手里还举着三朵淡蓝色的矢车菊。〕

刘　通：（戏谑地）美女！美女！我爱你！

〔这突如其来的恶作剧让韩雪微微一愣，但她马上镇静下来。〕

韩　雪：嗯！这花儿真漂亮。（从容地接过花儿）谢谢你，你真是个懂事的好孩子！你能告诉我这是什么花吗（认真地问）？是在几月份种的呢？它花语又是什么呢？

〔刘通显然没有想到韩雪会接过他的花，更没有暴跳如雷，这样的结果显然是超出了大家的预期。〕

刘　通：这个，我、我不知道——

〔面对韩雪水样清澈的眼睛，刘通终于站不住了，他面红耳赤，撒开双腿落荒而逃。〕

〔操场上，响起了一阵哄笑。〕

〔韩雪望了望操场那群少年观众，并记下了四个起哄的头领，一胖、一瘦、一个戴着小眼镜，还有一个居然染着黄头发。〕

〔韩雪像凯旋的将军一样，扬眉吐气地从他们面前走过。〕

4. 初二（1）班教室。白。内。

〔韩雪捧着英语书，在教室门前停下了脚步，缓缓地吸了一口气，面带微笑走进教室。〕

〔黑板上满是杂乱无章的字和图画，红字"我老爸是托塔李天王！"格外醒目。〕

班　长：起立！老师好！

同学们：老师——好！

〔随着班长的口令，同学们大声响应，只是声音不齐，还有人在故意拖长后音。〕

韩　雪：同学们，大家好！我是你们新来的英语老师，我叫韩雪。我期望能跟每一位同学像朋友一样交往。（略一停顿）对了！这位同学，你叫什么名字？

〔韩雪的目光不动声色地扫视每一张面孔，忽然，她在刘通的脸上停了下来。〕

刘　通：（惶惶不安地）我、我叫刘通——

马　野：他叫刘通，和刘德华同姓！昨天他还送过花给你呢。

〔旁边一个戴着小眼镜的马野帮着大声介绍。〕

韩　雪：（不冷不热地）那你叫什么名字呢？

马　野：（挠挠头皮答道）我叫、我叫马野（声音却明显小了许多）！

韩　雪：哦！马野。四小天王之一，是个诗人。我也喜欢诗歌！

张云飞：啊！（小声嘀咕）连这个——老师也知道啊？

韩　雪：呵呵！我知道的情况可能比你们想象的要多！可是你们却显然不了解我，（严肃地）我在说话的时候不喜欢别人插话，有话要说请先举手，批准以后要站起来回答！大家能记得这些吗？

同学们：记得！

〔韩雪看到马野的脸儿有点红。〕

韩　雪：刘通同学，昨天问你的问题现在能回答我吗？

刘　通：（浑身打了一个寒战，他勾着头站了起来）昨天晚上，我问奶奶了，奶奶说那花名字叫矢车菊，是不值钱的草花，别的我就不知道了！

韩　雪：（连连点头）嗯！不错不错，刘通你先坐下。刘通这一点值得我们大家学习，自己不明白的事情就要多问问。

〔韩雪轻轻地合起已经打开的英语课本，笑盈盈地看着大家。〕

韩　雪：给自己喜欢的人送花，这是一种文明的表达方式，但是我们必须要先弄清楚送花的意义。今天我就给大家讲讲有关矢车菊的知识，据我所知，矢车菊是德国的国花，别名又叫蓝芙蓉，是吉祥之花。矢车菊的花语是：细致，优雅，也代表幸福！德国人都很喜欢它，据说它能启示人们小心谨慎，虚心学习……

〔同学们听得如痴如醉。〕

〔少年诗人马野却独自坐在那儿一言不发。〕

5. 城南中学校园里。白。外。

〔韩雪推着自行车走进校园。身后是进进出出的学生。〕

〔刘校长在校长室门前迎了过来。〕

刘校长：韩老师啊，我有件事情想和你商量。

韩　雪：什么事呀？校长！

刘校长：那我就说了，你可不要认为我是得寸进尺。

韩　雪：校长，有事您就吩咐吧！

刘校长：我想让你兼任初二（1）班的班主任，你有什么想法呢？

韩　雪：哦！这个恐怕不行（韩雪一听吓得不轻，她连连摆手）！

刘校长：为什么呢？能说说你的理由吗？

韩　雪：我没有任何经验，要是搞砸了岂不是——？

刘校长：（刘校长满脸的笑容像花儿一样灿烂）没有经验怕什么？边学边干嘛！

韩　雪：校长，您真的就这么信任我？

刘校长：不仅仅是信任，是了解！如果不了解的话，就是你主动要求干，我还不敢拿一个班级给你做试验呢。

韩　雪：我刚来几天呀，（好奇地）您真的了解——？

刘校长：（自信地）我教书三十多年，当了十八年校长，看人那真是十拿九稳的！有的人教了一辈子书，却当不好班主任，有的人呢，刚出道就能当，你就是属于后者！

韩　雪：可是！（一脸憨态）我还是没听懂呢！

刘校长：呵呵！大智者若愚。那天，你对付那个献花的小子很老到呢。真是长江后浪推前浪啊！教育这些留守少年，不仅要有爱心、耐心，更需要有足够的智慧啊！

韩　雪：噢——！

〔韩雪满心感激地望着校长那远去的背影。〕

6. 韩老师的办公室。傍晚。内。

〔放晚学后，韩雪把班长田瑞，副班长孟洁，班委何作伟、朱雅文、何飞飞和胡晓茜都留下来开个小会。大家七嘴八舌汇报班里现在的情况。〕

田　瑞：韩老师，现在我们班里的课堂纪律比以前好多了！

孟　洁：是呢是呢！现在连"四小天王"都不闹课堂了。

韩　雪：是吗？孟洁，那你就给我讲讲"四小天王"的情况吧！

孟　洁：我们学校的"四大天王"都是初三年级的老前辈，"四小天王"都在我们班上，老大关人杰，就是那个染着一小撮黄毛儿的那个，绰号"裘千寸"，一直在修炼"铁砂掌"，打架可厉害哩；老二甄磊，绰号"胖子"，是我们这里著名的红歌星，大家都说他很有几分臧天朔的派儿；老三张云飞，绰号叫"猴子"，跳起街舞来那就是俩字儿——"贼棒！"他去年在全市街舞大赛中获得过季军哩；老四叫马野（说到马野，孟洁笑得特别甜），绰号"眼镜儿"，又叫"四眼狗"，是个诗人，这个你知道的。

〔韩雪边听边记，观颜察色。〕

韩　雪：田瑞，你是班长，你觉得我们班里还存在什么问题呢？

田　瑞：要说课堂纪律嘛，还是您的英语课最好，语文课还要差一点。

韩　雪：你们分析一下，这是什么原因呢？

何飞飞：嗯！您是新来的呀，我们班里的同学（瞄了韩雪一眼）对你又喜欢又有点害怕哩！

韩　雪：哦！原来是这样的。

〔韩雪陷入沉思之中。〕

〔画外音：奇怪呀！其他的老师我也曾经询问过几次，可他们什么也没有说呀，是不是我太年轻了，他们有话不好说呢？仅仅管好自己的课堂显然是不够的，可是别人的课堂我又该怎么去监管呢？弄不好适得其反还会引起同事们的反感呢！〕

7. 初二（1）班教室。白。内。

〔上课了，同学们打开课本。〕

〔韩雪目光扫视大家——〕

韩　雪：同学们！有一件事情我一直想不明白，听说上学期期末考，(4)班的成绩人均比我们高出了21分！你们说这是为什么呢？

〔孟洁举手，韩雪颔首——〕

孟　洁：（心直口快地）他们是快班，分班时，成绩好的选在他们班上了。

韩　雪：是吗？也许这不是唯一的原因。今天，我想选几个代表和我一起去（4）班去取经，谁想去听课的请举手。

〔同学们一听说要去听课，议论纷纷。〕

〔孟洁抢着举手，田瑞跟着举了起来，班里的同学举手的越来越多，马野四下望了望，也犹犹豫豫地举起手来。〕

韩　雪：孟洁、田瑞、马野、关人杰、张云飞、甄磊，好！凡是点到名字的同学，请带上自己的板凳，跟我一起到初二（4）班。

〔点到名字的同学兴高采烈。〕

张云飞：（拍了拍马野）哥们！现在咱也享受老师的待遇了，走！听课去（扛起凳子就走）。

马　野：（马野连忙追上，偷懒地把自己的凳子架在张云飞的凳子上面）嗨！我享受的可是校长的待遇哩。

8. 初二（1）班教室。晚上。内。

〔放晚学了。教室里灯已经亮起。初二（1）班出奇的安静，班里同学一边做着家庭作业，一边翘首等待"取经"的同学。〕

〔韩雪带着"取经"的同学走进教室。〕

韩　雪：（动情地）嗨！原来大家都没有走啊！既然同学们都很关注，下面就请参加听课的代表给大家汇报一下自己的所见所闻和心里感受吧！

〔同学们热烈鼓掌。〕

韩　雪：（看众人迟疑着不想出头）田瑞，你来开个头炮。

〔韩雪说罢，就退到教室的最后一排。〕

〔在同学们热烈的掌声中，班长田瑞第一个走上了讲台。〕

田　瑞：这次听课，让我十分惭愧，但同时也让我们明白了一个道理，为什么他们班的人均分数能比我们高出那么多！都是我们自己不争气哩。

〔大家还没有听明白怎么回事，田瑞已经低头走下了讲台。〕

〔第二个上台发言的是副班长孟洁。〕

孟　洁：听了这堂课，我真有一种被人家打板子的感觉，人家成绩为什么好？我们的成绩为什么差？比较一下就很清楚，一是人家课堂纪律好，二是人家认真听，三是人家都在做笔记。可是我们呢？很多人都要小聪明想偷懒，当然也包括我。还有一些人哩，就更不像话了，自己不想听还要妨碍别人，简直就是害群之马！我的讲话完了！谢谢大家。

〔在一片沉寂中，"四小天王"耷拉着脑袋谁也不肯上台，仿佛那不是讲台，而是批斗现场。〕

韩　雪：（微笑着）关人杰、马野，你们也上来讲一讲啊！

〔关人杰和马野连连摆手。〕

韩　雪：（热情地）张云飞，还有甄磊呢，说一说你们的看法呀！

〔张云飞、甄磊连连摆手。〕

韩　雪：同学们！今天我们几个人去二（4）听课，我觉得收获很大，刚才田瑞和孟洁总结得也很好！我们暂时落后并不可怕，可怕的是我们一直不知道自己为什么会落后，知道了自己的缺点就好办了，我们可以改嘛！

9. 上学的路上。白。外。

〔韩雪在前面走，孟洁从后面气喘吁吁地追上来。〕

孟　洁：韩老师！韩老师！

〔韩雪回头一看，见是孟洁，就停下了脚步。〕

韩　雪：（笑）什么事呀？风风火火的！

孟　洁：韩老师，你真厉害，今天上午我们的语文、数学课堂纪律是史无前例地好啊！一点也不比他们（4）班差呢！

韩　雪：哦，是吗？别的还有什么变化？

孟　洁：昨天晚上你走了以后，四个"天王"都发誓了，要好好学习！老大"裘千寸"还发狠说，谁要是再敢闹课堂就是和他作对！

韩　雪：好！很好！班里有事情你要及时告诉我。

〔韩雪亲昵地拍了拍鬼丫头的脑袋。〕

韩　雪：从今以后，再不许叫他们绰号，你是班干部，不仅要自己带头，还要负责监督和提醒别人。

孟　洁：（不好意思地）Yes sir！保证完成任务。

〔孟洁扮了一个鬼脸，像小鹿一样欢快地跑开。〕

10. 初二（1）班教室。白。内。

〔韩雪在讲台上讲课，忽然发现坐在后排的马野好像有点心不在焉。〕

〔韩雪不动声色地提起一位同学回答问题，自己却轻手轻脚地来到马野身边，果真，小家伙正用书本作掩护在稿纸上面涂涂改改。〕

〔兴意盎然的马野一抬头，发现老师正在旁边盯着自己，大惊失色手慌脚乱企图毁灭证据，无奈韩雪那很好看的右手已经固执地伸到了他的面前，静静地等待他自行了断。〕

〔教室里死一样寂静。〕

〔韩雪的目光不怒而威，十秒钟的僵持，马野妥协了，他极不情愿地交出了自己的手稿。〕

〔韩雪接过战利品，看也没看就随手装进衣袋里，继续不紧不慢地讲课、提问，仿佛什么也没有发生。〕

11. 办公室。白。内。

〔两个老师收拾挎包离开。〕

〔办公室里只剩下韩雪。〕

〔孟洁和田瑞快步进门。〕

孟　洁：韩老师，找我们什么事呀？

韩　雪：今天叫你们两个人来，有一件事情要和你们商量，你们先看看这个！

〔韩雪掏出几张密密麻麻写满字的稿纸，意味深长地放在田瑞和孟洁面前。〕

〔孟洁手快，抢过一看，标题竟然是《我讨厌英语的十八条理由》。〕

孟　洁：怎么？这就是马野上课时写的？（失望地）我原来还以为他给谁写情书哩！（言罢，她自顾自地咯咯痴笑起来）

韩　雪：是谁写的并不重要，你们以后也千万不要对外透露！

田　瑞：（不解地）那您叫我们来是——

韩　雪：你们俩现在要把纸上的内容给我记下来！最近我想搞一次辩论

会，你们要提前做好准备，田瑞你做正方代表，孟洁你做反方代表，要认真辩论，但是千万不要让第三个人知道，或者看出来你们是事先有准备！明白吗？

田　瑞：（有点不得要领）可是，为什么要这样呢？

孟　洁：真是德国的汽车——笨死（奔驰）！老师是想通过我们辩论来彻底堵死各种歪门邪说的嘴巴，让大家统一思想好好学习！韩老师您说是吧？

韩　雪：你呀！真是个人精呢。不过我要警告你——快把你的聪明劲都用在学习上，不然以后你肠子都会悔青了的。

12. 初二（1）班教室。白。内。

〔同学们都在自修。〕

〔孟洁抱着作业本从外面进来。她站在讲台前大模大样地清了清嗓门。〕

孟　洁：同学们，告诉大家一个好消息！韩老师刚才说了，（故意斯斯文文地停顿一会儿）明天下午不上课，我们班里要搞国庆联欢会！

〔教室里一片欢腾。〕

马　野：真的？你不会是骗人吧？

孟　洁：骗你干什么呀？韩老师还让大家各自准备一下节目呢。告诉你，（从兜里掏出钞票，扬了扬手）韩老师还自掏腰包给我100元钱买瓜子、水果哩！

〔马野把手里的书本抛上天空。〕

马　野：韩老师万岁！

〔刘通、张云飞等也跟着起哄。〕

13. 初二（1）班教室。白。内。

〔同学们正在联欢。〕

〔窗户外挤满了其他班级的同学，羡慕的眼神。〕

〔老大关人杰首先表态要表演"单掌开砖"，刘校长、韩老师和同学们热烈鼓掌。〕

〔张云飞秀一下新学的街舞。热烈的掌声。〕

〔甄磊独唱《嘻唰唰》。刘校长对着韩老师竖起了大拇指。〕

孟　洁：同学们！大家掌声邀请我们著名的美女——韩雪老师给大家演出一首英文歌曲——《我心永恒》！

〔韩雪钢琴自弹自唱《我心永恒》。同学们如痴如醉。〕

韩　雪：同学们，有时间学一些英语歌曲其实蛮有意思的。可是最近我在网上看到一个有趣的帖子，标题是《我不喜欢英语的十二条理由》，我想在座的可能也会有这样的想法，今天我们就在这里搞个现场辩论好不好？我先把内容张贴在黑板上面，你们自己可以选择加入正方或者反方。

〔韩雪把一张三尺见方的大纸张贴起来。〕

〔有人小声朗读：一、学习英语是崇洋媚外心理，是卖国行为；二、背诵英语不仅伤害了我们的身心，也影响了我们汉语发音的准确度；三、英语破坏了我们文化的纯洁性……〕

韩　雪：你们仔细看看，同意上面观点的可以做正方，反对的就选择反方，中立的就一起做评委。为了让你们充分表达，自由发挥，现在我和刘校长暂时退场回避一下。

〔韩雪示意刘校长一起离开。〕

〔走出了教室，刘校长还极不放心地回头望了两遍。〕

刘校长：你真的就这样让他们自己折腾了？

韩　雪：（笑了笑）没事的！我心里有数。

14. 初二（1）班教室。白。内。

〔同学们眼见韩老师和校长真的走了，教室反而变得一片沉寂，连刚才那叽叽咕咕的议论声都没有了，大家你看我，我看你，不知道如何开始。〕

田　瑞：哈哈！其实也就是游戏呢。既然没有人开口，就让我先来说两句，平心而论，这倒霉的英语真的不好学，至今田瑞我也算是身经百战了，可屡战屡败，没有一次超过八十分的，我赞成彻底废除英语！说学英语是卖国行为也许有点重，但判它个崇洋媚外我看一点也不冤枉！

〔田瑞的发言赢得了热烈的掌声。〕

男生们：帅哥，我们看好你哦！明年我们推选你当校长！

孟　洁：谁去打擂台？谁去呀？别让他在那儿妖言惑众。

〔可身后一大群女生就是在那儿一个劲地疯笑,无人上阵。〕

马　野:杨排风,(酸溜溜地)我们班里是没有穆桂英的!我看就你凑合着上阵吧。

孟　洁:好呀!既然诗人看得起我这杨排风姐姐,那今天我的烧火棍就要献丑了!

〔孟洁大大咧咧地走上讲台。〕

孟　洁:虽然我的英语也没有学好,但是道理还是懂得的,我绝对不会四处讲歪理说瞎话!你们说学英语是崇洋媚外,据我所知,我们国家许多伟人都学英语的!再说大明星吧,"乒乓皇后"邓亚萍退役后就曾经在英国剑桥大学学习,并获得英语专业学士学位,如果有哪位孤陋寡闻不相信的话,现在就可以到网上去查查嘛!李连杰、章子怡,还有刘翔、姚明,他们的英语都学得很好啊!你能说他们都是崇洋媚外?也太恶毒了吧!

女生们:美眉,我们更加看好你哦!如果他们真的推选田瑞做校长,我们就力挺你当教育局局长,专门剃他的秃头!

〔何飞飞率领一群女将挥舞着拳头在后面泼辣辣地助威。人高马大的李娅把课桌擂得咚咚地响。〕

马　野:(满心不悦)你丫头也太嚣张了吧?

李　娅:(毫不示弱地)能不能来点新词啊?这叫热情奔放个性张扬!
(唱)　风雨彩虹,铿锵玫瑰——

马　野:我们就事论事嘛,你这个丫头片子可不许胡乱牵扯!你说不是崇洋媚外,那为什么美国、英国不开我们中文课呀?

〔甄磊、张云飞、刘通等铁杆粉丝在敲着课桌喝彩,壮声势。〕

孟　洁:英语是全世界人民最重要的交流工具,就像汽车一样,我们只有先坐上去才能到达更远的地方,欣赏更多的风景。如果你不想像慈禧太后那样企图把自己永远关在笼子里,不想被主流社会遗忘甚至是淘汰,你就必须学会运用它,参与交流和竞争。据我所知,我们的孔子学院已经在许多国家开办了,我相信,随着我们国家的经济实力的不断增强,会有越来越多的国家开设中文课程,让他们的子孙都来学习我们的语言。到那时候,也许我们在座的就会有许多人被聘请到美国或者英国去做教授了,当然,前提是我们自己要先会说英语，要不你去教中文，那些白娃娃、黑娃娃他们也听不懂呀！

〔田瑞理屈词穷渐渐现出了败迹，弃暗投明的人也越来越多。〕

〔马野理屈词穷地低下了头。〕

15. 初二（1）班教室。白。内。

〔韩老师春风满面走进教室。〕

〔韩老师那拿着成绩单的双手在微微颤抖。〕

〔同学们充满期待地看着韩老师。〕

〔忽然，站在讲台前的韩老师深深地向大家鞠了一个躬。〕

〔同学不知道发生了什么事情，都惊慌地站了起来。〕

韩　雪：同学们辛苦了，你们的共同努力让我看到了希望！谢谢大家！我们班这次考试真的是放了颗小卫星！已经一跃超过了（2）班和（3）班，人均分数仅仅比（4）班少六分，连刘校长看了都说是奇迹！

〔同学们热烈的掌声。〕

〔孟洁喜滋滋地分发试卷。〕

〔马野惊喜地盯着自己的英语试卷，69分！骄傲地竖起双指！〕

〔马野在自己的英语课本的扉页上，工工整整地写下两句诗，"风儿的高度，就是翅膀的高度"！他仔细地看了看，又补充两句，"飞翔是神圣的使命，更是美丽的梦想"！〕

16. 放学的路上。白。外。

刘　通：（兴奋地）大诗人，你猜猜，我这次英语得了多少分？

马　野：（翻翻眼，充满讥讽地）不会是95吧？

刘　通：（又急又气）你！你！哪有你这样子涮人的呀？

马　野：（笑了笑）那你说究竟是多少分啊？

〔刘通已经完全没有了炫耀的兴趣了。〕

马　野：还跟我装神弄鬼的？

〔马野一把抢过他的试卷，乖乖！居然是71分。〕

〔马野深深地倒吸一口凉气。〕

〔两人各怀心事默不出声地走着。〕

〔孟洁与何飞飞风风火火地追上来。〕

孟　洁：马野！马野！

马　野：（没好气地）要注意一点呀，你这样大呼小叫的影响多不好啊？

孟　洁：哈哈！瞧你这死样子，你是不是有点儿怕姐姐啊？（孟洁冲着马野媚媚地一笑，她话到手也到，胳膊不轻不重地捅了捅马野的胸脯）

〔何飞飞在一边吃吃地笑。〕

刘　通：他怕什么呀？人家是死马不怕开水烫！

孟　洁：你一边凉快去！（凶巴巴地）谁和你说话了，也胡乱插嘴儿。

〔看到上头上脸的刘通兴冲冲地碰了一鼻子灰，马野觉得格外开心。〕

马　野：班长阁下，不知道你有什么事情要吩咐？

孟　洁：有件事情飞飞和我想跟你商量一下，这次我们班里成绩考得不错，特别是英语，真是打了个翻身仗！韩老师每天都忙中偷闲义务为我们补英语，很辛苦的，我们是不是应该想办法表示一下咱们的心意呢？

何飞飞：（抢着说）是呢！我听说了，人家云河一中的老师补课，每人一个月要交500块钱呢！你算算看，我们班里一共应该交多少钱啊？可韩老师一分钱都不要我们的，我爸爸妈妈早就说了，应该好好谢谢人家。

马　野：当然应该表示一下，可是我又不是班长，你们应该找田瑞去商量商量。

孟　洁：我们找你，是因为你的鬼主意多。我们没有找田瑞，是因为他家的经济状况……这你也知道的！

马　野：（略一思考）是呀！我们班好多人家庭经济都不宽裕，这个我们必须考虑。我的个人的意见是动静不要大，范围要尽量小。现在有几个人知道这件事情啊？

孟　洁：就我们四个！别人我们都还没有通知呢。

马　野：那这样好不好？就我们四个人，趁韩老师这会儿还在学校里，我们买点水果送她家里去！

刘　通：好！就这样。

17. 韩老师的家。白。外。

〔小巷子里，这是一个普通的小院。〕

〔孟洁、马野三轮车推着四箱水果，几人相互推搡谁也不去敲门。何飞飞和刘通直朝后面躲。〕

〔马野无奈，和孟洁叽咕了两句，就壮着胆子去敲门。〕

〔门开了，一个慈眉善目的老太太。〕

马　野：您是韩奶奶吧？我们是城南中学的，是这样的，学校分了水果，我们帮韩老师送回来。

老太太：（疑疑惑惑地）是吗？我怎么没听说呢？

孟　洁：（连忙上前补充，粲然一笑）今天下午刚刚分的。韩老师的自行车不好拖的，叫我们送一下！

老太太：是吗？进来吧！进来吧！谢谢你们了！

〔马野则急切地使眼色给躲在一边的刘通，迅速把水果往屋里搬。〕

〔老太太热情邀请大家到屋里坐坐。〕

〔大伙儿慌忙告辞。〕

18. 回家的路上。晚。外。

〔走出那长长的小巷，四个人说说笑笑。〕

孟　洁：（长长地叹了一口气）哎呀！我的老天，送礼这活儿真的不容易啊。

刘　通：（赞叹）乖乖！马野这个家伙将来要是不做骗子真是太可惜了！

何飞飞：是啊，你睁圆眼睛撒谎还有鼻有眼的，真是个人才哩！

马　野：你两个狗东西，刚才把我和孟洁挑在枪尖上烤呢！不编一个过得去的理由，要是那老太太把我们赶出来怎么办啊？

刘　通：（神情严肃地）马野，我郑重地给你一个建议——你将来要是娶了孟洁的话，那真是强强联手哩，一不留神就能把那些索马里海盗骗来家做佣人！

孟　洁：（追打刘通，脸蛋通红）你这张破嘴，看我不撕坏了你！

何飞飞：（向着马野坏笑）你看看人家孟洁，不仅嘴巴利索，脑子灵光，体质也不错哟！我看这个媳妇可以娶。

19. 城南中学大门口。白。外。

〔"老干妈臭豆腐"摊子前，马野、关人杰、刘通等在吃油炸臭豆腐。〕

〔油炸摊旁，"四大天王"之一"丁大侠"和女友陶丽娜两人在吃一个冰激凌，淘气般地你吃一口，我吃一口，后来就跟小鸡吃食似的，你啄我一下，我啄你一下，甜腻腻的一副生死不离的模样。〕

〔这时候，一辆黑色别克轿车在路边停了下来，一个怒气冲冲的中年壮汉（陶老板，陶丽娜的父亲）粗暴地一把拽过正在陶醉之中的陶丽娜，甩手就是一个干脆利索的耳刮子，打得陶丽娜跌下有两米多远。〕

陶老板：你他妈的少给我在这儿丢人现眼！

〔丁大侠和陶丽娜本想发作，可定神一看立马就没了火气。〕

〔那陶老板显然是余怒未消，他把手指坚定不移地一下一下指向丁大侠的鼻梁，嘴里还在骂骂咧咧地警告。〕

陶老板：你小子听着！如果再让我发现你和我女儿在一起这样，当心我废了你！

〔丁大侠暴怒。他倏地一把抓住对方的手指就想反折。〕

〔陶老板左手一伸就死死地扣住了丁大侠的喉咙，丁大侠的脸色跟猴腚一样胀得红中带紫。〕

〔这时附近打台球的一群小混混跑了过来，几个人故意合力架起陶老板。〕

混混甲：叔叔别打了！叔叔别打了！

混混乙：别打了！他还是孩子嘛！

〔得了空闲的丁大侠对准陶老板拳打脚踢。〕

〔陶老板鼻血"唰"地流了下来，想要反击，无奈自己像被铁链锁住一般，直急得嗷嗷乱叫。〕

混混甲：叔叔别打了！叔叔别打了！

混混乙：别打了！他还是孩子嘛！

〔坐在地上呜呜假哭的陶丽娜一看情形不对，一跃而起，她冲过来对准丁

大侠屁股就是一记勾腚脚。〕

　　陶丽娜：你要死啦！王八蛋敢打我老爸？

　　〔甄磊、关人杰、马野连忙上前半强制地拉开丁大侠。〕

　　马　野：丁大侠，不能再打了，快走吧！你快走吧！

　　〔丁大侠在众人簇拥下极不情愿地撤离。〕

　　〔陶丽娜望望老爸，略一犹豫撒腿就逃。〕

　　〔拉偏架的小混混也迅速闪开。〕

　　〔陶老板满脸血污，坐在地上大口大口地喘粗气。〕

　　马　野：（递过一包面纸）叔叔您消消气，他们小孩子不懂事呢！

　　〔陶老板接过面纸，擦拭脸上的血污，感激地笑笑。〕

　　〔陶老板在马野的肩头拍了拍，一句话也没有说，就钻进他的轿车里。〕

　　马　野：（望着那远去的轿车，颇多感触）他今天要是不开轿车的话，那几个小混混恐怕也未必就帮助丁大侠揍他！

　　刘　通：（不解地）你说为什么呀？

　　马　野：我们这里穷人多啊！对富人恐怕都有仇视心理呢，嘿嘿！所以说你也要小心点哦！

　　〔刘通被马野笑得浑身上下很不舒服。〕

20. 关人杰的家。晚。外。

　　〔年久失修的船厂宿舍区，低矮破旧的小平房。〕

　　〔韩雪轻轻地叩响那锈迹斑斑的铁门，没有人回应，却听到有人在里面像小兽一样激情的喊叫。〕

　　〔杂乱的小院子里，光着胳膊的关人杰只穿着夏天的背心，正对着墙上一大摞厚厚的报纸练习马步冲拳，嘴里还在嚯嚯有声地喊着号子。〕

　　韩　雪：关人杰，你很用功嘛！

　　关人杰：（一看是韩老师，手慌脚乱披上外衣）韩老师！你、你、你是什么时候来的呀？

　　韩　雪：怎么？今天就练到这儿了。当心感冒。

　　〔关人杰惶恐不安，不知道该怎么回答。〕

韩　雪：爸爸妈妈在家吗？

关人杰：（摇摇头）他们都在船上，去上海了，估计还要一个月才回来。我一直跟爷爷生活在一起。

韩　雪：怎么？不请我到屋里坐坐？

关人杰：（不好意思地）呵呵，屋里面太乱了！

韩　雪：爷爷人呢？家里就你一个人？

关人杰：爷爷串门儿去了，姐姐、姐姐她上班还没有回来呢（脸微微红了一下，因为他撒了一个小小的谎）！

韩　雪：（关切地）这拳打千层纸的功夫，是很费时间和精力的，你每天要练多长时间啊？

关人杰：（憨憨地笑）没计算呢！每天就打三千拳。

韩　雪：（惊讶地）我的老天！那么你每天在这上面就要花费将近一个小时了！这样看来你今天的作业还没有做吧？

关人杰：（很有些难为情）还没呢！我马上就去做。

韩　雪：你看这样好不好？我建议你改为每天一千五百拳，既节省了时间，又可以减少对拳头的损伤。你要知道，你还没有成年呢，太重的训练对成长是有害的。而且训练时间也应该调整，你先把数学作业做好了，用休息时间去练五百拳，然后做语文作业，再练五百拳，等做好英语作业后再练五百拳，这样不仅不会疲劳，反而有亢奋提神的作用。如果你有兴趣的话，你还可以这样试验一下，把需要背诵的数学定律、数学公式和英语单词和课文挂在报纸旁边，一边练拳一边默默背诵，也许会让你有意外收获！

〔关人杰连连点头。〕

21. 运动场上。白。外。

〔身材魁梧的体育老师刘军站在队列前。〕

刘　军：（和蔼地）同学们，今天我们先来做一遍广播体操好不好？

刘　通：不好！老师，我们肚子早就空了。

马　野：人困马乏，没有力气了。

张云飞：要不、干脆自由活动得了！

〔受了那和蔼可亲的笑容的鼓励,同学们七嘴八舌地大胆发表意见。〕

刘　军:(笑容忽然消失,冷冷地说)生命在于运动!看你们这萎靡不振的模样。关人杰,你先带领大家在操场上面跑五圈提提神。

〔在那用沙土铺成的400米简易跑道上,同学们在跑步,一个个有气无力,像是从前线溃败下来的逃兵。〕

马　野:天啊!你劈了我吧!我快要饿死了!

〔孟洁回头一看,马野今天居然落在了女生的后面。〕

〔终于,五圈结束了。〕

刘　军:(很有成就感地)同学们!现在感觉怎么样啊?

关人杰:(害怕再捅娄子,抢着回答)很好!很好!精神焕发!

刘　军:(笑)哈哈!我说嘛,生命在于运动。关人杰,你去体育室领几个排球和足球来,给大家玩玩!

〔刘军老师没有再提做操的事,这让大家很意外,仿佛是占了好多便宜似的。〕

〔男生们都喜欢玩足球,女生就在一边玩排球。〕

〔同学们的排球玩得正起劲,眼观六路的孟洁却发现佯装上厕所的马野拐了个弯儿就向教室溜去。〕

〔满心好奇的孟洁放下排球,也远远地跟了过去。〕

22. 初二(1)班教室。白。内。

〔孟洁蹑手蹑脚地来到教室,静悄悄的教室里只有马野一个人,正伏在课桌上打盹,再走近听听,居然已经有了均匀鼾声。〕

〔孟洁拔了一根自己的头发,准备来个恶作剧,去搔他的耳朵。〕

〔孟洁来到马野的身旁,看着他那张和谢霆锋很有几分相像的脸蛋,还有那秀气的长发,心里油然升起一份莫名的冲动,心慌意乱的右手不由自主就改变了方向,也改变了使命,她轻轻地抚摸一下那油亮油亮的头发。〕

〔孟洁忽然就听到了自己"咚咚"的心跳,她惊恐地抬起头来,看看四下无人,就壮着胆子把自己的双唇凑近那凉凉的耳边,只是轻轻地一触,就觉得浑身上下燃起了熊熊的火来。〕

〔孟洁像初次作案的小偷一样，面红耳赤的她惊慌失措地逃离现场。〕

23. 办公室。白。内。

〔韩雪走进办公室的时候。陈红老师正在批改作文。〕

陈　红：（压低声音）韩老师，出状况了！我们班上！

韩　雪：（心里一惊）是什么事呀？陈老师。

陈　红：（环视四周，压低了嗓门）我们班上，有人、有人暗恋你，可气不？

韩　雪：（有点不相信自己的耳朵）什么？什么？你说什么呀？

陈　红：不相信吧？开始我也不相信呢！

〔陈老师随即亮出了有力的证据，那是一本作文本子，关键部分还画有很刺眼的红杠杠呢。〕

〔韩雪接过本子急急火火地浏览，作文的名字是《我的理想》，就在结尾处表决心的时候，却很突兀地来了一句"我今后一定要好好学习天天向上，用我春风的翅膀，去迎娶像韩老师一样美丽的新娘"！〕

〔韩雪赶忙看那本子封面上的名字，原来是"四小天王"中的甄磊。韩雪真是啼笑皆非。〕

韩　雪：陈老师，这件事情您打算怎么处理呢？

陈　红：（愤怒地）这个小东西，目无尊长，就应该狠狠教训他！

韩　雪：（微微一愣）刚好今天我的课程不多，要不，这件事情让我处理好了！

陈　红：好啊！那就请你处理好了。我还有一大堆作文没有改呢！

24. 操场上。白。外。

〔韩雪拿着作文本独自在运动场上徘徊。〕

〔甄磊气喘吁吁地跑过来。〕

甄　磊：韩老师，找我有事啊？

韩　雪：（寒着脸）叫你到这里来，是因为这里安静，有些事情想要问问你！

甄　磊：（局促不安地）什么事情啊，韩老师？

韩　雪：听说我们班里有人早恋，你把你知道的情况给我讲讲！（韩雪察言观色）

甄　磊：（释然一笑）呵呵，是谁乱嚼舌头呀？一个个尿布还没干透呢，哪来的早恋啊！

〔韩雪在心里松了一口气。〕

韩　雪：可是，你看看你作文，乱七八糟的都写些什么呀！（故作一脸怒气）这是怎么回事呀？

甄　磊：（看着那圈满了红杠的作文本子，难为情地挠着头皮）这个、这个……那天作文课，要我们写一篇800字的作文，我把两首歌词都凑进去了，字数还不够，没有办法，我和张云飞就偷偷从诗人马野的日记本上面摘抄了一点。

韩　雪：（不放心地追问）什么？马野的日记就是这么写的？

甄　磊：（慌忙解释）不不！原版是这样的——用我春风的翅膀，去迎娶天使一样美丽的新娘！——可是我和张云飞都觉得有点不着边际，有谁见过天使呀，于是我就决定把天使改成了你。可我们确实没有别的意思啊，完全是为了赞美呢！

韩　雪：好吧！既然是这样，我建议你还是尊重原著，把最后一页给撕了，重新改成天使好不好？没有经过我的同意，就让我去顶天使的职啊？你让陈老师都没法批改作文了！知道不？

甄　磊：知道了，我现在回去就改！

〔甄磊顺从地拿起作文本子就走，可走到门口又停下了。〕

甄　磊：（犹犹豫豫地）韩老师，我们那天在马野的日记本里还看到一张字条儿！

韩　雪：（警觉地）什么样的字条？

甄　磊：（不太自信地）是约他星期日去清水湾看芦花呢！看那字迹，瘦瘦长长的，我觉得、我觉得有点儿像是孟洁的。

韩　雪：（故作轻松地）知道了！今天在这里所说的每一句话，我希望你不要到别处讲，最好是一秒钟之内就忘记了。能做到吗？

甄　磊：能做到，一定能做到！

〔甄磊高高兴兴地走了。〕

韩　雪：（自言自语）孟洁这个鬼丫头！

25. 初二（1）班教室。白。内。

〔黑板上，红粉笔描着两个大字——班会。〕

韩　雪：同学们，昨天晚上我整理中学时的日记本，发现我当时抄录的一篇非常优美的文章，它对我的成长影响很大。今天特地带来和大家一起分享，何飞飞，请你来给大家朗读一下！

〔同学们充满了好奇。〕

〔何飞飞正在那儿伸长脖子望，没有想到韩老师竟然会点到自己的名字。〕

〔何飞飞接过日记本，声情并茂地朗读起《致早开的梨花》来。〕

〔何飞飞的朗读赢得了大伙儿热烈而持久的掌声。〕

韩　雪：同学们！在这里我要告诉大家，这是我自初中起一直到现在最喜欢的一篇文章，记得那一年我上初三，我们班里有人早恋了，班主任周春林老师利用班会的时间把这篇文章一字一字抄写在黑板上，抄完了，他只说一句话，却让我刻骨铭心，他说，作为园丁，我不想被你们任何一个人埋怨；作为花朵，我不希望你们在清寒的晨风里过早地开放！

〔韩雪的目光默默地扫过每一张面孔。〕

韩　雪：现在我每次看到这篇文章，首先想起的就是我一位中学同学，如果在这里提起她的名字，也许你们不少人都知道！（韩雪顿了顿，像是在斟酌，像是在犹豫）张洁！有人认得吗？

刘　通：（惊叫）啊！是黑牡丹？

张云飞：她家原来就在马野家前面！

甄　磊：前几年，好像是被判刑了！

〔下面一片唏嘘。〕

韩　雪：对！我的同学张洁就是城南地带大名鼎鼎的黑牡丹，被判了四年。可是你们只知道她堕落后的恶名，恐怕没有几个人知道她以前的荣耀，她曾经是我们城南中学的小状元，那一年中考考进云河一中时，她的总分比我高出了十一分。她不仅是头脑聪明，成绩优秀，而且人也长得非常漂亮，可以这么说，在整个初中时期，她一直是我们眼中优秀的领跑者！

孟　洁：（困惑地）是吗？可是后来她怎么会变成那样啊？

韩　雪：考进云河一中后，她分在奥数班，你们也都知道，云河一中的奥数班那是全市的精英，都是冲刺清华、北大的种子选手。可惜的是，她后来早恋，身陷情感纠葛而不能自拔，高考落榜后就在社会上瞎混，最后混得声名狼藉，每次想起她，我们老师的同学们都格外惋惜！

何飞飞：噢！原来是这样的。

李　娅：真是可惜哦！

孟　洁：韩老师！都说早恋不好，可是、可是我看电视剧《成长的烦恼》，为什么美国的家长和学校并不反对呢？他们的教育方式和我们的教育方式哪一个更科学呢？

韩　雪：哦！孟洁的这个问题提得非常好。善于发现问题、提出问题，才能够通过认真地思考、研究，找出对策来解决问题。

〔韩雪目光扫过孟洁的脸庞时，感受到一份来自心灵的回应。〕

26. 办公室门前。白。外。

〔韩雪走出教室。孟洁从后面追了上来。〕

孟　洁：韩老师，您的日记本可以借我看看吗？

韩　雪：可以！当然可以。你是想再读一读那篇文章吗？

孟　洁：是的！我想把文章抄在黑板上，让喜欢它的同学都抄录下来！

〔孟洁的脸上满是阳光。〕

韩　雪：好！很好！孟洁，你是我眼中最优秀的学生之一，我希望你能够做得更好。

〔韩雪的目光里充满期待。〕

孟　洁：一定！我一定努力！

〔孟洁不敢再多说一个字，她觉得自己的眼眶有些潮湿。〕

27—70 略。

71. 校门口电话亭。早。外。

〔校门口公共电话,马野犹犹豫豫地拨响了电话。〕

马　野:喂!你好。

韩　雪:你好!请问是哪位?

马　野:韩老师,我、我是马野。

韩　雪:马野,什么事情呀?

马　野:昨天晚上,孟洁说今天圣诞节要给你一个大大的惊喜,她发动同学订了六十六朵玫瑰,待会儿花店的花童可能会送到你办公室。我就是觉得有必要提前告诉你一声。

韩　雪:马野,你做得很好!我现在正在路上,马上就到。请你马上转告孟洁,就说是我说的,让她立即停止行动,别添乱,千万不要把花往办公室送!你还知道我的意思啊?

马　野:知道了!我在电话亭呢,我现在就去告诉她。

〔马野放下电话撒腿就往教室跑。〕

72. 初二(1)班教室门口。白。走廊。

〔走廊上,马野示意孟洁再离教室远点。〕

孟　洁:(嬉笑着)想和我说悄悄话呀?

马　野:刚才韩老师要我转告你,那个、送花的事情,让你立即叫停!

〔马野还没有说完,孟洁的脸上已经下雨了。〕

孟　洁:怎么?你已经告诉韩老师了是不是?你这个叛徒、走狗、卖国贼!Dog! you are yellow dog!

马　野:Dog!你才是 dog 呢,一个发疯的女 dog!

〔韩雪匆匆忙忙赶来。〕

韩　雪:干吗呢?干吗呢?你看你们俩,秀秀气气的男生女生在这儿骂架,丢不丢人呀!

〔孟洁和马野一看韩老师来了，像按了电门似的同时住了嘴，两人都气鼓鼓地盯着对方，用毒毒的目光继续厮杀。〕

〔韩雪一看这情形，心里已经明白了八九分。〕

韩　雪：（平静地问）孟洁，你是班干，你先告诉我这究竟是怎么回事呀？

〔孟洁立马没了脾气，她理亏地低下了头，一双大眼睛忽闪忽闪地盯着自己的鞋子看，仿佛那上面有可以帮她摆脱眼前窘境的魔法。〕

马　野：她骂人，是她先骂的。我刚刚转达了你的话，她就骂我是叛徒、卖国贼，还说我是走狗！

韩　雪：孟洁，真是这样的吗？如果是，你就应该向马野道歉才对！

孟　洁：（一听急了）我们就想做一件有纪念意义的事情，他、他却跳出来拆台！

〔韩雪做了一个暂停的手势。〕

韩　雪：（和风细雨地）他是不是故意拆台，我们等一会再评判好不好？可你骂人终究是个错误，错了就要道歉，你说对不对？

〔孟洁想想也是，她看了看韩老师，又看了看马野。〕

孟　洁：（难为情地小声嘟哝道）对不起啦！既然你不喜欢做韩老师的走狗，那以后就让我来做好了！

〔马野"扑哧"一下笑了起来。〕

〔韩雪好不容易才忍住没有笑。〕

韩　雪：对了！有一句话还真要提醒你们俩，在我们汉语里，狗多半是含有贬义的，而在英语里面，dog 大多是褒义的，它有忠实、忠诚的含义。比如 you are right dog 的意思是你是很正直的人，而 you are a luckly dog 则是赞誉你是一个幸运儿。

马　野：要不是看她是个女生，我早就揍她这个幸运儿！

韩　雪：君子动口不动手！今天马野表现得还真不错。对了！你现在赶快去花店，跟老板商量一下，看订的鲜花可不可以退？要不退一部分也行的，知道吗？小孩子这样糟蹋钱可不是好习惯！

孟　洁：恐怕不行吧！钱已经都付了。再说，就是一人几块钱的事情，也不是很多的!

韩　雪：实在不能退的话，就让他包装成一朵一朵单支的，别让他们招摇过市送了，你们自己径直拿到教室来，对了！再帮我买一些小卡片（韩老师掏钱），就是附在花上写赠言那种。

73. 初二（1）班教室。白。内。
〔马野和孟洁两人捧着鲜花走进教室的时候，大家不由得眼睛发亮。〕

韩　雪：怎么样呀？老板不同意退是不是？

孟　洁：（连忙表明）哎呀！我们可尽力了，不信你问问马野，人家老板坚决不让退。

马　野：是的，老板不让退，不过她免费给了我们好多卡片！

韩　雪：好了！既然不让退那就这样吧。其实，没有一个女性会拒绝鲜花的，我之所以坚决反对，是不愿意看着你们糟蹋钱，知道不？

韩　雪：同学们！节日送花其实也是有很多讲究的。就说今天吧，你们要是把这么多鲜花让人冷不丁地送到我办公桌前，送给我的可就不仅仅是惊喜了，更多的恐怕还是惊讶、惊异和惊诧！

〔韩雪停了下来，一言不发地看着大家。〕

孟　洁：怎么会是这样呢？（百思不解的孟洁自言自语）

韩　雪：一朵玫瑰五六块，六十六朵就是三四百块钱，这未免也太奢侈了！太浪费了！再说了，办公室里那么多老师都在看着呢，咱们可不能暖了一个人却冷落了大家。初二（1）的工作是大家做的，我韩雪也就是教了一门英语，那么人家语文老师、数学老师、历史老师、地理老师看了会怎么想呢？会不会影响人家的心情呢？所以我建议，我们今天每一个老师都送一朵，大家意见如何？

〔韩雪充满期待地扫视每一张面孔。〕

孟　洁：（眼里满是钦佩）好！这样当然好了！我们坚决拥护。

〔同学们也都大声附和。〕

韩　雪：既然大家都同意，那么就请田瑞和孟洁把这卡片发给同学们，每人写一张，每张上面写一句祝福的话，然后附在花上面。刘校长和初三年级老师的办公室由孟洁和马野两人负责，初二年级老师的办公室由田瑞和何飞飞负责，初一年级老师的办公室由关人杰和倪冰冰负责，大家记好了！每个老师的桌子上放一朵花和一张卡片，包括刘校长的和我的都一样！

孟　洁：总共才四十多个老师，那也发不完呀？剩下来的怎么办呢？

韩　雪：这个嘛！剩下来的都放在我们教室的讲台上，我们大家一起欣赏，这是我们自己送给自己的节日问候！

74. 校长室门口。白。外。

〔马野和孟洁满面春风走出校长室。〕

马　野：（感慨）真没有想到呢！一朵花也同样可以传递祝福，也同样可以给人好心情。看到没，刚才刘校长那吃惊的表情！

孟　洁：看来他准是第一次收到鲜花，好开心呢！

马　野：（由衷赞叹）我是说韩老师做事就是太厉害了！同样是六十六朵花，经过她一调配，就能让这么多的人一同快乐分享，真是高明呢！

孟　洁：嘻嘻，刚才说你是走狗，你说我是骂你的！现在明白了吧，那是一种激励。你以为你就够格啊？

〔马野张了张嘴，却找不出话来回击。〕

孟　洁：（唱）我是一个小小鸟，想飞多高就飞多高！

〔孟洁唱着歌儿，一蹦一跳地跑远了。〕

75. 初二（1）班教室（自习课）。白。内。

〔今天是班长田瑞值日，他站在讲台前头也不抬忙着写作业。〕

〔坐在后排的张云飞悄悄打开他的画册，用五颜六色的彩笔，细腻地描绘各种样样的花。〕

〔同桌刘晓艺停下手里的作业，出神地看他一丝不苟地用最简单的线条勾勒出纷繁绚丽的迎春。〕

刘晓艺：（小声地）嗨！张云飞，你的画可以送一张给我吗？

张云飞：当然可以，如果你喜欢的话！

刘晓艺：（惊喜地）真的？我就要那张粉红的绣球。

张云飞：（看着刘晓艺那洋娃娃一样胖乎乎的脸蛋意味深长地笑了）我还是专门为你画一张吧！

〔刘晓艺没有想到，张云飞竟然会抓住自己的手，惊惶之际，她用力挣扎一下，忽然就没了力气。〕

〔刘晓艺感觉到对方的力量很强大，而且手掌好温暖，她就红着脸儿放弃了心理和肢体上的抵抗。〕

〔张云飞紧紧地握着那只白皙细嫩、带着几分凉意的小手，不敢再看刘晓艺的眼睛，他低着头，屏住呼吸，在那白白的手面上，一丝不苟地画起了粉艳灼灼的桃花……〕

〔一笔一笔，画在刘晓艺的手上；一酥一酥，痒在刘晓艺的心尖。〕

〔刘晓艺陶醉地闭上了眼睛。〕

张云飞：（抬起头来，他羞涩地笑了笑）这是我至今最用心，也是最满意的一幅画呢！

〔刘晓艺惊喜地看到，自己的手面和五根手指上，满是笑意盈盈的桃花。〕

76. 维纳斯影楼。中午。内。

〔两个服务员热情地迎了上来。〕

服务员：小美女，你要拍写真吗？

〔刘晓艺骄傲地伸出那开满粉粉桃花的玉手。〕

〔服务员惊艳不已。〕

刘晓艺：我想拍一张手部的特写，（她把满是桃花的手放在自己的脸旁边，开心地比画着）还有我的脸。

77. 放学的路上。白。外。

〔张云飞一脸春光地走近马野。〕

张云飞：嘿！哥们，你抚摸过小美女的纤纤玉手吗？

〔看着张云飞那幸福的神情，马野不知道该如何回答。〕

张云飞：告诉你一个天大的秘密哦，你可打死也不许乱传！（张云飞附在马野的耳边，压低声音说）今天上课我摸了刘晓艺的手了。

马　野：（感兴趣地问）真的？她抽你耳光没有？

张云飞：（深深地陶醉）怎么可能呢？我是帮她在手上画画呢。

马　野：那，你有什么感受啊？说给哥们听听！

张云飞：（疑疑惑惑地问）感受嘛！就是有点儿凉，我焐了老半天才暖和起来。你说女生的手儿怎么会那么鬼凉鬼凉的呢？

马　野：这个我哪里知道啊？也太专业了！

张云飞：（抓过马野的手使劲地握了握，深有感触地说）不一样呢！还是女生的小手好，握起来又软有嫩，好像没有骨头似的。

78. 初二（1）班教室（早自习）。白。内。

〔马野正在摇头晃脑大声朗读英语。〕

〔何飞飞抱着书包像猫一样悄无声息地来到马野的身后。〕

何飞飞：（轻声地）请让一下！

〔马野回头一看，昔日那高大威猛的超女李娅已换成了低眉顺眼的何飞飞，微微一愣，他连忙直起身子，让出足够的空间。〕

〔何飞飞顺利通过，做到自己位置上。〕

何飞飞：（声音像蚊子一样）谢谢！

马　野：（大大咧咧地）咱哥们谢什么呀！我有两个单词正要向你讨教呢！

79. 初二（1）班教室（早自习）。白。内。

〔李娅提溜着大书包来到刘通的旁边。〕

〔刘通还想故技重施把屁股撅得老高。〕

李　娅：你个熊脑袋，我敲你个熊脑袋！

〔李娅用指关节猛敲刘通的脑壳"咚咚咚"，三声脆响！〕

〔刘通在龇牙咧嘴，露出一副痛苦不堪的表情。〕

刘　通：暴力！你也太暴力了！

李　娅：（横横地）要想远离暴力，就要学会文明！从今儿开始，只要听到本宫咳嗽声，希望阁下立马给我站起来，最好再鞠个躬。

刘　　通：（嘴巴还不想服软）你以为你是黑社会大姐大啊？

李　　娅：（把书包狠狠地摔在课桌上）不服气啊？你就试试看嘛，本宫我有秃药专治你秃疮。

〔刘通惶恐不安地迅速扫视四周，果然，有许多好奇的眼睛在热心观望。更要命的是，何飞飞正在一边抿着嘴儿笑。〕

刘　　通：（嘀咕）真是倒霉呢，明天我一定要去找韩老师调个位置。

80．初二（1）班。白。内。

〔同学们正在收拾书包准备回家。〕

〔孟洁风风火火地跑了进来。〕

孟　　洁：好消息！告诉大家一个好消息！（平息一下）关于元旦搞活动的事，刚才我向韩老师请示了！韩老师说，活动一定要搞，而且要搞好，要搞出新意来！

〔同学们停下手中的活，聚精会神地等待下文。〕

刘　　通：（猴急地）快说吧！你究竟要怎么搞啊？

〔同学们大笑。〕

〔孟洁眼睛一立，刘通连忙捂住嘴巴噤声。〕

孟　　洁：（涨红了脸蛋）韩老师让大家每人准备一样小礼品，可以是一本自己读过的好书，也可以是一张自己喜欢的碟片，当然也可以是玩具、工艺品之类！尽量不要去花钱买新的，就是买了，原则上也不要超过十块钱。至于具体细则，我也不清楚！

刘　　通：不就是十块钱嘛，用旧东西作礼品多不好啊！

〔同学们情绪高涨，纷纷猜测活动的规则。〕

81．放学的路上。白。外。

〔"四小天王"背着大书包一路谈笑风生。〕

张云飞：你说，孟洁这丫头片子会不会是假传圣旨呀？

关人杰：（不以为然）不会吧！你以为她长了贼胆？

张云飞：韩老师前几天不是刚刚宣布了，坚决不许买礼品，为什么今天又改口了？

马　野：（觉得好笑）这是两码子事，我估计韩老师是想让我们同学之间相互赠送礼品呢！人家又不是三岁小孩，还会稀罕你那破玩具！

甄　磊：（抓抓脑袋）可是，这礼品只准备一份你送给谁呀？

张云飞：是呀！也不好分配呀！

马　野：我们按部署的做就是了，我相信韩老师会有计划的。

甄　磊：唉！孟洁这个死丫头平时嘴巴那么利索，可今天为什么连一句话都传不好呢！

马　野：看样子是叫"小浣熊"刘通给气糊涂了！

〔众人笑。〕

82. 初二（1）班。白。内。

〔同学们摆弄着自己的礼品，望眼欲穿地等待韩老师来公布游戏规则。〕

〔韩雪老师看起来并不急，她把手里一个小巧的纸盒和活页本放在讲台上，就开始查看各人准备的小礼品。〕

〔班里大多同学的礼品一看就是新买的，这出乎韩雪的意料。〕

〔韩雪来到马野面前，看到她课桌上放的是一本半新的《哈利波特与火焰杯》，脸上露出了满意的笑容。〕

韩　雪：同学们！我们组织这次新年礼品大交流活动，初衷并不是要大家花钱买礼品，而是把自己喜欢的，但不是必要的宝贝拿出来，推荐给好朋友一同分享，这样做不仅仅是为了节俭，更是为了提高资源的利用率，再说了，你看过的一本书，既然你觉得有必要推荐给朋友，说明已经经过你的筛选了，这里面既有文化的传承，更有情感的交流，而活动的深层意义正在于此。你们看看，马野同学就做得很好！

〔韩雪高高地举起《哈利波特与火焰杯》。〕

韩　雪：这样的一本书，好几十块钱呢，自己一个人看完了就放在书架上，太浪费，我们希望同学之间一定要多多交流！今天可能是我事先没有阐述清楚，下次我们一定要记住这至关重要的一点。

〔同学们连连点头。〕

韩　雪：（笑着问）这个小猪恐怕不便宜吧？

刘　通：我花了三十八块！昨晚在超市里买的。

韩　雪：（拿起那小猪，征求大家意见）有哪位同学喜欢这头可爱的小胖猪吗？喜欢就和刘通交换一下好了！

〔韩雪一连喊了三声，依旧无人应答。看得出，喜欢这个小猪的大有人在，可谁也不想轻易转让刚刚到手的惊喜。〕

〔韩雪看着满脸怏怏不乐的刘通，有些于心不忍，她摸了摸口袋，只得掏出自己心爱的钢笔。〕

韩　雪：刘通同学，我用我的钢笔和你交换可以吗？

刘　通：（喜出望外）好啊！好啊！

韩　雪：这支钢笔陪伴了我大学四年时间，我希望你会喜欢！

〔韩雪抽出一张活页纸，认认真真地写下了两行字，"刘通同学，做一个健康、阳光、上进、快乐的男孩，用我的钢笔，写出你新一年的精彩"！〕

〔刘通恭恭敬敬地递上小胖猪，双手接过韩老师的钢笔，紧紧地握在手心，好像一松手就会被谁抢走似的。〕

刘　通：谢谢！谢谢韩老师！

〔同学们热烈的掌声，羡慕的眼神。〕

千秋计量
——原创音乐舞蹈史诗

李惊涛 中国计量大学人文与外语学院中国文化研究中心主任,中国电视艺术家协会会员,中国作家协会会员。参与主创电视剧和文艺节目获"飞天奖""金鹰奖"及省市政府文艺奖、"金凤凰奖"若干次。

序幕:萌

(切光)

(剧场字幕,画外音,辽远而富有磁性的男女声——)

男:天地玄黄,宇宙洪荒。

女:女娲造人,中华滥觞,

男:伏羲画卦,规矩圆方,

合:有生于无,千秋计量。

第一场:女娲造人

(光启)

【远古时代】

【粟广之野】

（VCR 光影特效：光线、色彩混沌空蒙。初光乍出，星光簇现，洪荒景象。）

（女声无字歌，音来天外……）

女娲独舞：女娲抟黄土做人；务剧，力不暇供；乃引绳于泥中，举以为人。

女初人集体舞：众人如梦如醒。

（切光）

（典籍记载，传说中华初祖女娲造人，民族初生。）

第二场：伏羲作卦

（光启）

【远古时代】

【渭水上游】

（VCR 光影特效：天地浑濛。）

伏羲独舞：伏羲仰则观象于天，俯则观法于地，旁观鸟兽之文与地之宜，近取诸身，远取诸物，始画八卦。

（VCR 光影特效：太极、八卦示意图。）

四人舞：初民演绎太极生两仪，两仪生四相，四相生八卦。

（切光）

（典籍记载，传说伏羲画八卦，初定空间方位。）

第三场：规矩圆方

（光启）

【远古时代】

【渭水上游】

（VCR 光影特效：飞鸟剪影动图）

女娲、伏羲双人舞：女娲翩然至，与伏羲相见怡然。

女娲、伏羲领集体舞：伏羲、女娲手持日规月矩，测量天地，以定圆方。

（VCR 光影特效：丛林动图）

女娲、伏羲领集体舞：男女初人，断竹、续竹、飞土、逐肉，生息繁衍……

（VCR 光影特效：刀耕火种光效）

女娲、伏羲领集体舞：男初人投足以歌八阕，伏羲、女娲以日规月矩引导初民。

（VCR 光影特效：女娲、伏羲举规矩帛图）

女娲、伏羲领集体舞：众人始有规矩，拥戴中华初祖。

（切光）

（典籍记载，传说伏羲、女娲左（日）规右（月）矩，昭示中华计量之"规矩"有生于无。）

第一幕：创始

（剧场字幕，画外音，辽远而富有亲和力的男女声——）

女：华夏初祖，五帝三皇。
男：中原逐鹿，车指南方，
女：尧授农令，岁成四时，
合：禹治水患，功在计量。

第一场：黄蚩大战

（光启）

【上古时代】

【涿鹿郊野】

（VCR 光影特效：远方战火渐近……舞美道具现古战场景象。）

蚩尤与兵众集体舞：蚩尤作兵，伐黄帝，纵大雾；黄帝部落兵众失向。

（VCR 光影特效：指南车、八卦方位示意图。）

黄帝与兵众集体舞：黄帝驾指南车至，指挥所部识道于浓雾。

黄帝、蚩尤与兵众集体舞：黄帝整饬兵众，攻蚩尤部落；蚩尤顽抗，终兵败。

（切光）

〔典籍记载，传说中原逐鹿，黄帝以指南车辩道，胜蚩尤；炎黄部族统一，开创华夏文明。空间计量之指南（车）针，后位列中华四大发明。〕

第二场：大禹治水

（光启）

【夏朝前】

【黄河流域，涂山】

（VCR 光影特效：雷电，豪雨如注，洪水滔天，浩洋不息……）

集体舞：难民流离失所。

大禹与众集体舞：大禹救难民；率众治水，佐以规矩。

（VCR 光影特效：雨止转云。）

涂山氏独舞：涂山氏灯下思夫，忆与大禹新婚。

（VCR 光影特效：春暖花开时。）

春姑娘集体舞：大禹新婚；春姑娘祝福。

大禹、涂山氏双人舞："大禹不以私害公，自辛至甲四日"，示妻以舜命，继其父鲧"复往治水"。夫妻别离，依依不舍。

（典籍记载，传说大禹娶涂山氏女，新婚四日即往治水。）

（VCR 光影特效：阴雨连绵。）

（女声《大禹歌》【歌词：赵素文，下七首同】——）

候人兮猗，候人兮猗！

涂山有女兮姣明月，倚门伫望兮君不归。

三过家门兮未敢入，大浸稽天兮孰通渠。

禹妻独舞：禹妻生子启，呱呱啼，灯下，孤门盼夫归。

大禹与众集体舞：大禹率众人治水，公而忘私；过家门闻子啼，不及视；三过其门不入室。

（典籍记载，传说禹治水八年，生子启呱呱啼不及视，三过其门而不入。）

（男声《大禹歌》——）

左准绳兮右规矩，声为律兮身为度。

载四时兮开九州，十载劳身兮焦思虑。

勤敏可信兮颂大禹！勤敏可信兮颂大禹！

大禹独舞、集体舞：禹以身度，称以出，得长度与重量单位；以折绕绳示，如获天启；"左准绳，右规矩"，率众平定水土。

（VCR光影特效：天地鎏金矢线，春暖花开，春光无限。）

集体舞：水患止，民众拥戴大禹。

（切光）

（典籍记载，传说禹："声为律，身为度，称以出"，初创计量长度与重量单位；"左准绳、右规矩"，中华计量创始，并用于社会产生劳动。）

【儿童情景表演过场】

【幕间童声：《二十四节气歌》】

春雨惊春青谷天，夏满芒夏暑相连，秋处露秋寒霜降，冬雪雪冬小大寒……

（典籍记载，传说尧命羲和测定春分、夏至、秋分、冬至，四时成岁，后细分为二十四节气；西汉时，落下闳引"二十四节气"入《太初历》，后为人类非物质文化宝贵遗产。）

第二幕：臻治

（剧场字幕，画外音，辽远而富有磁性的男女声——）

男：方升问世，法变商鞅，

女：度量衡一，大哉始皇。

男：刘歆累黍，律奏黄钟，

合：万国永遵，壮哉嘉量。

第一场：鞅造方升

（光启）

【战国，秦孝公时】

【秦国都栎阳】

（VCR 背景：集市南门）

集体舞：市井交易。因量器不一，大小斗进出，时引争执。一男霸蛮，商盈以米；一女以弱怜，商亏以米。众指责米商。

商鞅领集体舞：商鞅率有司莅临，平息争执；察知民情，示公平交易。

（切光）

（典籍记载，计量初创，度量衡标准不一，形制混乱；文献记载商鞅首次变法，南门立柱为信。以信为本，遂入中华计量文化要素。）

（光启）

【秦国都咸阳】

（舞美现圭表、漏刻等，以计工时。）

（中华计时，初以表圭，继以漏刻，进而机械，如浑、象仪，渐趋精准。）

（VCR 光影特效：冶炼作坊。）

集体舞：众工匠豪饮，制作各种度、量、衡器；冶炼制器场面红火。

商鞅领集体舞：商鞅任"大良造"，划制方升，现场指导众匠生产。

（男声《秦商鞅方升歌》——）

    秦川浩漫，汉水濩漺，秦嬴之邦。

    黄帝之后，少昊之虚，嗣世称王。

    兹有商君，作制明法，显著纪纲。

商鞅领集体舞：众匠造铜方升，升成；商鞅检测，甚满意。

（VCR 光影特效：商鞅铜方升图）

（文献记载：商鞅二次变法，监制计量标准诸器，鉴栗氏量，商鞅铜方升问世。）

（追光中，女声继续《秦商鞅方升歌》——）

    徕民六国，同书文字，器械一量。

    乃造方升，以度审容，肇颁于鞅。

    始置重泉，转于临地，欷疑尽荡。

    永传于世，善哉嘉量！

（VCR 背景：集市南门）

商鞅领集体舞：商鞅颁秦孝公令："平斗桶、权衡、丈尺之法"，统一度量衡；民众领铜方升，市井交易，众皆喜，欢呼。

（切光）

（文献记载，百余年后秦始皇统一度量衡，检校认同商鞅方升，临刻40字诏书于底部，推向全国。中华计量由乱臻治。标准一律，遂入中华计量文化要素。）

第二场：黄钟累黍

（光启）

【王莽新政时期】

【长安宫中】

（VCR 光影特效：宫廷之夜；背景隐现宫廷编钟。一束追光打在国师刘歆身上。）

刘歆独舞：刘歆弹古琴，并调试各种律管以定音准；黄钟律管音律优美稳定，歆以为标

（男声《刘歆新莽嘉量歌》——）

　　　　泱泱起炎汉，居摄替新莽。
　　　　儒林刘子骏，宏博秘书郎。
　　　　经史究天地，通达异才识。
　　　　授命非一姓，大夫号国师。

（VCR 光影特效：宫廷奢华内景，舞美现编钟、日晷等。）

集体舞：二乐人鸣编钟，刘歆抚古琴；众宫女受命演示累黍。

（女声《刘歆新莽嘉量歌》——）

　　　　周礼可改制，治乱调乐韵。
　　　　六市平其价，万国推五均。
　　　　造作旷世珍，青铜乃其器。
　　　　龠合升斗斛，五量皆具备。
　　　　颁遵传千古，同律度量衡。

（文献记载，王莽新政期间，国师刘歆受命度量衡制度改革。刘歆视"六律为万事根本焉"。）

刘歆领集体舞：刘歆奏黄钟律管，众宫女托盘累"黍"，随黄钟音律翩翩起舞，以制嘉量。

（切光）

（文献记载：刘歆依据黄钟音律，累黍律管，以黍数设定度量衡器分类、分级标准，打造"新莽嘉量"。）

（光启）

【王莽新政时期】

【新政国都长安】

（VCR背景：皇宫外景，蓝天丽日。）

王莽、刘歆领集体舞：宫人簇拥王莽至，刘歆恭迎。王莽垂询刘歆。刘歆示意推出"国之重器"。"新莽嘉量"被推至舞台中央。王莽敲击嘉量，"声如黄钟"，盛赞国师；谓"同律度量衡，稽当前人"，诏曰："初颁天下，万国永遵"。众诺，欢呼。

（切光）

（文献记载，自刘歆"黄钟累黍"，中华计量始有独特理论体系。"新莽嘉量"现存台北故宫博物院，系"国之瑰宝"。自此王莽新政起，中华计量标准、制度、实器、理论咸备。）

【儿童情景表演过场】

【幕间童声：《详明算法》】

一一如一，一二如二，二二如四；一三如三，二三如六，三三如九；一四如四，二四如八……

（文献记载，算筹起于春秋，算盘现于北宋，《详明算法》成于元明，助推计量走向精准。）

第三幕：求精

（剧场字幕，画外音，辽远而富有亲和力的男女声——）

女：宇宙浩渺，中华居焉，

男：议历明时，定回归年。

女：仰仪求圆，授时历成，

合：中西合璧，国泰民安。

第一场：议历明时

（光启）

【南北朝之南朝】

【宋之华林学省】

（VCR光影特效：一轮明月，黛瓦粉墙，庭院深深。舞美现三级漏壶。清晰的滴水声，渐成旋律。）

祖冲之独舞：月下，祖冲之对月思悟，比轮量度，计算圆周率。

（切光）

（文献记载：魏晋时刘徽发明"割圆术"，计算圆周率为3.14，校正新莽衡器；祖冲之更精测圆周率为3.1415926，称"祖率"，校改刘歆之误。）

（光启）

【宋之南徐州】

（VCR光影特效：景同前，一轮明月，黛瓦粉墙，庭院深深。舞美现浑仪、浑象等。）

祖冲之与祖暅双人舞：白衣少年祖暅才思敏捷，聪颖过人，翩然至，与其父切磋"祖率"。

祖冲之"亲量圭尺，躬察仪漏，目尽毫厘，心穷筹策"，测量冬至日以知岁差，祖暅从之。

（男声：《祖冲之歌》——）

稽古颂冲之，绝伦独异思。

　　　精研得祖率，议历可明时。

祖冲之与祖暅双人舞：祖暅奉笔侍砚，研墨在侧，其父奋笔疾书，著《大明历》。

（切光）

（文献记载，祖冲之巧测冬至日，得回归年为365.2428日，大幅领先世界水准；首次引入"岁差"概念，使历法更加精准。精益求精，遂成中华计量文化要素。）

第二场：祖戴论辩

（光启）

【南朝时期】

【南朝之宋宫】

（VCR光影特效：宋宫之宫廷内景。舞美现漏刻等。）

集体舞：宋孝武帝时，群臣议《大明历》。众臣初现阵营，分助祖冲之、戴法兴二人。

祖冲之、戴法兴领集体舞：祖冲之与戴法兴各领一脉仕臣，廷上论辩。

（男声：《祖冲之歌》——）

　　　缀术算经益，安边机碓施。

　　　虚词非所惧，显据窍其实。

祖冲之、戴法兴领集体舞：论辩渐白热化，戴挟权指祖"诬天背经"；祖冲之手持《历议》，谓"有形可检，有数可推"，据理以驳。后戴理屈，众渐向祖。

（切光）

（文献记载：《大明历》论辩，祖冲之终胜戴法兴。祖冲之逝后十年，《大明历》在祖暅努力下终获颁行。科学理性，遂入中华计量文化要素。）

第三场：仰仪求圆

（光启）

【元朝十六年】

【河南登封观星台】

（VCR光影特效：星空光效动图；舞美现莲花漏等。）

郭守敬领集体舞：同知太史院事郭守敬造登封高表，架球面日晷测影，观测星空。众持荧光星道具扮日月星辰，随郭观测起舞。

（女歌《忆少年·郭守敬歌》——）

    邢台太史，德纯学笃，足师千古。

    浑仪共宝漏，授时察星宿。

    蔽水舳舻通惠度，公任事、世人称顾。

    考求测算密，弧矢割圆术。

（VCR光影特效：宇宙太空炫酷光效动图）

郭守敬领集体舞：郭测影时，日月星辰幻化人间成为荧光星女；众荧光星女随郭观察起舞，如奏星空交响乐，伴以光效，为观止之观。

（切光）

（文献记载，郭守敬"以圆求圆，作仰仪"；用同心圆原理研制"正方案"以定方向，为当时世界最先进仪器；组织"四海测验"，测定夏至日表影长度与昼夜时间长度误差极微；取回归年长度为365.2425日，与现公历值完全一致。所编《授时历》为当时世界最先进历法。）

第四场：中西合璧

（光启）

【明万历三十二年】

【北京，翰林院】

（VCR背景：星夜。美舞现莲花漏等、浑仪等。）

徐光启、利玛窦双人舞：翰林院庶吉士徐光启听利玛窦授西学，时有所悟。

徐光启领众集体舞：徐光启与利玛窦挑灯合译《几何原本》，反复推敲概念。夜深，伏案，眼前出现幻觉——

（VCR光影特效：几何图影光效动图，"平行线""三角形""对角""直角""锐角""钝角"等,次第出现于徐光启幻想中。)

（女声《徐光启歌》——)
    东渐科学启晚明,
    仁博太保世人称。
    崇祯新历重西法,
    农政全书益众氓。

徐光启领集体舞：众图形变身几何精灵,着荧光服饰,在徐面前跳"几何舞"；徐光启备感振奋,与众起舞。

（切光）

（文献记载,徐光启与利玛窦等接触,中华计量接通国际学脉,开世界视野；译《几何原本》,对精确空间计量产生深远影响。)

（光启）

【明万崇祯四年】

【宫廷礼部】

（VCR光影特效：地球经纬度、球面三角、全天性星图……)

徐光启领集体舞：徐光启推算纬度,示众以地球经纬度；众感奋,随之起舞。

（女声《徐光启歌》——)
    测量互参中外异,
    几何初译数形通。
    无间食寝囊赀尽,
    甘薯千秋蔓叶青。

（切光）

（文献记载,徐光启主持历法修订,编纂《崇祯历书》,引进圆形地球概念,介绍地球经度和纬度,引进星等概念；首次提供全天性星图；引进球面三角学准确公式,首作视差、蒙气差和时差订正,开启中华计量国际化进程。)

尾声：包举万象

（剧场字幕，画外音，雄健而富有时代感的男女声——）

男：量天地，衡公平，

女：度万物，求精准。

合：精思国计，细量民生；

民族复兴，国梦大成！

第一场：包举万象

（光启）

【当代】

【中国】

（VCR光影特效：中国航海、航空、航天壮观影像；国防、交通、实业、科技领域动图）

集体现代舞：蓝衣白裙女大学生，青春时尚，英姿勃发，表现新时代计量科技工作者拼搏、奋进，传承、弘扬计量文化，推动中华科技腾飞世界。

（当代中华计量，已拓展为几何量、热工、力学、电磁、光学、声学、无线电、时间频率、电离辐射、化学等十大领域，计量人传承计量文化，助推科技腾飞。）

（不收光。）

第二场：计量千秋

【当代】

【中国计量大学嘉量大会堂】

（VCR光影特效：中国红底色鎏金字：度万物、量天地、衡公平）

集体舞：中华计量史历朝重要人物——女娲、伏羲、黄帝、蚩尤、大禹、涂山氏、商鞅、刘歆、王莽、祖冲之、祖暅、戴法兴、郭守敬、徐光启、利玛窦……穿越时空，汇集舞台。

全体舞蹈演员万紫千红，如花盛开舞台。

（宏大音乐声中，不收光，谢幕。）

（中华计量，始于度量衡，历经千年代序，蔚为春秋大观，包容大千世界，托举国计民生，在世界计量星空中发出璀璨中国光芒！）

2018.10.17晚演出本·中国计量大学嘉量大会堂

第二个妈妈

——微电影

杨光华 江苏省作家协会会员、连云港市影视艺术家协会副主席、海州区作家协会主席。诗歌、散文作品在《扬子江诗刊》《扬子晚报》等刊物发表。剧本《第二个妈妈》荣获"第三届亚洲微电影艺术节"剧本奖、江苏省优秀文化成果奖。

人物简介

王素英：第二代雷锋车手，心地善良，热情助人。

张　亮：从小父母离异，险被人贩子拐卖，又因高烧导致肺炎，幸得王素英助，视王素英为生命中的第二个妈妈。

赵　倩：王素英的女儿，从小酷爱舞蹈，性格活泼开朗。

赵平安：十分疼爱女儿赵倩，虽有时不满王素英救助张亮，也会经常刁难，指责王素英，但还是给予了支持。

杨　勇：45岁，车站派出所一名民警。

吴二赖：45岁无业游民，人贩子，刑满释放人员。

晚　外

清冷的月光挂在天际。寂静的乡村夜晚不时传来犬吠。

晚　内

一间低矮的房屋里，昏暗的灯光下小男孩的两只眼睛盯着挂在墙上的黑白照片。照片上是一家三口的全家合影。小男孩轻轻取下照片，又从抽屉里拿出一把铜锁一起塞进到黄书包里。

出片名《第二个妈妈》

新浦火车站　日外

秋日阳光下的新浦火车站广场人来车往，川流不息。火车站出站口旅客依次出站。两位身着职业装，身披雷锋车绶带的工作人员，一会帮旅客拎包，一会搀扶老人。站台上停着一辆电动车，车头上"雷锋车"三个字，在阳光照耀下熠熠生辉。"雷锋车"上坐上了几位旅客，小男孩（小亮）在车上被一个中年男人搂着，眼睛里有些恐惧。王素英（雷锋车手）热情地和他们聊天。小李高兴地开着雷锋车驶出火车站。

新浦长途汽车　日外

新浦长途汽车站人来人往，秩序井然。车站的广播室里播放着《常回家看看》的歌曲。王素英和小李边打扫卫生边热情地和旅客打着招呼。车站候车室入口处排着队准备检票，中年男子（吴二赖）拉着男孩（小亮）也在排队，小男孩一直盯望着王素英。车站广播里传来：旅客同志，请注意，开往太原的班车开始检票了。王素英正在帮旅客倒水，突然小男孩一边喊着"阿姨，救救我"，一边冲向王素英。中年男子神情慌张，追上前去。王素英闻声也快步走向小亮。

吴二赖：（满脸堆笑对王素英）同志，他是我儿子，你看这孩子，我就打他两下，他，他就瞎说。

小　亮：（抓住王素英着急地）他胡说，他不是我爸爸，他要拐卖我。阿姨，求求你，救救我！

王素英：（对小李说）小李，赶快去值班室把杨警官喊来。

（小李刚离开，吴二赖转身要跑。王素英冲上去一把抓住吴二赖，两人扭

打在一起。警官杨勇、小李及时赶到将其制服）

车站民警值班室　日内

杨　勇：（问吴二赖）出示一下你的身份证件。

（吴二赖故作镇静，马上将身份证递给了杨勇。杨勇将身份证放在身份证查询机上仔细比对）

杨　勇：（站起来）好你个吴来福，吴二赖子，你以前就因偷盗判刑，现在又拐卖起人口啦。

新浦汽车总站某办公室　日内

（简陋的办公室里王素英拿水壶在倒水。小亮坐在长椅上，显然还惊魂未定。王素英给小亮倒了一杯水，还拿了一袋饼干）

王素英：孩子别怕！饿了吧，吃点饼干吧！你叫什么名字呀？

小　亮：（接过饼干一边吃一边说）张小亮。

王素英：别急，慢慢吃。

（杨勇走进办公室，向王素英打了个招呼，走向小亮）

杨　勇：孩子你是叫张小亮吗？（小亮点点头）

杨　勇：（对王素英）王姐你出来下好吗？

（王素英与杨勇站在门口）

杨　勇：王姐感谢你，你的判断是对的。那个人犯叫吴来福，绰号吴二赖子。根据他交代，他想把那个孩子贩到黑煤窑去做苦力，幸亏你发现的及时，但是现在这个事情还有点麻烦。

王素英：是什么麻烦？

杨　勇：根据吴二赖交代这孩子父母刚离异，孩子跟着父亲，但这个家伙离家出走了。刚才，我们已和当地派出所联系，想尽快找到他的亲人。可是，唉，可是……

王素英：小杨，你平时讲话很利索，怎么今天讲话吞吞吐吐的，有什么困难尽管说。

杨　勇：王姐，现在吧，联系不上孩子的家人，这几天我们派出所也抽不出人来照顾他，你看？

王素英：我明白了，小王你别为难，这孩子我就先带回家帮着照看几天吧！

杨　勇：太感谢啦！不过王姐，你家也有个孩子，这不是又给你添麻烦嘛。

王素英：这事啊，是给我碰上了，搁我们"雷锋车"其他姐妹也会这样做。

王素英家　日内

〔普通的两室一厅整洁干净。屋子里，丈夫（赵平安）正在厨房做饭〕

王素英：（一边领着小亮进门一边说）老赵，你看今天我给你送个礼物来。

赵平安：（从厨房喜悦地出来）什么礼物呀？（一看多了一个小孩吃了一惊！）

王素英：（忙解释道）今天我给倩倩领个小弟弟来，你可别吓着孩子啊。

（赵平安纳闷地望了望小亮，小亮快速躲到王素英身后。王素英看出丈夫的不满）

王素英：（挤着眼对丈夫说）今天多弄几个好菜吧。（又顺势把丈夫推进厨房）

王素英：（小声说）等会我再给你解释。（赵平安一脸无奈的表情）

（王素英又牵着小亮的手把他带进倩倩的房间。倩倩正在写作业）

王素英：倩倩，这是小亮，这几天呢，要在咱家住。你要像个姐姐的样子，好好照顾小弟弟，好吗？

倩　倩：好吧。

倩　倩：（问小亮）你上几年级了？（小亮低头不语）

倩　倩：那我们玩游戏吧。

王素英：（走入厨房对丈夫说）老赵，这孩子父母离异又被人贩子拐卖，怪可怜的，就在咱家待几天，好吧？

赵平安：（一边忙一边答道）你们做好事我不会反对的，但是，倩倩眼看就要中考了，我是怕影响倩倩的学习。

月夜　晚内

月色柔美，一排排路灯点缀着城市的夜空。

王素英家里　晚内

王素英：（拿着毛巾对着倩倩的房间说）倩倩，小亮马上洗完澡，你找件你的衣服给他先穿上。明天，妈妈给他买。

（小亮穿上倩倩的衣服，有些像小女孩。王素英和倩倩笑着逗他，小亮很害羞地躲在沙发后面。月光晒在王素英家的阳台上，赵平安站在阳台上抽着闷烟）

王素英：（进来问）怎么啦？不高兴啦。

赵平安：你让我怎么高兴。哦，你们整天学雷锋做好事，我要上班，要做饭，还要管倩倩的学习。我图个什么？今天，你又弄个小孩回来。唉！

王素英：老赵，这些啊，都装在我心里啦。你说这孩子一个亲人都没有，他又是我发现的，这也算是缘分吧。哎，你也不是常说善有善报嘛。（说完习惯性地用手顶住胃的部位）

赵平安：怎么了？又犯胃病啦。

王素英：没事，没事。我去看看小亮睡没睡。（赵平安还站在阳台抽烟）

王素英：（在屋里喊道）老赵，老赵快来，小亮有点不对。

赵平安：（按掉烟）怎么啦？

医院　晚外

（医院大厅的长椅上，老赵打着瞌睡，王素英走过来拍着赵平安）

老　赵：（站起身问）什么情况呀？

王素英：情况不好，很严重！孩子连续几天高烧造成肺炎，要马上住院。

赵平安：（惊讶）住院，这得花多少钱？现在到医院看病、住院一般老百姓都不敢来。

王素英：都走到这一步了，我们能不管吗？他现在病情很严重，必须得住院。（王素英求助的目光看着丈夫）

赵平安：住院，住院呗，你看着我干吗？

王素英：老赵，把卡给我！

赵平安：不给！这点钱是留给倩倩上学用的。我几次下狠心，想用这个钱买辆电瓶车，都没舍得。哦，你说用就用啦。（说完，赵平安扬长而去。王素英追了几步，突然蹲下用手顶住胃部。赵平安回头看了一下，哀叹一声，转身向住院部收费处走去）

汽车站休息室 日内

工作人员甲：王姐，小亮病情好点了吗？

王素英：好多了！现在也能吃饭啦。

工作人员乙：王姐，老赵没有怨言啊？

王素英：有！他这人啊，怨言也多，事也没少做。那天，他可是咬着牙把存款拿出来，帮小亮交了住院费。

工作人员：（拿出一个红包）哎，对了，王姐，我们雷锋车的姐妹一起为小亮捐了点款，给他看病用。你就收下吧。

王素英：这，我就替小亮谢谢大家了！

杨　勇：（推门而入，进门就说）还有我一份啦。

王素英：杨警官来了，那个小亮的父母有消息了吗？

杨　勇：我正要和你说这个事。小亮的母亲暂时还没找到，他爸爸倒是找到了，但是，现在还在监狱服刑期。

工作人员：那可怎么办啊？

杨　勇：放心！这事啊，政府会管的，我已经和社会福利院说好了，过两天就把小亮送过去。

王素英家里 日内

（倩倩在小亮的床边跳舞逗小亮开心，小亮给倩倩鼓掌。赵平安在忙着做饭）

王素英：那个老赵，孩子明天就走了，做几个他喜欢吃的菜吧。

赵平安：我知道了。这些天下来，我跟小亮也有了感情，还真有点舍不得。这事跟小亮怎么说啊？

　　王素英：是啊，我也犯难。

　　倩　倩：（出来喝水，听到她们对话，冲进来哭着说）妈妈、爸爸，别让弟弟走！（小亮听到倩倩的哭声和请求声，默默地拿出黄书包里的照片，眼泪滴在照片上）

王素英家里　晚内

　　倩倩拿出玩具送给小亮，小亮把带来的铜锁送给倩倩。赵平安又站在阳台抽烟。王素英在小亮房间里看着整理好的行李发呆。

福利院门口　日外

　　（王素英、杨勇领着小亮在门口，王素英帮小亮整理着衣服。福利院工作人员出来向杨勇打招呼）

　　杨　勇：江院长，这个孩子情况都和你说了，你多费心！

　　江院长：放心！我们会照顾好的。

　　王素英：（摸着小亮的头）小亮，要听这里阿姨的话，阿姨会常来看你的。

　　杨　勇：王姐，走吧，把孩子交给江院长吧。

　　（王素英恋恋不舍地将小亮交给江院长。小亮的手紧紧抓住王素英的手。王素英拉下小亮的手，快速转身离开）

　　小亮：（突然挣开江院长的手撕心裂肺地哭喊着）妈妈，妈妈……

　　王素英：（也泪流满面，转身紧紧抱住小亮哽咽着说）孩子，跟妈妈回家。

剧终

（剧本《第二个妈妈》荣获"第三届亚洲微电影艺术节"剧本奖、江苏省优秀文化成果奖）

云港云

——大型音乐舞蹈诗文学本

蒯　天　江苏省作家协会理事、江苏省散文学会执行会长兼秘书长。大型舞蹈诗《云港云》荣获江苏省第四届音乐舞蹈节优秀剧奖、文学剧本荣获第二届中国戏剧文学奖。

古朴悠扬的音乐声中，幕起：一座黛色的大山在天幕上闪现。孔子神采飞扬，目光炯炯。他站在平台上，蓝色灯光向他直射。

上篇：连云的山

（画外音）公元前500多年，被后人称为至圣先师的孔子迎着料峭的海风，登山向海，望洋高歌。这座山被后人称为孔望山。

（响起大铁锚雄浑的起动声）

童　儿：爷爷那是什么山？

爷　爷：（画外音）那是孔子望海的地方，叫孔望山。

童　儿：（惊奇地问）爷爷，孔子上山望海干什么？

爷　爷：（画外音）他在寻找……他在寻找……

（爷爷的声音回荡整个舞台）

一、雷电神光

电闪雷鸣之中，孔子的心潮难以平静。他在追索，他在思考。

漆黑的夜，咆哮的风，似乎挡住了孔子追寻的梦，追寻的路。孔子沉闷，孔子徘徊。舞台上乌云压顶。舞台后区的众徒弟们，席地而坐。孔子与众徒弟们情真真、意切切，让众徒弟们坚定信心。不能倒下，不能低头！一声惊雷轰然炸响。孔子似乎感到自己正站在山峰之间，望见大海滔滔的巨浪，听见大海滚滚的涛声。雷声惊醒了沉闷中的孔子。孔子率领众徒弟们去追寻，追寻。狂热的舞蹈展示了孔子大海一样的情怀……

孔子向海边走去，走去。

二、三色太阳

孔子走远，孔子回头望去，一轮红日从蓝色的海面上冉冉升起。孔子奔向太阳。舞台上升起一轮圆圆的太阳。孔子站在太阳中间，看见了生命的浪头，看见了红色的漩涡在剧烈地旋转。太阳光芒射向大地，大地一片金黄，太阳的光芒射向大海，大海一片透明的蔚蓝。

此时，舞台上红、黄、蓝三色太阳交织着，涌动着。这是生命的原色，是血脉的跳动，是生命长河的流淌。孔子心情无比激动，他看到了人生无穷的意义，看到了民族辉煌的前景。红、黄、蓝生命的三原色，多么的宏伟，多么的壮观啊！

三、岩石魂魄

铿锵有力、激烈跳荡的节奏，湮没了三原色壮丽的舒展音乐声。

大港人，他们赤脚光背，在山石旁用石头磨出的石锤、石斧在岩石上敲打着。场上人群熙熙，一片红火，热烈的情绪感人肺腑，他们爬上岩石精心雕刻。紧张忙碌的劳动场面，有着强烈质朴的艺术感染力，生动地勾勒出古人们的勤劳和智慧，反映出古人们对美好生活的追求和向往。当舞蹈到达高潮时，一幅壮丽的原始壁画诞生了，它顶天立地于舞台区空间。壁画上，那些奇怪的岩画给人以对沧海无限神秘奥妙的联想……此时，孔子心潮澎湃奔向舞台，他身上充满了无限神奇的力量。他登上山巅,望着一望无垠、博大深邃、波光粼粼的大海……

大海孕育了人类,又给人类无穷无尽的思索。大海是蔚蓝色的生命原体……

四、望海之歌

浩浩兮,渺渺兮,伟哉,海耶!
生生兮,荡荡兮,朝日之窟兮,海耶!

昔在川上,叹逝者如斯,不舍昼夜,
今临大海,惊浩渺无际,水天相接。

看波翻涛涌,轰雷狂啸,万古明灭,
望潮起潮落,包容吞吐,碧浪千叠。

哦,映朝晖,送明月,
胸襟阔,志高洁,
苍茫茫奔腾不停歇,
旋舞飞跃无终结,
何当奋举鲲鹏翼,
寻索彼岸新世界。

浩浩兮,渺渺兮,伟哉,海耶……

深沉撼人心魄的男声吟诵,诠释了孔子望海忧国忧民的心情。在舞台的第二空间,孔子站在高处;第三空间岩石上的壁画复活了,翩翩起舞;第一空间的舞台上,红、黄、蓝三原色飞旋着,使历史的漩涡不停地涌动。一束剧烈的光芒照在孔子身上,他面对大海,深情地吟唱着……海风吹拂孔子的长袍,长袍款款飘动;云海在孔子背后不停地流动。孔子恰似山峰上一尊雕塑屹立于山海之间。

浩浩兮,渺渺兮,伟哉,海耶!

生生兮，荡荡兮，朝日之窟兮，海耶！

优美的男中音质朴地表达了孔子对大海的敬畏和向往。

（收光、暗转）

中篇：连云的海

帷幕徐徐拉开。舞台上，站立着三千个用金色塑料包裹制成的用做塑像的童男童女，在银色的灯光照射下，他们清丽漂亮，远远看去，真人假人，难辨难分。

（画外音）公元前219年海州，方士徐福奉秦始皇之命率领童男童女三千名，浩浩荡荡，张帆远航，东渡扶桑。中国人民不再闭门自守，跨出国门，接受人类一切文明的洗礼。

（随着铁锚的启动声）

童　儿：爷爷，那么多男的女的要干什么？

爷　爷：（画外音）他们要随徐福出海。

童　儿：他出海干什么？

爷　爷：（画外音）他们是去……他们是去……

（爷爷的声音在整个舞台间回荡）

一、情赋

一位农家少女，奔跑而来，她在四处寻找自己的情郎。慌乱的心情，急切地寻找，使她十分失望，伤心地坐在海边大声呼喊。她呼喊的声音越来越响亮。蓦然，农家少女眼前一亮，她看见了正在待发的三千名童男童女，她惊喜极了，跑进人群四处寻找。她寻找的神情和动作，好像在大海中摸索，又好像在大海中摇着一只大船。突然，舞台上的人群和其他的一切都消失了。

农家少女见到了情郎，两人紧紧拥抱。

农家少女把自己为情郎做好的腰带给情郎系上，情郎陶醉在幸福之中。突然，她扯下腰带，满脸不悦。情郎纳闷地问她，为什么不悦，她没有回答。情郎心急如焚。蓦然，情郎明白了她为什么不悦，她是要随他一块儿出海。

一段感情真挚的双人舞。

二、祭韵

祭韵的音乐远远飘来，一种民俗风格的音乐吸引观众，一群壮汉子，头扎着红绳，端着牛头，手持香火，潮水一样齐涌而来。人们对着大海无限虔诚，赤脚而舞，跪拜海神。

大幕起，牛头船驶向大海……

场面十分虔诚而神秘，牛头在海面上浮动，人们在海边跪下。

一面横贯舞台的大旗徐徐降下。

（大旗上有"徐福出海"字样）

三、绿歌

清风拂水，水濛濛，

梦里樱花，伴茶香，伴茶香。

一水相依，两心相印，

无尽话语，怎诉说，

心海一片，情深长，

波涛涌，云飞扬，

轻舒长袖理衣裳，

水波远去一点红，一点红。

一首优美的女中音独唱歌曲，从远方迤逦而来。农家少女直奔舞台上，她像一杆儿稻麦，亭亭而立，纯朴美丽。她随风摇曳，尽情地舞蹈着，表现出随徐福出海去传播耕种技术的坚强决心。此时，她的脑海里出现了日本少妇在绿色的田野上翩翩起舞着的形影。舞台上一片绿色，第一表演区日本少妇与农家少女融为一体，恰似绿色的田野。绿色，生命的象征；绿色，希望的象征。

四、祭海

号角响起，舞台上的大旗雄壮地升起，男舞者驾驶着一只大船。徐福率领队伍，浩浩荡荡奔向前方。号子声声。一首合唱歌声震撼天地。农家少女在队伍中间起舞着。刹那间，海风骤起，浪花翻滚，船在大海中像一片树叶，起起伏伏，摇摆不定。农家少女为保护徐福，为了保护童男童女，葬身于大海……大海在哭泣，大海在呼号……

此时，绿色的农家少女在海中漂荡，她仿佛听见徐福率领童男童女唱着高昂而深沉的号子……她渐渐沉下海水……农家少女和穿着白色樱花服的日本少女排成两个空间。海面上的农家少女和海面上纷纷飘落下的樱花形成一个动人的场面。

清风拂水，水濛濛，
梦里樱花，伴茶香，伴茶香。
一水相依，两心相印，
无尽话语，怎诉说，
心海一片，情深长，
波涛涌，云飞扬，
轻舒长袖理衣裳，
水波远去一点红，一点红。

宛然动人的歌声，优美、动听。农家少女在海水中翩翩起舞，樱花飘飘落向海面，舞台上形成绿、白、红三种色。突然白、红色消失，只有绿色从上渐渐变大，象征着生命顽强的延续。

（切光）

下篇：连云的港

深情而又悲伤的音乐响起，一位少女伫立在大海边，望着蔚蓝色的大海，音乐由双簧或小提琴独奏而变成了弦乐与钢琴齐奏，显得深情而又浪漫。

（画外音）建设东方大港是世世代代人民的梦想，是孙中山先生未尽的遗愿。经过近一个世纪不懈的追求和努力，昨天的梦想在今天变成了现实。

童　儿：（随着铁锚的启动声问）爷爷那是什么？

爷　爷：（画外音）那是拦海西大堤。

童　儿：爷爷，这就是您讲的东方大港吗？

爷　爷：（画外音）是的。

一、大海的思念

一位少女捧着一簇鲜花伫立于大海边，在深情的音乐声中，她把鲜花一枝一枝抛向大海。天幕上的海浪花慢慢升起，海浪中漂动着鲜花，场面十分感人。在深情而又浪漫的乐曲中，少女翩翩起舞。

此时，少女仿佛看见她的情郎——在海浪中劳作着，梦像风筝飘进她的视线，忽然又消失……她沉思着……远处传来海浪声与铁钎的当当声响。突然，少女看见了情郎，于是，她奔过去，情郎却消失了，少女又失望地坐在大海边。她思念着……

她眼睛忽地一亮，啊，情郎又悄悄来到她的身边。两人在一起亲切而又温馨，他们如火般热烈地翩翩起舞。

二、大海的诉说

大海滔滔。音乐似号角响起，雄壮有力，节奏鲜明，起伏跌宕，震人心魄。

青年突击队拉起一面硕大的红旗，在传递着，在表示志愿，要去填海建堤。雄壮、有力的快板儿音乐，一浪高过一浪。男工人们以排山倒海之势显示出强劲、洒脱之气概。年轻工人独舞与群舞交织着……

年轻工人看到青年突击队里有一个队员，年纪很小，正想对他说些什么。恍惚间，他看到他摔倒在地，年轻工人一把拉起他。当这位年纪很小的工人站在他面前时，年轻工人摘下他的帽子，一看，原来是他的恋人——少女。众工人们为他们建大堤深厚的感情发自内心地笑起来，激动起来。少女和青年工人紧紧拥抱在一起。工人将他们高高举起……

猛然，电闪雷鸣，狂风呼啸，狂澜骇人。昏天暗地，音乐给人以强烈的恐怖之感，激烈而狂放。突击队队员们在年轻工人的指挥下，面对大海，面对就要吞没整个世界的大海，立下誓言：一定建好大堤……

青年突击队队员们向大海庄严宣战，众工人扛着钢柱奔上舞台，刹那间，舞台上圆圆的钢柱，就像工人们的形象，雄壮有力，顽强拼搏。

一声巨响，一串惊雷。年轻工人站在钢柱上指挥着工人们操作，被狂风卷进大海……

年轻少女奔向大海……看见的是海浪中的花束……台上的钢柱鲜红！鲜红的钢柱，顶天立地……

三、大海的彩虹

又是少女面对大海，大海上升起彩虹。壮观的海中大堤让人无限的激奋。少女怀抱着鲜花在工人中显得十分平静。她心中的桥就是那个年轻工人……光转暗，隐隐约约可见一只渔船停在海边，从里面传出一阵阵婴儿的哭声，哇——哇——哇，婴儿的哭声在整个舞台回荡着。

四、云港云

海浪滔滔。一个儿童从舞台后面径直疾步走来。

他站在海边，不时地对着大海呼唤着，回答他的，只有阵阵海浪声。他不停地对大海呼喊，海涛声越来越大。舞台后区，天地之际漫天的大潮涌动起伏。音乐急转直下，快速奔涌。儿童直奔海面，刹那间，儿童变成一只海燕在空中展翅飞翔。大海在奔涌向前，构成一个激昂奋进的画面。它展示出人们憧憬向往着美好的未来。

舞台上一片绿色。孔子出现在云中，徐福也出现在云中。众舞者将儿童高高举起，一束红光照射着他。这是希望之星，这是民族之魂。

随着主题歌:

(领一)
我是连云,
连着高天的云,
我是连云,
连着五彩祥云。

云白哟! 千里托日月,
云飘哟! 四海送佳音。

云起哟! 春风换新宇,
云涌哟! 沃野洒绿荫。

(领二)
我是连云,
连着天安门的云,
我是连云,
连着九州祥云。

云翔哟! 团员祖先梦,
云升哟! 捧献儿女心。

云走哟! 和风润万户,
云聚哟! 挥汗降甘霖。

(合)
连云连云, 江山赋予你新的生命,
连云连云, 时代委托你新的征程。
志士仁人何所寄,
东方大港日日新。历代圣贤,
海阔天高龙腾跃, 圣贤哲人,
红霞万缕乡连云。

(一副横贯舞台大铁锚, 徐徐落下, 落在舞台中间)

大型舞蹈诗《云港云》荣获江苏省第四届音乐舞蹈节优秀剧奖、文学剧本荣获第二届中国戏剧文学奖。

国家责任

沈大春 浙江横店影视学院教师、著名编剧，代表作有电影剧本《抗日县长》《连云港保卫战》等。

王成章 中国作家协会会员、中国报告文学学会理事、连云港市作家协会副主席，曾获江苏省五个一工程奖、江苏省紫金山文学奖。

碳纤维工业园大门口　日　外

电动伸缩门已经完全收缩起来。几挂"一串红"在大门前面的空地上噼里啪啦地炸响，红红的纸屑四处飞溅。鞭炮一停，三辆考斯特客车径直开进了大门，在左侧的小广场停下。第一辆车车门打开，首先下来的是东方市市委书记耿中华，随后下来的一位，身体壮实得像铁塔，似乎天大的担子都能挑起来，浓眉下一双大眼炯炯有神，眼神有一种穿透人心的力量。从三辆车上陆续下来不少人。张爱国、薄天云、姜国庆和刘泽栋等人都很是吃惊。

（张爱国赶紧走上前和耿书记握手）

张爱国：耿书记，我这鞭炮不是欢迎你们的——不，不是，我是说不是因为你们来了才放鞭炮，我们今天早晨刚刚做出来碳纤维，正放鞭炮庆祝呢！

耿中华：（哈哈大笑）来得早不如来得巧啊！这鞭炮既是庆祝碳纤维的诞生，也算是欢迎我们的嘛！怎么，不欢迎？

张爱国：欢迎，欢迎，太欢迎了！

（耿中华拉过身后那个"铁塔"一样的人，向张爱国介绍）

耿中华：这位是中国建材集团董事长宋雪峰先生！宋董事长今天本来是要考察其他几家企业的，可是一听说我们东方市有做碳纤维的企业，立刻就改了主意，要我马上带他来看看。

（铁塔一样的宋雪峰，其实一直在打量着这个最先奔过来和市委书记握手的人。此人谦逊中透着坚定，低调中不失昂扬，既有书卷气又充满了亲和力，是那种可以坦诚相见、肺腑无隔的人）

（宋雪峰和张爱国，四只大手紧紧握在一起）

宋雪峰：我一直在寻找做碳纤维的人。

张爱国：我就是做碳纤维的张爱国！

（四只大手仍然紧紧地握着。这次握手，他们似乎彼此都已经等了很久）

耿中华：张董事长，快领我们去看看你的宝贝啊！

张爱国：好！好！好！

（一直站在张爱国身后的薄天云、姜国庆和刘泽栋等人也都笑了）

南云台山　花果山　云台宾馆　日　外

花果山是《西游记》中孙悟空的老家，位于南云台山中麓，为云台山脉主峰，江苏省最高峰。太阳西斜。几朵白云轻轻缭绕在花果山上。高耸的云台宾馆就坐落在云台山麓，花果山下。

东方市云台宾馆　一间茶室　日　内

一间充满中国风和东方市山海特色的雅致的茶室。一张古色古香的茶桌，台湾汝窑的茶具、茶壶和公道杯的侧把是紫檀木的。东方市市委书记耿中华居中，面对着南面的门。中国建材集团董事长宋雪峰坐在东侧，张爱国坐在西侧。

耿中华：咱们这花果山云雾茶过去可是皇室贡品。现在是第三泡，到了最好喝的时候了。

（茶汤明亮清澈，碧云般的热气袅袅而上，吹也吹不散。茶室内，香气如

兰，清清淡淡）

（宋雪峰端起茶杯，浅酌慢品，尽见茶道功夫）

张爱国：高山云雾出好茶。

宋雪峰：好山好水好品种。

（大家都笑了。耿中华继续冲水、泡茶）

日本东犁株式会社　一间茶室　日　内

东犁株式会社社长大石乔身着和服（便服），正在专心致志地泡茶、喝茶。碳纤维业务部部长铃木一郎推开茶室的门，匆匆走了进来。

铃　木：社长，打扰了。

大石乔：（头都没抬）什么事？

铃　木：社长，中国人搞出了碳纤维。

大石乔：（很确定地）不可能。

铃　木：社长，是东方市的鹰游集团搞出了碳纤维。

大石乔：（抬起头）就是那个张爱国？不可能！距离他们来我们东犁公司考察不过两年时间。

铃　木：他们从全线试车到生产出第一批碳纤维，用了不到八个月时间。

大石乔：（吃惊地瞪大眼睛）张爱国，这是个可怕的对手。

铃　木：社长，我们该怎么应对？

大石乔：立刻联络美国的郝思公司和泰科公司。

东方市云台宾馆　一间茶室　日　内

宋雪峰：中国建材集团的水泥行业现在是亚洲乃至全世界的巨无霸，目前我们已经进入复合材料领域。从世界范围看，复合材料特别是碳纤维遇到了前所未有的发展空间和发展机遇。张董事长，请你一定要和我合作，我们一起来搞碳纤维！世界上最大的碳纤维生产线是日本东犁的万吨生产线，我们合作后也一定要做万吨！怎么样？

（张爱国笑了，笑得很灿烂）

张爱国：宋董事长果然豪气冲天。我等你很久了。

宋雪峰：好！张董事长痛快！我们中国建材旗下有一家重要的子公司——中国复合材料集团有限公司，代表了建材业的高端方向，你们鹰游集团旗下专门搞碳纤维的公司——神鹰新材料有限公司，完全符合中国复材集团的战略构想。——博鳌论坛原秘书长龙永图先生说，中国已经进入央企和民企联盟的时代！我在中国建材内部也经常说一个公式：央企的实力＋民企的活力＝企业的竞争力。

耿中华：一个是央企"巨无霸"，一个是新材料产业新秀，你们两家联手，定可比翼齐飞、大展宏图！来！我们以茶代酒，祝贺你们这么快就达成了合作意向。

（三个人端起茶杯，一饮而尽）

宋雪峰：我们来投资占大股，你就不是大股东了，但我们决定让你当董事长，让你去干，你看怎么样？

张爱国：宋董事长这么看得起我，爱国敢不从命。至于占大股还是小股，不重要！重要的是碳纤维研发事关国计民生，这是我们必须承担的国家责任。

（宋雪峰颇受感动，点点头）

宋雪峰：张董事长真是个有情怀的人啊！

耿中华：宋董事长，您也属猴是吧？

宋雪峰：是，我与张董事长同庚。

耿中华：今天你们两个"美猴王"在花果山下相逢，一见如故，莫非也是天意！

张爱国：云台山下——云台宾馆，今天也可以说是云台之会啊。

（三个人哈哈大笑）

宋雪峰：我回京后，尽快让中国复材集团董事长张安邦来东方市，商谈联合重组具体事宜。以后就由他来全力协助你的工作。张安邦也是个"碳痴"，你会喜欢他的。

耿中华：一个"南张总"，一个"北张总"，我相信这两位张总、两个"碳痴"一定会合作愉快！

日本东犁株式会社　一间茶室　日　内

东犁株式会社社长大石乔正坐在茶桌后面闭目沉思。碳纤维业务部部长铃木一郎手里拿着文件夹，匆匆走了进来。

铃　木：社长，美国人和我们的想法完全一致。美国人要求和我们立刻联手，打压中国。

鹰游集团总部　监事长办公室　日　内

六七名股东正围在集团监事长薄天云的办公桌前面七嘴八舌。

股东A：监事长，您赶紧劝劝董事长，这样合作我们太亏了！我们占的股份也太少了！

股东B：我们一天烧掉一辆桑塔纳的时候他们在哪儿？现在我们成功了，他们来了。

股东C：人家是大央企、大国企，咱们是小民企，这明摆着是要吞掉咱们呢！监事长，这事您不可能没情绪吧？

薄天云：（霍地站起来）我当然有情绪！

股东A：好！我们一起去找董事长！

（薄天云看看大家。股东们明白，监事长没忘上次去劝董事长大家中途"开溜"的事）

股东B：监事长！这可是关系我们每一个股东的切身利益！这次我们肯定配合你。

股东D：这回谁要中途"开溜"，谁就是，就是小狗！

鹰游集团总部　董事长办公室　日　内—外

张爱国正坐在办公桌后面写着什么。薄天云咚咚咚径直走到张爱国办公桌左侧，双手握拳往桌子上一搭。股东们围在门口，没有一个人进来。

薄天云：今天没听《英雄》？

（张爱国继续写着，头都没抬）

张爱国：有话？说！

薄天云：我当然有话说！为了碳纤维，我们吃了多少苦受了多少罪！我想不通！

（张爱国抬起头，把手上的钢笔往纸上一扔。围在门口的股东们赶紧往门口两侧躲闪）

张爱国：是不是还有人说，我们一天烧掉一辆桑塔纳的时候他们在哪儿？

薄天云：当然有人说！

张爱国：做大事，眼光要放远一点。不久的将来，我们要建成碳纤维万吨生产线，需要投入的资金是天文数字，而且需要持续不断地长期投入，光靠我们一家民营企业是绝对不可能的！与大型国企合作几乎是唯一的出路！

薄天云：大道理谁都懂，我就是觉得我们好不容易搞成了，结果是他们下山来摘桃子——

张爱国：什么摘桃子摘李子的，难听不难听？！碳纤维之梦不仅是我们鹰游人的梦，也是所有中国人的梦。国企、民企，都是中国企业！国企的人、民企的人，都是中国人！这种联合重组和外国企业对中国企业的兼并、吞并完全不是一回事！

（薄天云用手挠挠头皮，一时感觉无话可说了）

薄天云：（大声地）你们怎么都不说话？

（一点动静都没有）

（薄天云回头，门口已经空无一人）

薄天云：（自我调侃地）这帮家伙，又把我耍了。

（薄天云一屁股坐在张爱国办公桌前面一把椅子上。张爱国拿起丢在纸上的钢笔，开始写东西）

张爱国：还有话？说！

薄天云：我当然要说！联合重组这么大的事，你不但没开董事会，连我和老姜（即姜国庆）你都没打声招呼。

张爱国：（放低了声音）我这不是还没来得及嘛。董事会当然要开，但是做企业，有集体智慧，没有集体决策。

（姜国庆匆匆走了进来。姜国庆在张爱国办公桌前面的另一把椅子上坐下）

姜国庆：没想到日本人和美国人的反应这么快！

薄天云：（有点不解）怎么了？

姜国庆：我们昨天刚宣布实现碳纤维千吨级量产，日本和美国的公司今天就开始向中国大批量低价销售碳纤维。

薄天云：他们降了多少价格？

姜国庆：降价一半。

薄天云：（惊讶地、愤怒地）什么？！降价一半？！这是恶意降价！这是倾销！这小日本和美国佬真他妈的不是东西！

张爱国：（微笑）该来的总会来。

张爱国家里　餐厅　日　内

餐厅里东西方向放着一张长方形实木大餐桌，张爱国坐在餐桌南侧，中国复合材料集团董事长张安邦坐在北侧。系着围裙的阿姨在餐桌上放好六盘菜，走了出去。六盘菜热气腾腾。张爱国指着这几道菜一一做着介绍。

张爱国：这菜是这个院子里的自留地上种的菜，这鸡是自己养的草鸡，腊鱼腊肉是我母亲亲手做的，至于蘑菇煲肉则是在家乡特色里做了一点小改良，加了一点东方市大海里出产的紫菜。

（张安邦的表情颇有一点惊讶，不住地点头）

张安邦：好，好，好。

（张爱国变戏法儿似的拿出了一瓶四特酒，打开瓶盖，把酒向两个小号的玻璃杯里面倒）

张爱国：这四特酒是世界上最好的酒，因为这是我家乡的酒。

（酒倒好了，屋子里立刻弥漫出一股粮食酿制的液体的香味）

张安邦：（有些激动）难得！难得！

日本东犁株式会社社长办公室　日　内

东犁株式会社社长大石乔正坐在宽大豪华的办公桌后面写着什么。碳纤维业务部部长铃木一郎匆匆走了进来。

铃　木：社长，刚刚传来一个很糟糕的消息：中国建材集团正在和东方市鹰游集团筹划组建新的碳纤维公司。

张爱国家里　餐厅　日　内

张爱国：中国复材和神鹰新材料联合重组后的新公司就叫中复神鹰碳纤维有限公司，怎么样？

张安邦：中复神鹰——好！这个名字霸气，听着提气！

日本东犁株式会社社长办公室　日　内

大石乔：（霍地站起来）这绝对不可能！中国的国企和民企一向井水不犯河水，他们怎么可能联手？

张爱国家里　餐厅　日　内

张安邦：这个项目我们计划先期投资30亿元，宋董事长希望用3至5年时间，在东方市建成国内最大的完全国产化的万吨碳纤维生产基地。

张爱国：有气魄！为了我们的精诚合作，干一个！

日本东犁株式会社社长办公室　日　内

铃　木：社长，消息千真万确！我们的情报很可靠，从来没有出过错！

张爱国家里　餐厅　日　内

（越喝，张爱国和张安邦的情绪越高）

张安邦：您是江西人，宋董事长是河北人，我是四川人——

张爱国、张安邦：（合）我们都是来自五湖四海，为了一个共同的革命目标走到一起来了。

（张爱国和张安邦哈哈大笑）

张爱国：来！干一个！

（这场酒已经进入高潮）

（相似性直接切换）

张安邦：为一笔写不出两个张字，干！

（相似性直接切换）

张爱国：为了军队强大，能够打赢未来战争，干！

（相似性直接切换）

张安邦：为了国家强盛，不受外来欺侮，干！

日本东犁株式会社社长办公室　日　内

（大石乔一屁股跌坐在椅子上）

大石乔：我要立刻去中国，会会这个张爱国。

碳纤维工业园　会客室　日　内

张爱国、薄天云和姜国庆坐在大会客室北侧的沙发上。张爱国坐在最东面，日语翻译项远征坐在张爱国附近，姜国庆坐在最西面。日本东犁株式会社社长大石乔、东犁株式会社碳纤维业务部部长铃木一郎和汉语翻译端木百惠女士坐在南侧沙发上。大石乔坐在最东面，铃木一郎坐在最西面，端木百惠坐在中间。张爱国、薄天云和姜国庆都是一身工作服，大石乔一行都是西装革履。

铃木一郎：我们东犁公司拥有全世界最大的碳纤维销售网络，如果和我们合作，你们就是年产万吨也不用担心销售问题。而且，我们还有一些特殊的销售渠道，你们懂的。

薄天云：我们当然懂，你们不就是把最好的碳纤维都卖给了美国佬嘛！

大石乔：据我所知，此次与央企合作，你们鹰游集团只占了38%的股份，但是如果和我们合作，你们可以占49%的股份。如果以后建成了万吨生产线，每年利润的差别是非常巨大的。

张爱国：（笑笑）石乔社长的消息很灵通啊！

姜国庆：你们占51%的股份，事实上就是绝对控股，你们不过是想把我们的公司变成你们的碳纤维代加工厂。

薄天云：我们头一天宣布千吨线顺利投产，你们几家日本企业第二天就迅速和美国的两家碳纤维企业联手，降价一半向我国大量倾销碳纤维。你们这种恶意降价，是不计成本打价格战，就是想让我们的产品卖不出去，让我们亏损，让我们破产，然后，你们又形成新的垄断。而且，你们向中国倾销的都是三流产品。

姜国庆：你们提出的所谓合作，实质上是要围剿中国企业，吞并中国企业，最终目的是要扼杀中国的碳纤维事业。

（大石乔呵呵一笑，显得颇有些尴尬）

大石乔：话不要说得这么难听嘛！我们都是商人，商人嘛，在商言商，在商言商。

（大石乔极力掩饰自己的尴尬）

铃木一郎：业界一般都认为，只有实现T700级的量产，碳纤维才算真正成功。你们现在生产的T300级只能算是碳纤维低端产品。

大石乔：从T300到T700，我们日本用了14年，你们中国至少要用20年吧。20年，太漫长了。如果合作，你们可以一下子跨越20年。

薄天云：当年社长先生说，至少30年内我们中国绝对不可能实现碳纤维产业化！如今又怎么样呢？

（大石乔呵呵一笑，有些尴尬）

张爱国：T700的研发我们已经提上了日程，就不劳社长先生费心了。我们能搞出T300就一定能搞出T700，而且绝对用不了10年！

大石乔：据我所知，你们还没有和中国建材集团签订正式合同，我们之间还可以再商量嘛！

（窗外，忽然锣鼓喧天，非常喜庆的锣鼓，大石乔和铃木一郎吃了一惊。鹰游集团工会主席王岚衣着整齐、神采奕奕地走进会客室）

王　岚：董事长，仪式马上要开始了。

（张爱国站了起来，其他人也都站了起来）

张爱国：（满面春风地）社长先生，这回您的情报可不太准确啊。我们不但已经签订了正式合同，而且马上要举行中复神鹰碳纤维有限公司揭牌仪式。

（张爱国说"我们"两个字时，加重了语气）

姜国庆：我们今天的揭牌仪式可谓盛况空前，除了省市领导，国务院国资委、国家发改委和科技部都派员出席。

张爱国：今天，来的都是客！我真诚地邀请社长先生一行参加揭幕仪式，共同见证我们的重要历史时刻。

（张爱国说到"我们的"三个字时，又刻意加重了语气，并把右手掌很自然地放在胸口上）

大石乔：（尽力地掩饰尴尬）你们中国人常说，人，要识趣。

张爱国：好吧，我们中国人从来不强人所难。（看看薄天云和姜国庆）我们去参加揭幕仪式。

碳纤维工业园　日　外

东方市大浦工业区，碳纤维工业园。一大片空地上早已搭建起来一个长长的巨大的舞台。舞台上和舞台前面的大片空地上铺满红地毯。舞台后方巨大的落地横幅上写着27个金光闪闪的大字：

中复神鹰碳纤维有限公司揭牌暨万吨碳纤维首期工程开工典礼。

舞台后面的天空中飘荡着几十个巨大的彩球。

舞台上有三排桌椅，坐满了来自国务院国资委、国家发改委、科技部、总装备部、中国纺织工业联合会、中国建材集团等单位的领导和嘉宾，以及江苏省和东方市的领导。

坐在前排中央的有中国建材集团董事长宋雪峰、中国复材集团董事长、中复神鹰碳纤维有限公司副董事长张安邦、江苏省科技厅厅长刘永顺、光华大学碳纤维国家重点实验室主任金鼎教授、东方市市委书记耿中华和市长翟炎等。

在铿锵的锣鼓声中，两条巨龙迎风狂舞，两头狮子闪展腾挪。

碳纤维工业园　一条路上　日　外

升　格：张爱国迈开大步走在最前面，紧随其后的是薄天云、姜国庆和王岚。

碳纤维工业园　日　外

中国复材集团董事长、中复神鹰碳纤维有限公司副董事长张安邦是本次揭牌仪式的主持人。张安邦站在舞台右侧的麦克风前面。

张安邦：下面请中复神鹰碳纤维有限公司董事长张爱国先生致辞！

（张爱国一身工作服，挂着工作牌，左侧前胸佩戴着礼花，满面春风地从舞台左侧走上来。面对着舞台前方众多的嘉宾、媒体记者和鹰游集团的飞雁毛毯、迎雁毛纺、金典服饰、鹰游纺机、中复神鹰和立成毛绒等子公司的职工代表队，张爱国开始致辞）

张爱国：尊敬的各位领导、各位嘉宾、各位同仁、朋友：在全党全国各族人民欢庆十七大胜利闭幕的日子里，我们十分高兴地迎来中复神鹰碳纤维有限公司成立揭牌仪式暨万吨碳纤维首期工程开工奠基典礼！在这里，我怀着诚挚的心情热烈欢迎各位领导、各位嘉宾、各位同仁、朋友的到来。并对亲自促成这次合作的市委耿书记、中国建材集团宋董事长以及有关领导和部门表示衷心的感谢！

云台山诸峰等　日　外

空　境：云台山诸峰、花果山、鹰游山（即东西连岛）等。

碳纤维工业园　日　外

舞台中央斜立着一块高高的木牌。两股鲜红的绸缎裹着木牌。木牌最上方是两股绸缎结成的巨大的红花。两名礼仪小姐在两侧扶着这块大木牌。中国建材集团董事长宋雪峰、东方市市委书记耿中华、江苏省科技厅厅长刘永顺和光华大学碳纤维国家重点实验室主任金鼎教授分别站在大木牌两侧。

字　幕：2007.10.30.9:29（注：纪念九·二九工程之意）

张安邦：我宣布：中复神鹰碳纤维有限公司揭牌！5——

众　人：（合）4——3——2——1！

（宋雪峰、耿中华、刘永顺和金鼎等人从两侧同时用力把大木牌上的红绸缎揭开！白色大木牌上11个道劲有力的大字瞬间映入人们的眼帘：中复神鹰碳纤维有限公司）

东方市海滨　日　外

空　境：一望无际、汹涌澎湃的大海。一只雄鹰正在辽阔的天空中展翅翱翔。

一曲雄浑高昂的贝多芬第三交响曲《英雄》开始奏响。

鹰游集团总部　晒图室　日　内

晒图室东墙和西墙是一直触到天花板的黑色铁皮柜，装满一排一排的抽屉。三四张大木桌上堆满了各种各样的图纸。徐春莹、朱鹏程、孙云飞、刘武林和席永忠等人正围在北侧两台晒图机周围忙碌。一张张经过处理的描图纸（原图）被送进晒图机内，一张张"蓝图"从晒图机另一侧源源不断地出来。有人从东墙的抽屉里面拿出来描图纸，有人把印好的"蓝图"小心地放进西墙的抽屉里。

（徐春莹右手忽然捂住胸口，脸色发白，呼吸也有些急促。徐春莹赶紧坐到附近一把椅子上）

席永忠：徐工，你怎么啦？

（朱鹏程、孙云飞和刘武林等人也一下子都围过来。徐春莹捶捶胸口，呼吸也慢慢正常了）

徐春莹：没事，没事。

东方市白塔埠机场　日　外

一架客机在长长的机场跑道滑行，最后稳稳地停住。

白塔埠机场出口处　日　外

张安邦拉着一只不太大的行李箱，行色匆匆地从机场出口走出来。

碳纤维工业园　T700级碳纤维原丝车间　日　内

T700级碳纤维原丝生产线旁边。张安邦从行李箱中拿出一沓资料。张爱国、薄天云、刘泽栋、徐春莹和王忠诚等人围在张安邦周围。张安邦把资料分发给大家。

张安邦：这些都是国际上最新的碳纤维方面的信息和资料。

碳纤维工业园　T700级碳纤维碳化车间　日　内

（张爱国、薄天云和刘泽栋正站在一台大型设备旁边）

薄天云：这段时间张安邦几乎一星期就要从北京飞一趟东方市。他带来的这些国际上最新的碳纤维资讯对我们还是有些启发作用的。

刘泽栋：北张总对T700的研发工作也经常提出一些独到的见解，开阔了我们的眼界。

薄天云：张安邦确实也是个"碳痴"啊。

张爱国：不仅仅是这些，他还不遗余力地到处为中复神鹰发声，争取国家有关部门和各级政府的支持。

（突然，大地一阵震颤，震得人的心好像一下子要跳出来，难受极了。震颤好像一下子过去了，可是紧接着又一阵震颤，马上又一切恢复如初）

刘泽栋：怎么回事？

薄天云：地震？

张爱国：一定是哪里发生了大地震！

鹰游集团总部　高管食堂　日　内

2008年5月13日。汶川地震第二天。薄天云、王岚等集团领导或公司高管吃完工作餐，陆续走出了食堂。张爱国和飞雁毛毯公司总经理姜国庆刚刚吃完工作餐，面对面坐在一张餐桌两侧。两位食堂工作人员打扮的阿姨正在收拾快餐盘。东墙上挂着一台电视机，一名女播音员正在播发汶川地震的最新消息。

播音员：从昨天14时28分开始，原本盛满欢乐的四川盆地，瞬间盛满了整个人类的无比悲痛。抗震救灾，成了全国人民自觉的行动。人民子弟兵出发了，白衣天使们出发了，年已66岁的共和国总理也出发了。中国人民，用960万平方公里的爱，抚慰汶川地震灾民心灵的痛苦。

（电视机声音渐低）

张爱国：我们准备捐献给汶川灾区的1万条毛毯准备得怎么样了？

姜国庆：最优质的毛毯都是中东的客户预定的，而且订单催得很急。

张爱国：抗震救灾，刻不容缓！中东的订单先缓一缓。

姜国庆：准备出口中东的优质毛毯都紧急调用了也还缺四千多条，能不能把库存的毛毯也调用一部分？我们飞雁没有很差的毛毯。

张爱国：绝对不行！我们捐献的毛毯必须是最新最好的！立即组织员工加班加点，40小时内必须补足缺口！

（张爱国站起来，边说边向餐厅门口走去。姜国庆坐在餐桌旁边，有点急了）

姜国庆：40个小时？生产四千多条优质毛毯？我说张董事长你还讲不讲理了？

（张爱国已经大步流星地走出了餐厅）

鹰游纺机工业园　日　外

2008年5月15日8时30分。4辆15吨的解放牌大货车在主干道上一字排开。1万条优质毛毯被分装在这4辆大货车上。每辆大货车的车头上和车身侧面都有红色条幅，上面写着"鹰游抗震救灾物资运输车""江苏东方市鹰游集团全体员工心系汶川灾区人民"等字样。鹰游集团党委副书记、飞雁毛毯公司总经理姜国庆、鹰游集团工会主席王岚，还有8名大货车司机一字排开站在第一辆大货车旁边。大家都是一身迷彩服，精神百倍。一身迷彩服的张爱国站在大家对面。

姜国庆：（向前踏出一步）报告董事长：鹰游集团抗震救灾物资运输车队准备完毕，请指示！

张爱国：出发！

姜国庆：是！

碳纤维工业园　T700级碳纤维碳化车间　日　内

2008年5月17日。张爱国、张安邦、薄天云、刘泽栋、徐春莹和王忠诚等人都穿着工作服，正在流水线旁边讨论着什么。张爱国的电话铃响了，张爱国接电话。

王　岚：（画外音）报告董事长：经过两天两夜，2400公里长途跋涉，我们于今天早晨顺利到达成都，全部物资都转交到了中国红十字会成都抗灾中心。

张爱国：好！好！你们辛苦了！尽快返回，注意安全。

鹰游集团总部　董事长办公室　日　内

（一身工作服的张爱国从椅子上一下子站起来）

张爱国：什么？三倍赔偿？那可是将近一千万！你和赛义德好好沟通嘛！我们是为了抗震救灾才紧急调用的。

姜国庆：嘴皮子都磨破了，没用！赛义德说了，咱们要是不赔偿，他立马起诉！

张爱国：怎么会这样？！赛义德现在在哪儿？

姜国庆：正在祈祷室祈祷。

鹰游集团总部　设计室　夜　内

设计室内灯火通明，一派忙碌景象。徐春莹、刘泽栋、邢家国、刘鸿泰、朱鹏程、孙云飞、刘武林和席永忠等工程技术人员正在夜以继日地搞设计、画图纸。鹰游集团纺机研究所所长、工程师徐春莹正站在办公桌前面画图纸，上身几乎伏在办公桌上。忽然，徐春莹手捂胸口，一下子坐在椅子上，随后倒在地板上。椅子也被碰翻在地上，图纸也掉到了地上。徐春莹昏迷不醒。

众　人：（惊叫）徐工！徐工！

东方市人民医院　急救室　夜　外

刘泽栋、邢家国、朱鹏程、孙云飞、刘武林和集团工会主席王岚等许多人正焦急地围在急救室外边。张爱国匆匆赶来了。

王　岚：（迎上去）董事长。

（张爱国阴沉着脸，不说一句话）

（手术室的门开了，陈医生走了出来）

王　岚：陈医生，怎么样？

陈医生：已经醒过来了。她心脏供血不足，又有高血压，应该是劳累过度，需要卧床休息。

（陈医生说完就走了。张爱国松了一口气，还是不说话）

孙云飞：（对着张爱国）徐工连续三天三夜没回家，我们、我们都劝不了。

张爱国：（对着王岚）我们上马一条生产线他们就要搞一两万张图纸——跟你们工会和办公室方面说了多少次了，一定要照顾好徐工和所有工程技术人员，你们是怎么照顾的？！幸亏没出大事。

（张爱国说完，转身走了。王岚看着张爱国转过前面的拐角）

王　岚：（委屈得眼泪汪汪的）全线试车的时候你3天3夜没离开控制室、74天没回家，谁不知道？！不讲理！

鹰游集团总部　设计室　夜　内

设计室内灯火通明，空无一人。张爱国把徐春莹掉在地上的图纸捡起来，对折一下，轻轻放在徐春莹的设计桌上。张爱国把倒在地上的椅子扶起来，在徐春莹的设计桌前面小心地摆放好。设计室中间长方形大木桌上面堆满了图纸。张爱国走过去，把掉在地上的两张图纸捡起来，放在大木桌上。张爱国神情凝重。

鹰游商务中心　玉玲咖啡馆　夜　内

鹰游商务中心四楼，玉玲咖啡馆。咖啡馆前台站着一名穿着工作制服的端庄的女孩子。咖啡馆里的灯光暗淡却又清澈，气氛浪漫却不暧昧。

有三四张桌子上有客人，是鹰游集团各分公司的经理、销售人员在和来自国内外的客户谈生意或聊天。有一桌的客人明显是来自中东地区的，有一桌好像是来自美国或欧洲的。

张爱国和邵玉玲面对面坐在一张咖啡桌两侧，每人面前一杯现磨的正宗蓝山咖啡。玉玲咖啡馆馆主邵玉玲中等个子，身材窈窕且眉目清秀，一双大眼睛透露着她的豁达，看起来既传统又现代，是一个踏踏实实温柔平易的人。

邵玉玲是创业元老之一，"我们十个人"中的一员，本来已经退休了，又自愿回来打理鹰游商务中心的咖啡馆。咖啡馆的名字以邵玉玲的名字命名，也是为了表彰邵玉玲对集团的贡献。

邵玉玲手里拿着一本《青竹梦远》，封面是一幅淡雅的水墨画，这是张爱国的一本散文集。邵玉玲最喜欢其中一篇叫《我们十个人》。邵玉玲几乎能把这篇完全背下来。

邵玉玲：27年前，几乎在同一时间，我们十个人进了这家工厂。

张爱国：八男二女，五个是大学毕业，三个当兵退伍，还有两个当学徒。

邵玉玲：十个人，就是在那"拨乱反正"，神州大地已开始隐隐听见改革雷声的年代一起参加工作，一起走进了这个工厂。

张爱国：除了工作天天在一起，也常常喜欢聚在一起海阔天空地聊天，星期天的郊游也是结伴而行的。

邵玉玲：到80年代末期，厂里效益特别不好，工资发不上，这些年来的大学生几乎走光，连几个"文化大革命"前的知识分子都走了。我们十个人却都还在，一个也没有离开。不是没有想过离开，但最终还是没有离开。

张爱国：27年了，企业经历了重重困难，发展到今天，我们十个人至今也没有分开。

（张爱国的眼角有些湿润了。邵玉玲合上手里的《青竹梦远》）

张爱国：我随手写的一篇小文章，谈不上有任何技巧，却没想到你们这么喜欢。

邵玉玲：（微笑）《我们十个人》——这不是文章，这是情谊，几十年如一日的情谊。

（邵玉玲把《青竹梦远》放在咖啡桌上）

张爱国：1982年正月初八，我独自坐上从九江到南京的江轮，然后再坐火车到东方市，一路打听着终于找到了东方市纺织机械厂。

邵玉玲：你大学一毕业就被分配到东方市，可那时你连东方市在哪儿都不知道。

张爱国：我进厂后碰到的第一个人就是大姐你，你带我见书记、见厂长，安排住处，忙得不亦乐乎。后来企业改制，你成了财务总监，处处精打细算，恨不得一分钱掰成两半。再后来，你退休了，本来可以在家安享天伦之乐，可你又非要回来当这个咖啡馆的馆主……

邵玉玲：（微笑）在这儿，可以经常见到那些老同事、老朋友，心里暖和；

看着咱们集团一天天兴旺壮大起来，我这心里头别提有多美啦！

张爱国：这段时间我心里堵得慌。

邵玉玲：我听说，T700 的研发遇到一些困难，徐工（即徐春莹）也病倒了。

张爱国：T700 与 T300 相比，聚合、纺丝和碳化这三个基本环节没有变，可是每个环节的难度系数却是几何倍数的增长，比原来设想的要困难得多。研发工作一直没有太大的进展，现在所有工程技术人员都在崩溃的边缘。

邵玉玲：你是三军主帅，越是在这样的时候越不能乱了方寸。我相信，没有咱鹰游人过不去的火焰山。

张爱国：是啊，想想我们的创业之路，多少难关我们都闯过来了。

邵玉玲：你一定不会忘记那年我们和程大阵一起去广东出差吧？

张爱国：当然忘不了。当时三个人只买到两张硬座票，只能一路上轮换着坐。晚上累得实在撑不住了，就把报纸铺在车座底下睡一会儿。

邵玉玲：那次，业务没谈成，人家也没招待吃饭。

张爱国：那家工厂所在的地方很偏僻，大家饥肠辘辘，可是周围连一家小饭馆都没有。

邵玉玲：好不容易找到一家路边摊，老板说只有黄瓜炒鸡蛋。你说，黄瓜炒鸡蛋就黄瓜炒鸡蛋，赶紧炒！赶紧炒！

张爱国：老板炒一盘，我们就吃一盘，炒一盘，吃一盘，连着吃了四盘黄瓜炒鸡蛋！

邵玉玲：当时程大阵说了句，要是有一盘肉吃着该有多好啊！老板听到了，说他还有点螺丝，在自家水田里抓的，本来要自己留着吃的，问我们要不要吃。

张爱国：我说，赶紧炒！赶紧炒！好歹是盘荤菜。

（张爱国和邵玉玲都笑了起来）

张爱国：那可能是我吃过的最落魄的一顿饭。

邵玉玲：那时候，"我们十个人"，不管谁出差，为了省钱，都很少住宾馆。

张爱国：夜里睡在汽车站或火车站候车室是常事，有时候干脆在人家工厂门口坐上半夜。

邵玉玲：那年冬天，你和徐建军去河北高阳县和蠡县考察市场，还在人家养牛人的窝棚住了一夜。现在想想，有时候都觉得很奇怪，那么苦的日子，我们是怎么熬过来的呢？

张爱国：我们能熬过那些苦日子，是因为我们相信它会变好。

东方市鹰游山　日　外

张爱国站在鹰游山最高处。东方，一望无际的大海。汹涌澎湃的海浪拍击着海岸，溅起一片片浪花。

碳纤维工业园　聚合车间　日　内

聚合车间是中复神鹰碳纤维公司最神秘的地方之一。聚合车间被厚厚的铁皮整个围拢起来，只有两个十分矮小的铁门和巨大的原丝车间联通。聚合车间禁止任何闲杂人员随便出入、禁止拍照。张爱国正在和刘泽栋、徐春莹和王忠诚等工程技术人员探讨干喷湿纺 T700 级碳纤维研发最近遇到的一些问题。

刘泽栋：干喷湿纺工艺面临的诸多技术难题远超过我们原来的设想。

王忠诚：（指着一排能喷丝的机头）干喷湿纺机头喷丝组件我们已经设计修改了无数次，可是喷丝板还是不断发生漫流、掉浆和糊板等问题。这些问题不解决，就根本实现不了产业化生产。

徐春莹：干喷湿纺法的纺丝速度接近湿法纺丝的 5 倍，我们自主设计的设备一直无法和这种速度相匹配，所以就无法实现聚合纺丝液稳定高速纺丝。

张爱国：聚合反应过程是高分子化学反应过程。这种化学反应过程其实就如同赛跑一样，每个分子在不同阶段奔跑的速度不一样，能力也有大小，结果就有快有慢，不断出现问题。大家应该想办法让大多数分子跑整齐，步伐一致了，结果自然就会好。

（大家边听边不住地点头）

张爱国：作为工程技术人员，你们不要有任何思想负担，尽管放手大胆地干！一切责任、后果我来承担！

光华大学碳纤维国家重点实验室　日　内

金鼎教授一身"白大褂"。其他若干个年轻的"白大褂"正在试验台前忙忙碌碌。金鼎教授正在给张爱国打电话。

金　鼎：为了助力你们建设万吨碳纤维基地的长远目标，我觉得鹰游集团应该与我们光华大学建立一个长期合作的强有力的技术合作平台。

聚合车间　日　内

（张爱国正在听电话）

张爱国：英雄所见略同啊！金教授，说说你的具体想法。

光华大学碳纤维国家重点实验室　日　内

金　鼎：我觉得我们两家应该建立"一个中心，两个基地"。一个中心，就是光华大学—中复神鹰碳纤维工程研究中心；两个基地，就是光华大学材料科学与工程博士后流动站科研基地和鹰游集团碳纤维博士后科研工作站科研基地。

聚合车间　日　内

张爱国：好啊！我举双手赞同。咱们这"一个中心，两个基地"什么时候揭牌？

光华大学碳纤维国家重点实验室　日　内

金　鼎：那就下个月，怎么样？

聚合车间　日　内

张爱国：下个月太久，我看就下个星期吧！

光华大学碳纤维国家重点实验室　日　内

金　鼎：（哈哈大笑）张董事长你可真是个急性子。好！就下个星期！另外，我还要送两名博士生让你带一带。

聚合车间　日　内

张爱国：这个就勉为其难了吧，我哪儿带得了什么博士生？！

光华大学碳纤维国家重点实验室　日　内

金　鼎：张董事长就不要谦虚了，你现在是享受国务院特殊津贴的教授级高级工程师、博士，完全符合我们光华大学博士生导师的条件。上次我去你们中复神鹰，在反应釜边看到的反应过程让我震惊啊！聚合方式、控制过程能做到这样是我想象不到的。实践出真知，你们都是货真价实的碳纤维专家！

聚合车间　日　内

张爱国：金教授实在是过奖了，那就恭敬不如从命了。

碳纤维工业园　新办公大楼展厅　日　内

2009年4月17日。新落成的办公大楼宽阔的展厅内正在举行一场隆重而热烈的揭牌仪式。主席台前面摆满几十盆鲜花。主席台后面红色的幕墙上面写着：

　　光华大学—中复神鹰碳纤维工程研究中心
　　光华大学材料科学与工程博士后流动站科研基地
　　鹰游集团碳纤维博士后科研工作站科研基地
　　揭牌仪式

主席台上铺着红红的地毯。主席台中央、地毯上方一米多高处立着三块金灿灿的铜牌。铜牌上面覆盖着鲜红的绸缎。欢乐的乐曲响起。

升　格：漫天花瓣雨飞扬。

　　升　格：鹰游集团、中复神鹰碳纤维有限公司董事长张爱国，光华大学碳纤维国家重点实验室主任、博士生导师金鼎教授，江苏省科技厅厅长刘永顺，东方市市委书记耿中华，中国复材集团董事长、中复神鹰碳纤维有限公司副董事长张安邦，东方市市长翟炎等人分成三组，同时用力揭开三块铜牌上的红色绸缎。

　　云台诸峰和花果山等　　日　外

　　2012年初秋的一天，东方市细雨霏霏。云台诸峰、花果山、凤凰山和锦屏山等都浸润在迷蒙的烟雨中。

　　碳纤维工业园　T700级碳纤维生产线　　日　内

　　张爱国和张安邦正陪同中国建材集团董事长宋雪峰一行参观中复神鹰T700级碳纤维生产线。一同陪同的还有薄天云、姜国庆和刘泽栋等人。张爱国指着正在运转中的生产线向宋雪峰做介绍。

　　张爱国：我们经过四年多的持续努力，国内第一条千吨级干喷湿纺T700级碳纤维生产线已经在我们中复神鹰碳纤维公司正式投产。

　　张安邦：这条生产线是目前国内规模最大、技术最为先进的高端碳纤维生产线。中复神鹰也成为我国唯一、世界上第三个攻克干喷湿纺工艺难题的企业。

　　宋雪峰：你们在这么短的时间内成功攻克干喷湿纺工艺，实现了千吨级T700的顺利投产，是一个历史性的突破，了不起啊！（对着张爱国）这几年，张安邦董事长在历次董事会上也承担了不小的压力啊！

　　张爱国：我知道。

　　（宋雪峰拿起一束T700级碳纤维，仔细摩挲，很是感慨）

　　宋雪峰：碳纤维项目承担的是国家责任，你们要继续攻坚克难，坚持发展下去！

东方市云台宾馆　大会议室　日　内

2013年9月23日，云台宾馆大会议室。中国纺织工业联合会组织召开的"干喷湿纺T700级高性能碳纤维工程化关键技术及设备研发项目技术成果鉴定会"正在举行。东西南北四面都是长长的会议台桌，组成一个长方形。长方形中间摆满了各种盆景、花盆等。东侧是主席台。中国纺织工业联合会会长钱飞龙坐在中间，两侧是几名副会长。北侧首席是张爱国，紧挨着张爱国的是光华大学的金鼎教授。南侧首席是张安邦。

主席台后面的墙上是长长的红色条幅，上面写着：

干喷湿纺T700级高性能碳纤维工程化关键技术及设备研发项目
技术成果鉴定会

钱飞龙拿着一份鉴定书，站起来，宣布鉴定结果。

钱飞龙：我代表中国纺织工业联合会宣布：中复神鹰碳纤维有限公司承担的"干喷湿纺T700级高性能碳纤维工程化关键技术及设备研发项目"顺利通过国家级鉴定，项目总体技术达到国内领先水平，产品达到国际同类产品先进水平。

（会议室里响起热烈的掌声）

碳纤维工业园　T700级碳纤维生产线　日　内

光华大学碳纤维国家重点实验室主任、博士生导师金鼎教授正搀扶着自己的老师、中国材料学之父、两院院士国永昌考察中复神鹰碳纤维公司高性能碳纤维——T700级碳纤维生产线。国永昌今年已经93岁高龄。紧随左右陪同的是张爱国和张安邦等人。金鼎教授右手搀扶着国永昌，左手指着悬挂在一排一排巨大支架上的一锭一锭透着神秘光泽的黝黑黝黑的碳纤维。

金　鼎：老师，您看，这就是刚刚生产出来的T700级碳纤维。

（国永昌伸手摩挲着一锭碳纤维，颤颤巍巍的）

国永昌：我一直有一个心愿：在有生之年，抓一抓碳纤维，抓一抓我们中国人自己生产的高性能碳纤维。今天，这个愿望终于实现了。

（国永昌眼里闪动着晶莹的泪花，国永昌对着张爱国深深鞠了一躬）

国永昌：感谢你们生产出了国之重器！

（张爱国赶紧抢前一步扶住国永昌）

张爱国：国老，万万不可！

国永昌：你们把中国的碳纤维事业提高到一个新水平，了不起啊！

（国永昌抬头看到了悬挂在前方的横幅：为祖国争光，为民族争气！）

国永昌：好！好！有骨气！

张安邦：国老，您当年冲破美国人的重重阻挠，毅然回到积贫积弱的新中国——您值得我们这些后辈永远景仰。

国永昌：我们这代人为什么爱国情结根深蒂固，因为受外国列强欺辱太深。我们每一个中国人都应该有一个信仰，这个信仰就是使中国强盛。作为一个中国人，就要为祖国作出贡献，这是人生的第一要义。

（周围响起一片热烈的掌声，发自内心的热烈的掌声）

碳纤维工业园　新办公大楼会客室　日　内

（93岁高龄的两院院士国永昌挥毫泼墨，意气风发，为鹰游人、为中复神鹰、为碳纤维题写了一条横幅。张安邦和薄天云各执横幅一端，把横幅立起，拉直）

张爱国：（大声地）神鹰展翅，踊跃碳纤维高峰！

（会客室里响起热烈的掌声。张爱国双手拿着一束透着神秘光泽的黝黑黝黑的碳纤维，庄重地递到国永昌面前。这束碳纤维的中间裹着鲜艳的红绸缎）

张爱国：国老，这一束细细的碳纤维渗透了无数人的辛劳汗水和无尽的爱国情怀，我今天代表中复神鹰把它送给您。

（国永昌伸出颤巍巍的双手，郑重地接过这一束碳纤维）

国永昌：谢谢！这是我今生收到的最珍贵的礼物。我要把它带回北京珍藏。谢谢！

鹰游集团总部　江西会馆南昌厅　夜　内

2013年9月29日,"九·二九工程"八周年纪念日。鹰游集团总部江西会馆二楼南昌厅。席开六桌,气氛热烈。

离主席台最近的两桌:一桌是集团领导和创业元老,有张爱国、薄天云、姜国庆、庄明、邵玉玲、徐建军、施明亮、许艳、孙连文和程大阵"我们十个人";一桌是工程技术人员,有徐春莹、刘泽栋、王忠诚、崔红梅、邢家国、刘洪泰、朱鹏程、孙云飞、刘武林和席永忠"十员大将"。

后面几桌都是中复神鹰碳纤维公司或其他分公司的副总经理、经理助理、车间主任、副主任、班组长,还有一线生产骨干和部分工人代表等。其中一桌有刘青松和苏游鹰,刘青松早已经升为车间主任,苏游鹰早已康复,也已经是车间主任了。苏游鹰身旁坐的是他的妻子,也穿着鹰游集团工作服。

主席台上方悬挂着一条红色横幅:"九·二九工程"八周年庆功宴。

(集团工会主席王岚是主持人)

王　岚:今天,是我们鹰游集团非常特别的日子!首先请我们尊敬的董事长讲几句好不好?

众　人:(合)好!

(众人一片欢腾)

(张爱国穿着一身漂亮干净的鹰游工作服,走到主席台上,拿起话筒)

张爱国:今天是2013年9月29日,距离2005年9月29日——我们鹰游集团把碳纤维项目命名为"九·二九工程"整整8年了。上世纪的8年抗战,中国军民打败了日本侵略者;我们鹰游人的8年抗战,打破了美日的封锁,取得了世界领先的成绩。9月23日,我们承担的"干喷湿纺高性能碳纤维工程化关键技术及设备研发项目"通过国家级鉴定,我们成为我国唯一、世界上第三个攻克干喷湿纺工艺难题的企业。这都是大家同心协力、艰苦奋战的结果!

(台下响起热烈的掌声)

张爱国:企业发展到现在,我们的前景越来越美好!我们可以十分自豪地说,我们已经基本实现了当初的誓言!同志们,还记得我们当初的誓言是什么吗?

众　人：（合）为—祖—国—争—光，为—民—族—争—气！

张爱国：请大家重复一遍！

众　人：（加大音量）为—祖—国—争—光，为—民—族—争—气！

张爱国：好！

（王岚给张爱国递过来一杯酒。张爱国接过酒杯）

张爱国：我们每一个鹰游人都应该永远铭记我们当初的誓言！同时，我告诫自己，也告诫大家，在新的征途中，我们永远不能骄傲自满！永远不要忘记我们当年创业的精神！

（台下响起热烈的掌声）

张爱国：有些激动，不多说了。请大家举起手中的酒杯。今夜，不醉不归！——干杯！

（大家的热情一下子被张爱国点燃了，齐声响应）

众　人：（合）不醉不归！干杯！

鹰游集团总部　夜　外

园区的夜景很美。清风徐来，竹影摇曳。

江西会馆南昌厅　夜　内

（张爱国正端着酒杯给刘青松和苏游鹰这一桌敬酒。大家都站着）

苏游鹰的妻子：报告董事长，我是2009年进的鹰游集团，现在我也是老职工了。

车间主任刘青松：董事长，苏游鹰也是2009年成为车间主任的。

张爱国：好！好啊！——你们的儿子苏梦远现在上几年级了？

苏游鹰：梦远现在上初中了。

苏游鹰的妻子：梦远学习很好。我们全家都是托董事长的福。

张爱国：这都是你们全家努力奋斗的结果。我祝福你们全家：芝麻开花——节节高！来！大家一起干杯！

众　人：（合）干杯！

（张爱国端着酒杯来到工程技术人员这一桌敬酒。大家都站了起来。张爱

国端着酒杯对着刘泽栋、王忠诚、崔红梅、邢家国和刘鸿泰几个人）

张爱国：你们为了碳纤维事业离开故土很不容易，我感谢你们！

（张爱国又对着徐春莹、朱鹏程、孙云飞、刘武林和席永忠几个人）

张爱国：你们几个，也特别能战斗！上马T700之初，你们几个月就画了四万多张图纸，我感谢你们！（对着这十个人）来！我敬你们，敬你们"十员大将"！

刘泽栋：我们都是来自五湖四海……

众　人：（合）为了一个共同的革命目标走到一起来了！

（大家都开怀大笑）

张爱国：干杯！

众　人：干杯！

（有人给张爱国的酒杯里倒上酒。张爱国端着酒杯来到创业元老"我们十个人"这一桌。大家不约而同，都站了起来）

张爱国：31年前，几乎在同一时间，我们十个人进了这家工厂。

邵玉玲：八男二女，五个是大学毕业，三个当兵退伍，还有两个当学徒。

徐建军：十个人，就是在那"拨乱反正"，神州大地已开始隐隐听见改革雷声的年代一起参加工作，一起走进了这个工厂。

许　艳：除了工作天天在一起，也常常喜欢聚在一起海阔天空地聊天，星期天的郊游也是结伴而行的。

姜国庆：不是没有想过离开……

薄天云：但最终还是没有离开。

张爱国：31年了，企业经历了重重困难，发展到今天。

众　人：（合）我们十个人至今也没有分开！

（十个人，泪水飞扬；十个人，相拥而泣。其他几桌的人们都被"我们十个人"的浓浓情意感染了，有的人眼睛里泛着泪花。南昌厅里，响起热烈的经久不息的掌声）

空　境（特写）：

（主席台上方悬挂着的红色横幅："九·二九工程"八周年庆功宴）

（酒过三巡，菜过五味。南昌厅里的气氛一浪高过一浪。主持人王岚来到主席台上）

王　岚：今天，我们董事长还有一个重磅消息没有宣布，大家想不想听？

众　人：想听！

（张爱国走上主席台，接过话筒）

张爱国：（微笑）这个消息本来没打算说出来……

众　人：（急不可待地）说！一定要说！

张爱国：（一字一句、铿锵有力地）我们，现在，已经成为我国某款最新型歼击机和某款最新型战略轰炸机的——签约供应商！

众　人：噢——

（众人欢呼雀跃，有人相拥而泣。王岚用左手轻轻擦拭自己的眼角）

王　岚：在这喜庆的时刻，是不是应该来一个咱们鹰游集团晚会、宴会的保留项目？

众　人：应该！

王　岚：是什么保留项目？

众　人：董事长唱歌！

王　岚：对！下面就请董事长高歌一曲，好不好？

众　人：好——

张爱国：（调侃地）我早就是咱们鹰游集团公认的"著名歌唱家"，再唱也没什么新鲜感了！今晚唱歌的机会都留给大家，我只做听众，好不好？

有些人：（喊）不好！

有些人：（喊）一定要唱！

王　岚：请董事长先唱一首最拿手的《红星照我去战斗》！大家鼓掌！

众　人：（热烈鼓掌）好——

（张爱国一看实在推辞不过，只好清清嗓子准备开唱）

画外音：（童声、清脆地）爷爷！

张爱国的夫人高敏怀里抱着四五岁的小孙女文迪走了进来。张爱国立刻眉开眼笑。张爱国赶紧迎上前去，一把把小孙女抱进怀里。张爱国在文迪的小脸蛋上"吧唧"亲了一口。小文迪手里拿着一面小小的五星红旗，一对水汪汪的大眼睛忽闪忽闪的。小文迪对这个场景和气氛充满了好奇。

张爱国：我们家的小歌唱家来得太是时候了！这几天，小歌唱家刚刚学会一首最美的中国歌曲，而且比任何一个大歌星唱得都好听！大家想不想听？

众　人：想——

（小文迪也不打怵，右手拿着小小的鲜艳的五星红旗，一板一眼、奶声奶气地唱了起来）

文　迪：五星红旗迎风飘扬，
　　　　胜利歌声多么响亮；
　　　　歌唱我们亲爱的祖国，
　　　　从今走向繁荣富强。

（婉转、悠扬、清澈，而又富有穿透力的歌声瞬间充满了南昌厅！大家不约而同全体起立！）

众　人：（情不自禁地随着小文迪唱了起来）
　　　　五星红旗迎风飘扬，
　　　　胜利歌声多么响亮；
　　　　歌唱我们亲爱的祖国，
　　　　从今走向繁荣富强。

【叠影】
　　　　绵延的高山，辽阔的草原，
　　　　蜿蜒雄伟的八达岭长城，
　　　　奔腾的黄河、长江……

众　人：（情不自禁地和小文迪一起合唱）
　　　　越过高山，越过平原，

　　　　跨过奔腾的黄河长江；
　　　　宽广美丽的土地，
　　　　是我们亲爱的家乡，
　　　　英雄的人民站起来了！
　　　　我们团结友爱坚强如钢。

【叠影】

　　　　苍茫的大海，
　　　　一只苍鹰扶摇而上，
　　　　辽宁舰出海远航，
　　　　歼—15飞机升空翱翔……

众　人：（庄严地和小文迪一起合唱）
　　　　五星红旗迎风飘扬，
　　　　胜利歌声多么响亮；
　　　　歌唱我们亲爱的祖国，
　　　　从今走向繁荣富强。

【叠影】

　　　　铺满整个银幕的迎风飘扬的鲜艳的五星红旗！

众　人：（庄严地和小文迪一起合唱）
　　　　五星红旗迎风飘扬，
　　　　胜利歌声多么响亮；
　　　　歌唱我们亲爱的祖国，
　　　　从今走向繁荣富强。

　　　　越过高山，越过平原，
　　　　跨过奔腾的黄河长江；

宽广美丽的土地，
是我们亲爱的家乡，
英雄的人民站起来了！
我们团结友爱坚强如钢。

　　字　　幕：2017年9月29日，中复神鹰碳纤维有限公司在江苏东方市举行"千吨级SYT55（T800）碳纤维新线项目"投产仪式。

碳纤维工业园　T800级碳纤维生产线　日　内

　　2018年1月2日。中国商用飞机有限责任公司董事长谢东风一行正在考察中复神鹰千吨T800级碳纤维生产线。

　　东方市市委新任书记杨帆，鹰游集团、中复神鹰碳纤维有限公司董事长张爱国和中国复材集团董事长、中复神鹰碳纤维有限公司副董事长张安邦等人陪同。

　　张安邦：这条T800级碳纤维10号线是目前国内最先进的碳纤维生产线，年产能为1000吨，在全线自动化程度、绿色环保生产、废气治理等方面都达到了国内领先水平。

　　张爱国：这条生产线的投产运行，标志着中国人正式掌握了千吨级T800碳纤维的规模化生产技术，基本实现了我国T800级碳纤维产品的自给自足。而且，所有的关键技术和核心装备都是我们自主研发和设计的。

　　（谢东风边听边不住地点头）

　　谢东风：你们在这么短的时间内就彻底打破了国外对中国碳纤维技术和装备的封锁，实在是了不起！可喜可贺啊！我们中国商飞的C919大飞机进展很顺利，已经接到了国内外大量订单，CR929远程宽体客机的研发也在紧锣密鼓地进行中了。

　　武广辉（中国商飞副总经理、C919大型客机总设计师）：大飞机要想飞得更快、飞得更远，就离不开高端碳纤维复合材料。下一步，我们双方的合作空间非常大呀！

　　杨　　帆（东方市市委书记）：中国商飞下一款大飞机叫CR929，鹰游集团最初搞碳纤维时就将其命名为"9•29工程"。今天,你们两家在东方市聚首,冥冥中似乎是天意啊!

(众人开怀大笑)

谢东风:国产碳纤维复合材料在大飞机上的运用对推动我国大飞机发展的意义是不言而喻的。我诚挚地邀请两位张总尽快到中国商飞集团考察、调研,共商合作大计。

张爱国、张安邦、众人:(不约而同地)好!

(热烈的掌声响起)

字　幕:2018年1月8日,在人民大会堂举行的国家科学技术奖励大会上,中国建材旗下中复神鹰碳纤维有限责任公司申报的"干喷湿纺千吨级高强/百吨级中模碳纤维产业化关键技术及应用"项目荣获2017年国家科技进步一等奖。该项目第一完成人、中复神鹰碳纤维有限责任公司董事长张爱国,第二完成人、中国复合材料集团有限公司董事长张安邦作为项目获奖代表,参加了颁奖大会。

北京　中国建材集团大会议室　日　内

2018年1月9日。中国建材集团大会议室内喜气洋洋。

"中国建材高性能碳纤维产业化技术荣获国家科技进步一等奖庆祝大会"正在隆重进行中。

中国建材集团董事长宋雪峰坐在主席台正中,两边是中国建材集团总经理叶江山等人。张爱国和张安邦身上斜披着彩色绶带。绶带上写着:国家科技进步一等奖。张爱国坐在主席台最左侧,张安邦坐在最右侧。

主席台后面的红色幕墙上写着:

　　中国建材高性能碳纤维产业化技术荣获国家科技进步一等奖庆祝
大会

2018年1月9日　北京

（正在发言的是中国建材集团董事长宋雪峰）

宋雪峰：中国建材集团的碳纤维项目团队以为国争光为目标，十年磨一剑，夜以继日、砥砺前行，成功攻克碳纤维难题，打破了国外垄断，实在是一件了不起的事情！实在是一件超乎想象的事情！此次，中复神鹰成为唯一荣获国家科技进步一等奖的新材料企业，表明了国家对中国建材集团科技创新实力的充分肯定，也体现了国家对其创造巨大社会价值的高度褒奖。目前，中复神鹰T800级碳纤维已经实现千吨级量产、T1000级碳纤维也在百吨线上试验成功，下一步要实现T1000级的千吨级量产……

（台下响起热烈的掌声）

叶江山（主持人、中国建材集团总经理）：下面，有请中复神鹰碳纤维有限公司董事长张爱国代表碳纤维项目获奖团队发表获奖感言！

（掌声响起）

（张爱国站起来，给大家鞠了一躬）

张爱国：同志们、朋友们：碳纤维作为国之重器，历届国家领导人都十分地关心。这是一种莫大的荣誉，也是对我们进一步的鞭策！同时，我们也由衷地自豪和骄傲，因为我们不仅承担了社会责任，还承担了国家责任！

（台下掌声响起）

张爱国：在这欢庆胜利的时刻，我们深切缅怀那些为中国碳纤维事业奉献了一生的人！比如山西的碳纤维科学家韩福教授、江苏的著名民营企业家滕大钧先生，还有山东的民营企业家程光华先生等等。他们倒在碳纤维研发的路上，他们成为碳纤维研发道路上一只只高高擎起的路标。他们，是拥有崇高价值观的人！他们，是中华民族不该忘记的人！

（台下响起热烈的掌声）

张爱国：中国航空发动机之父吴大观说：在核心技术领域，一个伟大而自尊的民族决不能幻想别人的恩赐！自主创新之路，注定是一条艰辛之路，但更是一条希望之路。

（热烈的掌声）

张爱国：碳纤维之梦，是中国人的强国之梦，也是中华民族的伟大复兴之梦。展望未来的中国，必定是一个万马奔腾的中国！

字　幕：2018年3月14日，张爱国荣获俄罗斯工程院最高奖：伊万·亚历山德洛维奇·格里什曼诺夫奖，成为本届唯一的中国籍获奖专家；11月6日，获得2018年度何梁何利基金"科学与技术创新奖"；年底，又当选2018年度军工榜十大军工人物。

【叠影、淡入】
辽阔的草原上万马奔腾！
一只雄鹰翱翔天空，犀利的鹰眼、搏击的雄姿！
东方市的山海，
中华人民共和国地图。

【最后一镜】铺满整个银幕的迎风飘扬的鲜艳的五星红旗！

片尾字幕出。

片尾曲：《歌唱祖国》
根据王成章长篇报告文学《国家责任》改编

全剧终

寸草春晖

——微电影剧本

周景雨 2009年加入江苏省作家协会。2014年,微电影剧本《寸草春晖》获江苏省委宣传部、省文联主办,省电影家协会、人民日报江苏数字新闻中心协办的"中国梦·我心中的梦"优秀电影剧作奖。

林小满——大学毕业生,强戒吸毒者。
林大娘——林小满母亲。
郑晓白——林小满大学同学。
高志远——40岁,强戒所警官。
小　胡——强戒所年轻警官。
其余警察若干,强戒人员甲、乙、丙等若干。

字幕(键盘打字效果):

毒品的种类越来越繁复,诱惑性越来越隐蔽,吸毒者年轻化、高端化倾向明显。毒品对人类肌体的破坏具有无法逆转性,它的兴奋和置幻作用,可以直接导致精神分裂乃至死亡。

统计资料显示:因吸毒而造成的伤亡事件有和交通事故比肩的趋势。

罂粟是世界上最苦的果实。

禁毒戒毒你我他，美丽中国靠大家。拒绝毒品，从现在开始！

（渐隐）

（渐显）一片生机蓬勃的远山。

山道弯弯。山道两边树木葱郁，野草野花繁茂生长。暖暖的阳光透过树木照射在小草和野花上。

推出字幕：**寸草春晖**

1. 强戒所二楼 205 宿舍　内　夜

宿舍内住四个人：林小满、甲、乙、丙。

四个人坐在凳子上分两列看电视，林小满坐在后列。

两位新闻主持正在播报江北省新闻。新闻内容：各位观众，由江北省人事厅、住建厅和城乡建设规划院联合举办的"美丽江北建筑设计大赛"今天揭晓，郑晓白设计的《江乡彩虹》获金奖。这次大赛的参赛选手为应届大学毕业生，金奖得主可以直接受聘到城乡建设规划院工作。

听到这则新闻，林小满陡然间反应强烈。他手中的茶杯落到地上，"砰"的一声响。他浑身颤抖，从面部僵硬的表情可以看出他强忍住内心的愤怒。

其他学员转过头惊讶地看着他。

2. 强戒所院内　外　日

早晨。学员们吃过饭，列队往车间走。高志远和小胡并肩站在走道旁，看着学员通过。林小满在队列中走。高志远招手叫他过来。林小满慢腾腾走过来。高志远望着林小满，和小胡交流他的基本情况。

高志远：这小子，名牌大学毕业生，前段时间，我联系了他毕业的院校，说他是个难得的工程设计人才。（高志远转头看一眼小胡，轻轻叹口气）我跟他谈了几次，这小子很有思想，不过情绪很低落，悲观厌世！

林小满：（止住脚步，主动打招呼）两位首长好！

（听到这句话，高志远一愣，想说什么又止住了，挥挥手让他离开）

高志远：（望着林小满远去的背影，皱了皱眉头，对小胡说）这小子不对劲。

小　胡：队长，哪地方不对劲？

高志远：以前叫我"警官"，现在叫我"首长"，不对劲！你看他眼神游移不定，脚步慌乱，不对劲！这小子有事！（转身面对小胡）前几天让你跟他家里联系，联系过了吗？

小　胡：联系过了。

高志远：他家里怎么说？

小　胡：他家是山区，没法直接联系，我是通过当地派出所联系的。

高志远：（沉思片刻）你再落实一下这件事。我们一定要想方设法帮他戒毒，不然就太可惜了！

（小胡苦笑）

高志远：（看着小胡的面部表情说）你知道奥巴马吗？

（小胡笑）

高志远：他年轻时吸过毒！

3. 山道上　日

一片云雾缭绕的大山。山腰一条羊肠小道，一位老人正在匆匆赶路。

镜头拉近：林大娘低头赶路。她满头微汗，用袖头擦了一下，继续赶路。路边景色很美，参天大树荫翳蔽日，鸟鸣声声，山坡上开满各色野花，时有溪水淙淙流过。

特　写：林大娘右胳膊挽着个大竹篮子，篮子用蓝布遮盖，左肩上背着一个黑布包裹，包裹呈现方形。她到一处山泉前停下，她先放下篮子，然后找块平整的石头，轻轻地放下肩上的黑布包裹，然后从篮子里拿出一个搪瓷茶缸。

特　写：搪瓷茶缸白漆脱落许多处，但干净清爽。茶缸上毛主席的"为人民服务"的红色字迹还依稀可辨。林大娘舀起一缸山泉水，坐到路边吃干粮（煎饼）。

4. 强戒所 205 宿舍　夜　雨

午夜。宿舍内光线很暗。

特　写：黑暗中林小满闪烁的眼睛。林小满唉声叹气，烙面饼似的翻来覆去。

林小满上床（强戒人员甲）：（伸出头，看看林小满，抗议）你小子折腾什么，闹床呀，还让不让人睡觉了？

（林小满痛苦地用床单蒙住头。宿舍外传来阵阵风声、雨声。林小满不由自主地又在床上翻烙饼）

上　床：（又伸出头，看了一会儿林小满）你小子折腾啥？想女人了吧！

林小满：（腾地坐起身）你才想女人呢！

上　床：（慢悠悠地）你有啥烦心事说出来，说不准大家能帮帮你，咱们毕竟也算是难友了！

（其他两位学员也被吵醒了，一起劝解林小满）

乙：林小满，有什么不痛快就说出来吧，我们给你排解排解。

丙：是呀，人憋人憋死人，没有过不去的坎，说出来，我们给你做主。

（林小满忧郁而颓丧地叹口气）

5. 省城某娱乐会所（回忆 A 段）　内　夜

会所内灯红酒绿，音乐声震天动地，舞池里青年男女正在狂舞。某一角休息区，林小满和郑晓白对面而坐。林小满穿黑色西装，郑晓白穿一身白色的低胸围连衣裙。林小满面前摆着啤酒，郑晓白面前摆着咖啡。林小满桌脚边堆满啤酒罐，人已呈醉态（下面的对话均含有醉意）。

郑晓白：小满，你设计的《江乡彩虹》真好，既体现了当下的城市梦想，又融入了美好的乡村愿景，沟通了城乡隔膜，看了让人振奋，让人激动！真是神来之笔啊！小满，美好的生活已经向你打开了大门！

林小满：真像你说的那么好？承蒙校花……夸奖！

郑晓白：（亲昵地拍了林小满一下）讨厌，你也叫我校花！四年同学情，让你一句"校花"全抹杀了。（郑晓白脸红，轻声而略带娇气地）小满，我真有那么漂亮?

　　林小满:(羡慕地)你真漂亮,就像……盛开的桃花。

　　郑晓白:(叹口气)再漂亮有什么用,几个星期以后咱们就毕业了,就要离开校园,离开江城,(停顿一下,神伤不已地)然后回到那座生我养我的灰蒙蒙的破落的小县城,然后跟时光一起变老,变成一个像我妈那样絮絮叨叨的老太婆。

　　林小满:(安慰郑晓白)晓白,没那么……"杯具(悲剧)"……你设计的《桃之夭夭》也很有新意。

　　(林小满边说话边大口喝酒)

　　郑晓白:(打断林小满的话)嗨!比你的《江乡彩虹》差远了。你呀,怎么那么天才呢?金杯可只有一个!既生林小满,何生郑晓白呀!

　　林小满:唉!咱们能不能……不说这些无趣的!你请我来喝酒,就为婆婆妈妈这些呀!

　　郑晓白:(眼底闪过一丝阴阴的亮光,马上恢复到原来的温情)对,咱来点刺激的!人生得意须尽欢,此时不欢何时欢!

　　〔她轻声向身边的一个服务生耳语几句,服务生离去。一会儿,服务生端上两杯饮料。郑晓白站起身,端起其中的一杯。(特写)郑晓白趁林小满低头喝酒的机会,迅速丢进一粒白色药丸(毒品),拿起吸管轻轻搅拌〕

　　郑晓白:(端着那杯饮料递给林小满,冲林小满笑笑)这叫"白衣少妇"。

　　林小满:(接过饮料杯,醉意蒙眬地看着郑晓白,他不知道"白衣少妇"是毒品,以为是郑晓白用饮料比她自己)白衣少妇?

　　郑晓白:(充满媚态地)对,白衣少妇!男人喜欢一个女人,不都是说(媚态更浓烈地)喝了她吗?

　　(林小满激动而迷离的表情。郑晓白拿起另一杯饮料,两个人一起喝饮料)

6. 省城某娱乐会所(回忆B段) 内　外　夜(字幕:两周以后)

　　一个包间,几位青年男女围坐在一起正在吸毒,林小满坐在其中,很舒服很内行地在吸毒。酒店外,公共电话亭,郑晓白在偷偷地拨打110。

　　警车停在酒店门前的镜头。

便衣警察押解一群吸毒的人从会所的大门走出来。（特写）林小满在其中。郑晓白躲在电话亭后面张望。

7. 强戒所205宿舍（接前） 夜 雨

林小满从回忆中醒来，叹口气。其他学员纷纷打抱不平。

甲：林小满，你一定要夺回你的东西！

乙：这女人真是貌若天仙，心如蛇蝎呀！林小满，出去宰了她！

丙：林小满，是男人就不能咽下这口气！

林小满：（咬牙切齿地）我得出去！

甲、乙、丙：（同声）出去？

林小满：（仇恨地）出去！我要找到郑晓白，要回我的东西，讨回我的公道！（停顿一下）你们愿不愿意干？

甲：我们不知道怎么干！

林小满：我林小满是干什么的？我是搞工程的！白天我观察了一下强戒所的院子和围墙，我们可以出去！

8.（闪接）强戒所院内 日

林小满利用休息时间，站在围墙下面，偷偷用手指测量围墙高度。

9. 强戒所205宿舍（接前） 夜 雨

乙：（紧张地）万一，万一被发现怎么办？

林小满：（坚决地）大不了再回来多待两年！

丙：小满，我进来后，我的工厂也不知怎么样了，几百万呢！我放心不下，得跟你一起走！

甲：我的孩子才一岁，老婆闹着要离呢！孩子可怎么办呢？

乙：我老婆早就对我一百个不满意……嗨，不说了，我和你们一起走！

10. 山道上　日　雨

　　林大娘披着一块塑料布遮雨，正在赶路。路面上开始积水，变得泥泞起来。林大娘觉得自己的脚下不对劲，停下来，看自己的脚。

　　特　写：林大娘脚上穿着一双旧布鞋，布鞋上沾满泥和水，布的鞋底已经浸透，鞋帮和鞋底之间出现裂痕。

　　林大娘找块石头坐下，擦了擦脸上的雨水，又望望天空。天空的云越聚越厚。林大娘又看看自己脚上的鞋子，她摇了摇头，然后放下篮子，起身，从山坡上扯下一把小莆草，拧成绳子，坐下，把鞋子捆扎一下。她又起身折断一根略为粗壮的树枝，当拐杖。林大娘卷起裤脚，小心地正了正肩上的包裹，一手挎着竹篮，一手拄着拐杖，一步一挪地开始赶路。

11. 强戒所205宿舍　夜　雨

　　（午夜。林小满叫醒大家）

　　林小满：根据天气预报判断，后天夜里台风"忙种"要经过我们这里，有大到暴雨，并伴有强台风，是出去的好机会。

　　（黑暗中，一双双眼睛闪着激动的亮光）

　　林小满：明天，大家检查好自己的鞋子，多穿几双厚实的袜子。

　　丙：干什么？

　　甲：笨蛋！刮大风，下大雨，鞋子打滑，多穿几双袜子，就是鞋子掉了还有袜子，不然怎么跑路！

　　林小满：（很坚决地）真是天助我也！咱们后天夜里出去。

12. 路上　日　雨

　　林大娘走出山路。她的背后是连绵不断的青山。林大娘在水泥路上停下来，低头看自己的脚，鞋子已经完全破裂。她脱下鞋子，用路边的积水洗洗，仔细看了看，已经没有穿的价值。她赤脚在水泥路上走几步，感觉不错，毅然扔掉鞋子，正了正竹篮子，又正了正肩上的黑布包裹，光着脚，迈开步子赶路。

13. 强戒所院内 外 日 微雨

高志远和小胡并肩而立。学员们吃过午饭，往车间走去。林小满低头走路，看到高志远和林小满，悄无声息地向人群的另一边走了过去。

高志远：小胡，让你了解205宿舍情况，了解得怎么样了？

小　胡：了解得差不多了，他们最近有想法，特别是林小满。——要不要直接对他们进行强制隔离？

高志远：（望了望远去的学员）小胡呀，咱们搞戒毒工作的，不到万不得已不要采用强制措施，攻心为上，只有除去他们的心魔，才能让他们彻底摆脱毒魔。

小　胡：（叹口气）攻心太难了。

高志远：再难也得做，尤其是这个林小满。（高志远调转话头）小胡，林小满的家人最近几天该到了，你去给门卫和会见室的同志打个招呼，只要是找林小满的，就直接通知我，要求"特别接待"。

小　胡：是。

14. 强戒所大门前 日 微雨

特　写：一双赤脚正在蹬上台阶，脚上沾满泥水，几个血泡很刺眼。

（林大娘走到门前，停下）

门　卫：（看到林大娘的打扮，特别是那双赤脚，急忙迎上前）大娘，您找谁？

林大娘：俺找俺儿子林小满！

（门卫听说找林小满，急忙进去打电话通知高志远，高志远和小胡匆匆赶来）

高志远：（看到林大娘的打扮和那双赤脚，深情地喊一声）大娘——

（小胡赶忙上前搀扶林大娘）

15. 强戒所会见室 日

小胡扶林大娘坐下。林大娘放下手中的篮子，然后轻轻地取下肩上的黑色包裹，放到身边的凳子上。林小满由一名会见室的警官带着走进来。

205宿舍的其他学员，甲、乙、丙等，听说林大娘来了，一起跟过来，站在会见室外面，趴在玻璃窗上往里看。

林小满对林大娘的到来毫无思想准备，有抵触情绪，仰着头，气鼓鼓地坐到一边的凳子上，一言不发。

小　胡：（打来一盆温开水，端到林大娘面前）大娘，来，洗洗脚。

林小满：（低头看到林大娘的赤脚，不由自主喊一声）娘——

（高志远蹲下来给林大娘洗脚）

林大娘：（连忙阻止）使不得，使不得，俺自己洗！

（高志远把林大娘的脚按到水里。林小满连忙起身过来。高志远给林大娘洗脚。林小满眼角闪着泪花，蹲下身子给林大娘洗脚）

林小满：（含泪）娘，您咋连鞋子也不穿呢？

林大娘：山里的路太难走，鞋子走烂了。

林大娘：（看着周围的人神情凝重，笑了笑）你还别说，这城里的路比咱山里的床还平坦，光脚走在上面，跟走在家里当门地一样！

（一听这话，有人轻轻笑了）

会见室的一位女警官：（拿来一双鞋子，递给林大娘）大娘，您看这鞋子穿着合不合脚？

林大娘：（连声道谢，推辞）使不得，使不得……

女警官：大娘，这鞋子是我穿过的，不好穿了，您别嫌弃。

（林大娘听了这话，高高兴兴地接过鞋子穿上）

16. 强戒所会见室（接前）　日

林大娘：你看，俺给你们带来什么了……

林大娘：（转身从竹篮里拿出一个大塑料袋，边打开边说）俺给你们带来樱桃，咱山里刚摘下的樱桃……

特　写：林大娘打开的塑料袋，满满一袋樱桃，都烂了。

林大娘：（叹口气）想给你们尝尝鲜的，几天下来，就这样了。

高志远拎过林大娘的竹篮，打开。

特　写：筐底是吃剩下的碎煎饼屑，还有半个发了霉的馒头。那个搪瓷茶缸很刺眼，印有"为人民服务"几个红字的那一面朝上。

高志远：（动情地）大娘，你就是吃的这个？

林大娘：咱山里人都吃这个。（林大娘望一眼林小满）咱家林小满就是吃这个长大的。

（周围的人眼角含泪，一片静默）

林小满：（再也控制不住自己的感情，抱住林大娘，大喊一声）娘，儿对不住您！

林大娘：（抚摸着林小满的头）孩子，咱山里人有句老话：被石头绊倒了不要紧，站起来还是条汉子！

17. 强戒所会见室（接前）　日

林小满：（止住哭泣，问）咱爹呢，他怎么没和你一起来？

林大娘：（叹口气，眼角含着泪光）他也来了，一起来了。

林小满：（四处寻找）娘，咱爹在哪呢？

林大娘：（拿过身边凳子上那个黑色包裹，颤抖着打开）在这儿呢。

〔林小满爹的遗像（或骨灰盒）呈现在大家面前〕

林小满：〔愣了一下，醒悟过来，扑过去，"扑通"一声跪倒在地，抱住遗像（或骨灰盒），发出撕心裂肺的长号〕爹——

（周围的人明白过来，低声抽泣）

18.（空镜）

会见室外面，大雨瓢泼，风一阵紧似一阵。

19. 强戒所会见室（接前）　日

林大娘：（搂过林小满，哽咽着）你爹为了你读书，起早贪黑。咱们山里人挣钱难呀，你看这樱桃，咱山里多得是，可运不出来，都烂在山里了。你终于大学毕业了，你爹高兴，说终于熬出头了，一定要和俺一起到省城去一趟，看看大城市的样子，把你接回家。可没想到你……（林大娘哽咽）没想到你竟然沾上了大烟，进了戒毒所。你爹说，俺家林小满不是那种人，这里面肯定有问题。他急呀，借上邻居家一辆自行车就往这里赶。他哪里会骑自行车呀。（林大娘撩起衣襟擦眼泪）夜里他也急慌慌赶路，连人带车一起摔下山去了。

20．强戒所会见室（接前） 日

林小满：（悲怆地）娘——爹——儿不孝啊……

（林大娘用衣袖擦眼泪。林小满泪流满面）

林大娘：（悲戚地）咱儿不是那种人，你一定要把他带回家……这是你爹留给俺的最后一句话。（林大娘顿了顿，叹口气）咱山里人讲究入土为安。俺今儿个把你爹带来了，你跟你爹见最后一面，告个别，好让他安心上路……

（林小满扑到娘的怀里，再次大哭。玻璃窗外一片抽泣声）

21．强戒所会见室（接前） 外　内　日

（会见室外，雨还在下，但西面已经露出太阳的微光）

林大娘：（擦干眼泪，站起身，然后拉起林小满）儿呀，谁没有年轻的时候，谁不会走个神犯个错？是虫子它总要钻进草里，是条龙它总要飞上天。你不是说，等大学毕业了，就回到山里，给俺们修路，建楼房，让俺们过城里人的日子吗？

林小满：（含泪点头）娘——儿知错了，儿真的错了！

林大娘：咱山里人，是男儿就灶前跌倒灶前起，路上摔倒路上起。小满，娘不想问你怎么跌倒的，可想看到你是咋样站起来的！

（林小满平静下来）

林大娘：（抚摸着林小满的脸，撩起衣袖擦去他眼角的泪痕，然后背起黑布包裹，拎起竹篮）娘该回了。小满，娘相信你，只想给你一句话，你今后不管做什么事，只要心里对得起你爹就成……

林小满：（拉着林大娘的手，哽咽着）娘，小满一定不会让您和爹失望。您多保重，在家等着小满。

林小满：（转身向高警官和小胡他们，深深地鞠一躬）高警官、胡警官，我林小满当着我娘的面发誓，我一定戒掉毒瘾，做一个堂堂正正的有用之人，

来告慰我爹的在天之灵!

22. 强戒所会见室（接前） 内 外 日

林大娘：（面向高志远他们，鞠躬）谢谢你们，谢谢你们救了林小满。

高志远：（眼含泪花）大娘，我们感谢您！您真是大山一样的母亲！

（高志远敬礼，小胡眼含泪花敬礼，周围的警官们眼含泪花敬礼）

（会见室外，雨过天晴）

23. 山道上 日

山路弯弯，风和日丽，林小满正在为家乡搞设计。

在上面的画面上打出字幕：

（一年以后，林小满彻底戒掉毒瘾，抛弃所有恩怨，毅然回到养育他的山乡……）

剧 终

微电影剧本《寸草春晖》获江苏省委宣传部、省文联主办，省电影家协会、人民日报江苏数字新闻中心协办的"中国梦·我心中的梦"优秀电影剧作奖。

三个小和尚

> 许一格　男，英国纽卡斯尔大学传媒硕士，现任连云港职业技术学院讲师。创作多部校园剧、微电影和广播剧在省及全国比赛中获奖。其中《一路花香》《三个小和尚》分别获得全国中小学生艺术展演二等奖。与他人合作的广播连续剧《大国工匠魏长林》获得江苏广播剧连续剧一等奖。

人　物：
胖和尚：性格憨厚，有点木讷。
高和尚：有点小心机，又很爱面子。
矮和尚：机智、阳光，像聪明的一休。
花喜鹊1，2，3，4，5。

【台上有一副水桶、三个蒲团、三个木鱼】
【在喜鹊们欢快的歌声中，胖和尚和高和尚抬着一桶水上，旁边的地上倒着一只水桶】

喜鹊们：（唱）一个和尚挑水吃，两个和尚抬水吃，两个和尚抬水吃，抬水吃，抬水吃……

喜鹊1：又来了一个小和尚！

喜鹊2：（唱）三个和尚没水吃！

喜鹊1：鸟多林子深，人多力量大。怎么还会没水吃呢？

喜鹊2：你就等着瞧吧！

喜鹊们：（唱）三个和尚没水吃！

【矮和尚上】

矮和尚：二位师哥，你们好！

胖和高：师弟，你也来啦？欢迎欢迎……

喜鹊们：热烈欢迎！欢迎欢迎，热烈欢迎！

胖和尚：师弟，你看，连喜鹊们都欢迎你呢！

矮和尚：谢谢！谢谢！谢谢大家！师兄，这是抬水哪？

【胖和尚和高和尚有点尴尬】

高和尚：师弟啊，这庙山高……

胖和尚：水远！

高和尚：我们两个最近身体有点……有点……

胖和尚：欠安！

高和尚：所以嘛……

胖和尚：挑不动！

高和尚：两个人抬着……

胖和尚：刚好！

【矮和尚抢过水桶和扁担】

矮和尚：二位师兄，你们休息休息，让我来！

【矮和尚挑着水桶高高兴兴地下】

胖和尚：师弟！小河在山脚下！

矮和尚：（内）知道啦！

喜鹊1：三个和尚有水吃！

喜鹊2：长不了！长不了！

喜鹊们：长不了！长不了！

高和尚：有接班人了，我们再也不用抬水啦！

胖和尚：他是师弟，不好不好！

高和尚：一个愿打一个愿挨，和谐。

胖和尚：一时勤快，长不了。

高和尚：这个嘛……让我想想。

喜鹊们：长不了，丢丢丢！长不了，丢丢丢！

【高和尚在蒲团上坐下，思考，胖和尚看着他】

高和尚：我有办法了！

胖和尚：快说！

【内传来矮和尚的歌声，高和尚和矮和尚赶紧坐在蒲团上敲木鱼，念经。矮和尚挑水上】

矮和尚：（唱）太阳出来哟喂，喜洋洋啰哎，

　　　　　　挑着水桶上山来……

【高和尚和胖和尚迎上去，一人接过一只桶，又把矮和尚拉到蒲团上坐下】

高和尚：师弟，累坏了吧？

胖和尚：师弟，从明天开始我们轮流去挑水……

高和尚：（打断胖和尚的话）不说了，不说了，天不早了，师弟累坏了，我们睡觉睡觉！

【三个小和尚在蒲团上打坐，灯暗】

【灯渐亮】

喜鹊们：拆拆拆，天亮啦，起床啦！拆拆拆，天亮啦，起床啦！

【矮和尚蹑手蹑脚地爬起来】

矮和尚：喜鹊们，早上好！

喜鹊们：早上好！早上好！

【矮和尚要去挑水，高和尚和胖和尚赶过来，拉住矮和尚】

高和尚：师弟，昨天你已经挑水了，今天再叫你去就不公平了。

胖和尚：今天我和大师兄……

高和尚：（拦住胖和尚）今天，我们抓阄（拿出三个小纸卷）这两个纸卷上写着不去，一个纸卷上写着去，谁抓到"去"谁就去，这样公平又合理！

矮和尚：（犹豫）这……

【高和尚暗示胖和尚，胖和尚会意】

胖和尚：同意！

矮和尚：那……好吧。

【高和尚把三个小纸卷放在蒲团上】

高和尚：师弟，你最小，你先抓。

矮和尚：师兄们先请。

胖和尚：你是新来的，还是你先请。

矮和尚：那就恭敬不如从命啦。

【三个小和尚抓阄，拆阄】

胖和尚：我这个是……

【高和尚一把捂住胖和尚的嘴】

矮和尚：我抓到"去"了。

高和尚：我看看！真的是"去"啊！

矮和尚：我去了！

【矮和尚挑着水桶，唱着歌下】

胖和尚：（急切地）师兄，我这张才是"去"！

【高和尚得意地亮出自己的纸卷】

胖和尚：（惊）你也是……？

高和尚：这叫作兵不厌诈！

【喜鹊们围上来，抢夺走两张纸条，胖和尚和高和尚追着喜鹊抢纸卷】

喜鹊们：作弊，骗人，丢丢丢！作弊，骗人，丢丢丢！

【高和尚恼羞成怒，抓起蒲团追着喜鹊们打】

【矮和尚的歌声传来，矮和尚挑着水桶上】

喜鹊们：矮和尚！矮和尚！作弊，骗人，丢丢丢！

【喜鹊们冲破高和尚的阻拦，把两个小纸卷送给矮和尚】

喜鹊们：作弊，骗人，丢丢丢！

【矮和尚猜到纸条上写的是什么了，他把纸卷撕碎了，抛向天空】

喜鹊们：矮和尚，傻傻傻！矮和尚，傻傻傻！

喜鹊1：矮和尚，你为什么不看看纸条上写的是什么？

矮和尚：力气今天用完了，明天还会来。我多挑几桶水，不会损失什么，还能锻炼体魄，这也是一种修行啊！一举两得，何乐而不为呢？

喜鹊们：修行？

矮和尚：是啊，我多爬一次山，多挑一担水，多流一滴汗，多使一分劲，都是一种修行。我多磨炼自己一点，就能早一天赶上师兄他们。

喜鹊2：可是他们……他们……

矮和尚：他们是我的师兄，肯定是为我好。我能够有这个锻炼的机会，还得感谢二位师兄。

胖和高：（尴尬）这个……这个……

矮和尚：功课的时间到了，我们念经吧。

【矮和尚在蒲团上坐下，胖和尚和高和尚推推搡搡，不好意思地也在蒲团上坐下念经】

【矮和尚一心一意地念经，胖和尚心不在焉，想和高和尚说话，他不断挪动屁股下的蒲团，向高和尚靠拢】

胖和尚：（小声地）师兄……师兄……我们是不是应该……

【高和尚假装听不见，念经】

胖和尚：（提高声音）师兄，师兄！我们是不是应该向师弟……

【高和尚大声念经，压住胖和尚的声音】

【灯渐暗】

【灯渐亮】

喜鹊们：拆拆拆……

【胖和尚蹑手蹑脚地从蒲团上爬起来，走到水桶跟前，要去挑水；高和尚快速而轻巧地从蒲团上跳起来，冲到胖和尚跟前抢水桶】

胖和尚：师兄，今天我去挑水！

高和尚：嘘——（高和尚示意轻声）我是大师兄，应该我去挑水！

胖和尚：我去！

高和尚：我去！

【矮和尚被吵醒，看见两个师兄争水桶，跳起来，冲过来】

矮和尚：二位师兄不要争，还是我去！

【三个和尚拉拉扯扯抢水桶】

胖和尚：我去！

高和尚：我去！

矮和尚：我去！

喜鹊们：（唱）一个和尚挑水吃，两个和尚抬水吃，三个和尚没水吃……

胖和高：错错错！

合　唱：（一个和尚挑水吃，两个和尚抬水吃，三个和尚三个和尚有水吃有水吃！）

【定格】

剧　终

（该剧获得省第六届中小学生文艺展演特等奖，全国二等奖）

渔 者（节选）

魏　兵　连云港作家协会会员，创作的微电影剧本多次获奖，原创院线剧本《超能游戏》与网络电影《换脸》三部曲已制作完成，2019年上映；网络电影《渔者》已在爱奇艺上映，网剧剧本《战火中成长》获得文化部"十三五"期间实施的剧本扶持工程的创意剧本奖。

杨　飞　男，80后，业余时间爱好影视，出品了《平凡的水产人》《小龙虾》等歌曲作品，并为网络电影《渔者》提供了大量的真实素材。

---

1. 公路上 / 凌晨 / 外

公路上，一辆黑色越野轿车行驶着。封印一脸疲惫地开着车。

2. 封印门店门口 / 凌晨 / 内

门店前，忙碌的人群，来往的车辆。店内，店员们各司其职忙碌着。一辆白色面包车和一辆黑色轿车在路边停下，面包车门打开，跳下来十多个戴着口罩和墨镜，手中拿着砍刀、棍棒的男子站在路旁。黑色轿车下来一光头男子，将嘴里的烟头吐掉用脚捻了捻，疾步向水产店走去，其他人紧跟其后。水产店前的顾客见状纷纷躲避。光头男子走到水产店门前，一脚踹在店员身上，店员后退一步摔倒在地上。

　　光头男子：他妈的，封印呢？叫封印出来！

3. 封印门店 / 凌晨 / 内

　　（光头男子走进店内，店长胖子见状吓得钻到了收银吧台后面）

　　光头男子：他妈的，你们都死啦！老子让你们说话，封印去哪里啦？

　　（大家惊恐地看着光头男子）

　　光头男子：既然我找不到他，那就让他来找我，（回头）兄弟们给我砸，使劲地砸！

　　（响声惊动了楼上的张婷，张婷从楼上跑下来）

　　张　婷：你们什么人？为什么砸我家鱼缸？

　　（鱼缸接连被砸破，鱼随水流到了地上，嘴巴一张一合地乱蹦乱跳）

　　张　婷：（冲到光头男子面前，手指着光头男子）你们给我住手！你们有没有王法了？

　　胖　子：（赶紧将张婷拽到身后）老板娘，别和这帮人硬拼。

　　（光头男子一巴掌打在胖子的脸上，胖子踉跄几步摔倒）

　　光头男子：（指着张婷）我不打女人，不代表女人在我面前可以指指点点，我的忍耐是有限度的！

　　张　婷：你有本事就打死我，不打死我你就没种！

　　（张婷边理论边给胖子使眼色，胖子领会意思悄悄躲在旁边。胖子先给110打电话报警，然后又给封印拨了过去）

4. 公路上 / 凌晨 / 外

　　（封印身旁手机响起，封印低头拿手机，前方车辆突然急刹，封印急忙踩下制动，险些撞车。封印深吸一口气接通手机）

　　封　印：喂，胖子，（瞪大眼睛）什么？我现在马上回去，把你嫂子照顾好，听到没有？

　　（封印挂断电话，把手机扔在副驾驶座位上，一脚踩下油门）

5. 封印门店 / 凌晨 / 内

（店内积水过脚，几名大汉还在冲砸鱼缸和设备，鱼在积水中不停跳跃）

光头男子：（环顾四周）兄弟们我们走！（靠近张婷）这次没有找到封印，算他幸运，你告诉他以后小心点，少他妈挡人财路，否则我们还会来的！

（光头男子一挥手，带着手下扬长而去）

6. 公路上 / 凌晨 / 外

（封印的车行驶在路上，不停超车，伴随着急促的鸣笛声。车内，封印眉头紧皱，手不停转换方向盘，脚在油门和刹车上不停移动。手机不停地响动，封印伸手去拿手机）

封　印：喂？！（大声）喂！说话啊！

李二瘸：（嬉皮笑脸的画外音）封老板啊，谁得罪您了，生这么大火气啊？

（封印听出对方是谁，没有讲话）

李二瘸：（画外音）封老板啊，你怎么不说话了？

封　印：（大喊）李二瘸你想干什么？！有种你冲我来！砸我店你不算本事！你在哪里？你要是有种就出来！

李二瘸：呦呦呦，小脾气挺厉害的嘛！实话告诉你，砸你店的不是我，不过你兄弟郭权和倩倩在我手里，我给你半个小时，立马到仓库来，晚了他们可就没命了啊。

封　印：李二瘸，你不要胡来！

（手机被挂断。前面岔路口封印停下来想了想，一打方向盘，车子向另一个方向疾驰而去）

出片名：渔　者

7. 村头 / 日 / 外

（远处的农家门上贴着崭新的春联，地上还有鞭炮的纸屑。几名带着大包

小包的返程打工青年走过。二十岁的封印和十九岁胖子带着大包小包和封印的父母告别）

封　印：爸妈，你们回去吧！到了城里我会照顾自己的！

胖　子：封哥，我们快走吧，我爸妈还不知道我出来打工，被他们发现就糟了。

（封印和胖子三步一回头地走了）

8. 村上小路 / 日 / 外

（封印和胖子走在小路上，一抬头，张婷拿着一袋煮鸡蛋站在路口）

封　印：张婷，你怎么在这儿？

张　婷：（将鸡蛋交给封印）封印哥，你外出打工要保重身体，不管你混得怎么样，我都在家里等你。

封　印：你放心，我不混出人样来，我决不回来见你。

张　婷：你照顾好自己就行了。

（封印和胖子走远，封印回头，张婷还在原地向他挥手告别）

9. 长途汽车站外 / 日 / 外

（封印和胖子走出长途汽车站）

胖　子：封哥，这城里可比我们村热闹多了！

封　印：是啊，你爸妈要知道你到了大城市肯定要替你高兴呢！

胖　子：我们没文凭，没学问，只能卖苦力了，不过跟着你，哪怕淘厕所都行！

（两人边走边聊）

10. 街边 / 日 / 外

封　印：（带着胖子挨家询问）你们需要干活的吗？我们什么苦活累活都能干。

（得到的回答都是我们不需要，你们去其他家问问吧。封印看了看天空，天色已晚，好多店家都开始打烊了）

胖　子：唉，看来今晚我们要露宿街头了。

　　封　印：我们去找个地方睡一觉，走。

　　（封印和胖子背着包向远处走去）

11. 江边 / 夜 / 外

　　（偏僻的江边，岸边有几条破落不堪的船）

　　封　印：你看，我们今晚睡觉有着落了。

　　（封印带着胖子直奔而去。两人挑了一条干净一点的船，打扫了一下，把铺盖铺好。封印和胖子躺了下去，封印用手枕着头，看着船外稀疏的星光）

　　胖　子：哥，我累了，先睡了，你不睡啊？

　　封　印：你睡吧。

　　（胖子睡了，封印看着星星想着事情，渐渐入睡）

12. 饭店门口 / 日 / 外

　　（饭店门口摊点上，胖子在拼命地吃着油条喝着稀饭，嘴里塞得满满当当）

　　封　印：（拿出钱）你吃饱没有？

　　（胖子直摇头，然后看着钱直点头）

　　封　印：老板结账。

　　周老板：一共16元。

　　（封印付过钱只剩下一元钱）

　　封　印：老板，你们这里需要打工的吗？

　　周老板：我这不需要，不过我看你俩挺面善的，这样吧，（用手一指）那有个大型水产批发市场，经常有一些店家在招工人，你们可以过去试试。

　　封　印：（开心地）谢谢老板！

　　（封印一拉胖子，二人直奔市场而去）

13. 惠民海鲜水产批发市场 / 日 / 内

　　（封印和胖子走在市场里，两人边走边看）

　　胖　子：这市场真大啊，比我们镇上的农贸市场大多了！

封　印：胖子，前段时间我们村郭权回来时不是说他在这儿给老板打工吗？

胖　子：对啊，要是能碰上他该多好啊！最起码也能借点钱吃顿饱饭啊！

封　印：（点点头）听说他好像混得不错，老板挺相信他的！

（两人边走边看，一辆三轮车迎面而来）

三轮车夫：让一下，让一下！

（三轮车一头撞在胖子身上，两人摔倒在地，车上的鱼也撒得到处都是。封印赶紧扶起三轮车夫）

封　印：不好意思啊，你没事吧？

三轮车夫：（整了整衣服）你走路不带眼啊！赔鱼，赔衣服，要么赔钱！

胖　子：是你撞我的，你看我腿都被你撞破了！

三轮车夫：要是拿不出钱，你们就跟我去找我们老板说明情况，喏，（用手一指）就是那边的渔之都，看到了吧？

（封印和胖子只好随着三轮车夫向渔之都走去）

14. 渔之都海鲜门面 / 日 / 内

（封印和胖子跟着三轮车夫走了进来。店很大，里面琳琅满目什么都有。黄老板正在电脑上玩游戏）

三轮车夫：黄老板，我们的车被这两个人撞翻了，您看要不要赔？

封　印：老板，我们不是有意撞的……

黄老板：（上下打量封印和胖子）是这两个人吗？有没有损失啊？

三轮车夫：有。

黄老板：那赶紧让他们赔啊！你带他们到隔壁房间处理。

（三轮车夫把他们带到了隔壁房间）

郭　权：（走了进来）黄老板在吗？

黄老板：呦，郭经理啊，什么事情？

郭　权：我们李老板让我来拿上次的货款。

黄老板：已经准备好了，你点一下数！

（黄老板从抽屉里拿出几沓钱递给郭权）

郭　权：（点着钱）你隔壁房间怎么这么吵？

黄老板：两个外地人把我鱼车弄翻了，听口音好像是你同乡呢。

郭　权：哦？我去看看。

（郭权向隔壁走去）

15. 隔壁房间 / 日 / 内

郭　权：（推开门）封印？胖子？

封印、胖子：郭权？

黄老板：（走过来）你们认识？

郭　权：我们是同村，他叫封印，能干活，头脑也聪明！

黄老板：（打量着封印）这样啊……

郭　权：黄老板，你们今天的损失算到我头上，多少钱我赔给你。封印、胖子我们走，到我干活的地方看看去。

（郭权带着封印、胖子和黄老板打了个招呼走了出去）

16. 李二瘸冻品店 / 日 / 内

（郭权带着封印、胖子走进门。封印四处看看：你们这里是做冷冻水产的啊？）

郭　权：对，我们李老板是做冻品的。

封　印：这店挺大的，要不我们兄弟两人一起跟着你后面干怎么样？

郭　权：（连忙摇头）哎呀，封印，我们这里不缺人手啊，这样吧，明天我带着你问问黄老板，对了，我介绍个人给你们。

（郭权把一个长得性感漂亮的女孩拉过来）

郭　权：这是封印、胖子，和我一个村的，这是我女朋友倩倩。

封印、胖子：嫂子好！

郭　权：走，我们吃饭去！

倩　倩：我还有事，你们去吧。

（倩倩走了）

胖　子：好，我们吃饭去！

17. 小饭店 / 日 / 内

（郭权三人边吃边聊。胖子狼吞虎咽）

封　　印：郭权，你是怎么跟着李老板干的？

郭　　权：李老板是外地人，腿上有残疾，人家都管他叫李二瘸。前几年他在市场倒腾小海鲜买卖，专门坑那些老头老太和不懂水产品的人，赚了不少钱，后来他找到我，让我不要给以前老板干，跟他后面混，我不敢不答应他！

封　　印：那你这个女朋友是怎么认识的？

郭　　权：李老板介绍的，说是他老婆的表妹，在店里负责财务。

封　　印：你说明天去和黄老板说说，那我明天几点来找你？

郭　　权：我每天三点起床上班，九点下班回家睡觉，这样你们明天早上九点到我这里来。对了，你们怎么住的？

封　　印：这个你不用担心，我们有住的地方。

胖　　子：权哥，我和封印身上没……

（封印赶紧踩了胖子一脚，胖子看看封印不讲话了，低头继续猛吃米饭）

封　　印：好，那我们明天就去找你，谢谢权哥。

18. 渔之都海鲜门面 / 日 / 内

（黄老板在算账，郭权带着封印和胖子走进来）

黄老板：我只要一个人，你怎么领两个人过来啊？

封　　印：黄老板，您如果只要一个人，您就把胖子留下来，我再出去找别的事情做。

郭　　权：兄弟，黄老板要的是你，没有说要胖子，你这样做不好。

封　　印：只有把我兄弟安排好了，我才能心安理得去工作，不然我不会答应的。

黄老板：郭权你过来一下。

（黄老板低头在郭权耳边嘀咕几句，郭权点头）

郭　　权：封印，黄老板说了，可以把你们两个人一起留下来，但是工资不一样，你觉得可以吗？

封印、胖子：可以！

黄老板：那你们明天早上就可以来上班了！

封印、胖子：（高兴地）谢谢黄老板！

19. 一组蒙太奇

（1）黄老板下面的员工教封印和胖子如何做生意。

（2）封印跟客户在认真地沟通，给顾客看货品的质量，客户频频点头，在旁的黄老板抽着烟观察着。

（3）零售点，胖子热情地和顾客打着招呼，称虾子，递给顾客。

（4）胖子在卖虾子，黄老板走过来看了看四周没人，将胖子推到一边，自己亲自示范如何将顾客买的活虾子换成死虾子，如何在秤上做手脚，胖子惊讶不已，学习了几遍才练好，黄老胖满意地拍拍胖子肩膀。

（5）在黄老板办公室里，开心的黄老板拿出两个装钱的信封递给封印和胖子，封印和胖子点头感谢。

（6）黄老板在员工面前讲话：我宣布任命封印为店长，胖子为虾类组组长，员工鼓掌，封印和胖子激动地站起身向大家挥手致意。

（7）饭店里，身穿结婚服装的郭权和倩倩来敬酒，封印、胖子围着郭权开心地讲着话。

字　幕：一年后。

20. 饭店 / 夜 / 内

（酒桌上，李二瘌喝得红光满面，封印、倩倩还有几个业内的人在桌上）

李二瘌：（朝封印端起酒杯）封印，听说你最近干得不错，以后跟我干吧，保准比在黄老板那干得舒心！

封　印：李老板，我们当初的工作是郭权介绍的，现在黄老板对我们还不错，我这么做不好吧……

李二瘌：（拉着脸）什么好不好的，哪有那么多屁讲究！

（封印沉默不语）

其他人：（随声附和）可不，跟着李老板可以吃香的喝辣的！
　　李二瘸：（举起酒杯看着已经喝多的倩倩）倩倩，我对你家郭权够意思吧？！今天他有事来不了，来，你替他敬我一杯。
　　旁边人：（也跟着起哄）对对对，整杯肥的！
　　倩　倩：李总，我今天有点喝多了。
　　李二瘸：喝多也不在乎这一杯嘛，来，哥亲自给你倒满。
　　李二瘸：（站起身把封印挤到一边，给倩倩倒满一大杯酒，顺势搂住倩倩的肩膀）我们碰一下，你不喝就是瞧不起我。
　　（李二瘸一饮而尽，将空杯朝向倩倩，倩倩没办法只好喝干）
　　（倩倩摇摇晃晃，李二瘸面露淫笑手滑向倩倩的腰下，封印站在后面一把将李二瘸的手拉开，挤到两人中间）
　　封　印：李老板，倩倩喝多了，要不我替她喝吧。
　　李二瘸：（眼一瞪）你算什么东西？！给我一边待着去！
　　（倩倩酒意发作头倒向一边，封印急忙扶住）
　　封　印：对不起各位，我们先走了。
　　（封印扶起倩倩走出门去）
　　光头男子：李老板，封印这小子他妈不识抬举啊！要不，我收拾他一下？
　　李二瘸：妈的，跟我对着干，老子有一万种办法对付你！
　　李二瘸：（拿起电话拨通号码）喂！郭权吗？

21. 酒店外路上 / 夜 / 外

　　（郭权气冲冲地快步走着。不远处倩倩靠在封印的怀里，封印四处张望找出租车）
　　封　印：郭权，你跑哪去了，这出租车怎么也不来啊？！
　　（郭权赶到看到这一幕）
　　封　印：郭权，你可算来了，倩倩喝多了，我正打算叫车把她送到你那去呢！
　　郭　权：（一把拉过倩倩）封印，我真是没想到你是这种人！
　　封　印：（茫然地）我怎么了？

郭　权：你知道倩倩不能喝酒干吗灌醉她？你到底安的是什么心？

封　印：（着急地）我……不是我灌醉他的，是你老板。

郭　权：（用手指着封印）你少给我装蒜！要不是李老板打电话给我，倩倩她今天还不知道发生什么事呢！还有，你少在李老板面前说我坏话，从今以后，别再让我看到你！我没你这个兄弟！

（一辆出租车过来，郭权扶着倩倩上车走了）

封　印：（气恼地看着车屁股）唉，权哥，你被人骗了！

22. 黄老板零售点 / 日 / 内

（胖子带着几个工人在卖虾子，一群人气势汹汹走过来）

领头人：就这个小子，把我的虾子换掉了，19斤虾子少我8斤秤，剩下的全是死虾子，给我往死里打！

（几个人围上去对胖子拳打脚踢，卖虾工人四散逃走）

领头人：你们大家都看一下，这就是少秤调包的下场。

民　警：（走过来）你们是怎么回事？干吗打架？

23. 派出所 / 日 / 内

（派出所内，脸上缠着纱布的胖子低着头坐在角落里）

一个工人：（走到封印面前）黄老板让你赶紧给他回个电话。

封　印：警察同志你们先处理，我去回个电话。

（封印急忙走出派出所）

24. 派出所外公用电话亭 / 日 / 外

（封印走进电话亭拿起电话拨通号码）

封　印：喂，是黄老板吗？

黄老板：封印，你赶紧去鱼塘，今天活鱼很紧俏，你务必给我弄五千斤回来！

封　印：我明白黄老板，可现在胖子还在派出所……

黄老板：你只管把鱼弄来，他的事我来摆平，快去，晚了鱼被别人抢跑就完了!

封　印：你放心吧黄老板，鱼我一定给你弄来，我马上就去！

（封印挂断电话，快步从电话亭跑出去）

25. 鱼塘 / 日 / 外

（两辆卡车已经停在那，封印下了车，向鱼塘拉鱼处快步走去）

封　印：朱老板，我有急事，你一定要把鱼给我。

拉鱼甲：你有急事我们也有急事啊，我和朱老板可是长期合作的！

拉鱼乙：我先和朱老板联系的，塘口是我来开的，我必须拉走！

朱老板：好了好了，要不然你们三个人坐下来聊一下，给一个拉，还有两个人住下来等明天拉怎么样？吃住算我的！

封　印：（拿出钱来塞给两个拉鱼的人）两位大哥帮帮忙吧！你们等下一网好不好，我真的有急事！

（两个人点点头走了）

（朱老板和封印刚要装鱼，一辆运鱼车开了过来，郭权和几个人跳了下来）

郭　权：（径直走向朱老板）朱老板，把鱼都给我装车上！

朱老板：（为难地）郭老板，你看这鱼我已经答应给封老板了……

郭　权：（手下人一把抓住朱老板）郭老板的后台是谁你不知道吧？！我看你以后是不想养鱼了！

封　印：郭权，念在你、我、胖子都是兄弟的情谊上，你别和我争了。

郭　权：兄弟？兄弟值几个钱！我当初好心帮你和胖子，你他妈的是怎么对待我的？你拿我当兄弟吗？

封　印：（着急地抓着郭权）郭权，你听我解释，这真的是误会！

郭　权：（一把甩开，用手指着封印）封印，今天我给你留点面子，你要再不识抬举，别怪我翻脸不认人！

封　印：（拉住郭权的手）胖子现在在派出所，黄老板说了，这鱼拉回去他才答应帮胖子，你相信我！

（郭权手下人一把将封印拽倒在地，踢了两脚，郭权伸手制止）

郭　权：看住他，我们干活！

（两个手下人看住封印，其他人将鱼装上车。郭权一挥手，众人上车扬长而去）

26. 渔之都海鲜门面 / 日 / 内

（黄老板坐在椅子上抽着烟，胖子站在他面前）

黄老板：现在零售点因为你被查封了，你说怎么办啊？

（胖子刚要辩解，封印走了进来）

封　印：黄老板我回来了，胖子你也在这儿？

黄老板：（立马站起身）封印，鱼拉回来了吗？

封　印：（摇摇头）鱼被李老板那边人抢走了。

黄老板：李二瘸？他亲自去的？

封　印：不是，是郭权带人去的。

黄老板：那郭权不和你是好兄弟吗？！他怎么可能抢你的货？

封　印：真的是这样，他和我之间有点误会。

（黄老板在房间里踱着步）

封　印：黄老板，胖子这事怎么处理的？

黄老板：市场管理来通知了，现在勒令我整改，不允许再用胖子，今年摊位到期也不租赁给我了！你说怎么办？我只能开除他。

封　印：你不是说要帮胖子的吗？

黄老板：我怎么知道这次处罚会这么重啊，再说你也没有把鱼弄回来啊！

胖　子：黄老板，我这么做都是你教的啊！你不能出了事就让我顶罪啊！

黄老板：我是生意人，不是慈善机构，没有那么多为什么。你走吧！

封　印：黄老板，如果你要开除胖子，我也不干了，我们弟兄俩要走一起走，要留一起留。

黄老板：封印，你这是什么态度啊！遇到这样事情谁都没有办法，我让胖子走也是无奈啊！

封　印：其实，黄老板你平时做事的态度早就让我寒心了，即使你不说，我也要走。

黄老板：（站起身来）封印，想当初你俩饭都吃不上，要不是我收留你俩，你们能有今天！我告诉你，你要是走了，可别后悔！

　　封　印：你放心吧，我不后悔！胖子，我们走！

　　胖　子：对，再也不帮你干这些坑人的勾当了！

（封印和胖子一起走出门去）

（黄老板看着两人离去的背影，将手里的香烟头狠狠摔在地上）

　　黄老板：（恶狠狠地）不识抬举的东西，以后别让我在市场里看到你们！

27. 封印住所 / 夜 / 内

（桌子上摆着一盘花生米、一盘炒鸡蛋和一瓶白酒，胖子和封印边吃边聊）

　　封　印：胖子，我琢磨着我们可以自己干，咱们规规矩矩做点生意，别再做那些偷鸡摸狗的事了。

　　胖　子：（兴奋地）哥，那太好了！以前给黄老板打工，只学会了短斤缺两和给甲鱼、牛蛙肚子里注水了！我们自己做最好了，可我们钱不够啊，还有我们到哪去找摊位啊？

　　封　印：（想了想）黄老板不是刚被收个摊位吗？

　　胖　子：好，我们就用他的摊位！

28. 封印摊位 / 日 / 外

（别的摊位热闹非凡，封印和胖子的摊位却门可罗雀。胖子在点着手里的几张钱）

　　胖　子：封哥，我们今天没卖出去多少啊。要是总这样，我们连摊费都不够了……

　　封　印：以前的一些客户现在不知道为什么不来了。

　　胖　子：封哥，一定是黄老板捣的鬼！不让他们来买我们的东西，要不我们主动和客户联系联系？

　　封　印：（摇摇头）不行，这种事情在生意场上是大忌，要是客户自己找过来，那个另当别论。如果是我们喊过来，就不好说了，你想啊！你喊他！他要是过来买货还算好，如果不过来再去和黄老板说这个事情，你说会怎么样？

　　胖　子：黄老板肯定会更加找我们麻烦！

封　印：他会四处造谣说我们恩将仇报抢他的客户，那样一来，同行和客户都会看不起我们！

（胖子低下头不作声了）

封　印：我们哥俩好好做，不作假，不少秤，不给客户死鱼死虾子，时间长了，会有人愿意和我们合作的！

胖　子：行，我听你的！咱们就这么干！

29. 海鲜市场 / 夜 / 内

（天空繁星点点，封印带着胖子出现在市场）

封　印：胖子你去摊位上准备出摊子，我去批发那边再补点货，不然货太少了，怕客户看不上！

胖　子：好的，封哥！

30. 封印摊位 / 日 / 外

（封印回到摊位，胖子正在把鱼缸里的鱼捞出来放到冰里）

封　印：怎么了胖子？

胖　子：这里好多鱼都翻肚皮快死了，我把它拿出来当死鱼卖，还能少亏点钱，如果死透了，就亏的更多。你不是教我要诚信经营吗？要是放在以前，我早就给调包了！

封　印：不许提以前，我们就要按我们哥俩事先约好的去做，不许反悔！

胖　子：我没有反悔，不过封哥你看看市场其他人，哪有像我们这样去做生意的啊？进活鱼，卖成死鱼，然后把死鱼卖成臭鱼，最后扔了！这个市场规矩已经坏了，你不搞鬼，你卖不掉，你不少秤，你就不赚钱，就看谁手狠，你越狠，赚得越多！你看看隔壁邻居，哪有死鱼卖啊？你看看我们，我们本来就没有多少本钱，现在天天赔钱害得我饭都不敢吃了。再说有些人只认价格，根本就不管鱼的质量好坏！

封　印：还有一部分人懂的。

胖　子：你把鱼杀完了送上车，他回家验货，验不出少秤也看不出死活，你说他们懂吗？

封　印：（沉默片刻）胖子，我们还是要诚信经营啊！

（胖子蹲在地上不讲话，封印欲言又止）

31. 封印住所 / 夜 / 内

（凌晨2点）

封　印：（起身摇晃着胖子）胖子起床了，马上时间不够了。

胖　子：我今天累了，不去了！

（封印想说话又止住了，把门带上走了）

32. 通往市场的马路上 / 夜 / 内

马路上，封印孤零零一个人走路的背影，在路灯下缓缓前行。

33. 李二瘸办公室 / 日 / 内

（李二瘸将好几沓钱锁进保险柜，转过身来坐在椅子上跷着腿愉快地哼着歌）

郭　权：（走了进来）李老板，你找我有事？

李二瘸：你最近表现不错啊，连黄老板那边的生意都快被我们挤垮了，还有你那同乡什么封印、胖子的，好像也不在他那边干了吧？

郭　权：（点点头）他们是自找的。

李二瘸：我准备做一笔大买卖，从国外进口一批黑蟹，我决定让你入股，作为对你的奖励！

郭　权：（兴奋地）谢谢李老板！我把我所有的积蓄都拿出来入股，以后只要有什么事，您尽管盼咐！

李二瘸：（得意地点点头）你放心，只要跟着我干，保你吃香的喝辣的！

（光头男子走了进来）

李二瘸：（看着郭权）你出去吧。

光头男子：李老板，发票和单证的事情我搞定了，按照现在的关税、增值税来算，一公斤进口黑蟹咱们就能逃税款九块五，您这招高价低报真是厉害啊！

李二瘸：哈哈，这笔弄成了咱们就发了！

光头男子：李老板，你这次真的打算让郭权那小子入股？

李二瘸：（淫笑着）我这不是最近手头有点紧嘛，再说，我把他拴住了，那倩倩还不乖乖地随我摆弄啊！这就叫一石二鸟，你啊，学着点吧！

光头男子：（竖起大拇指）您就是高！

李二瘸：哈哈哈哈。

34. 封印摊位 / 夜 / 内

（封印到了摊位刚收拾停当，周老板来买东西）

周老板：小伙子感觉挺面善啊？我们在哪里见过吧？

封　印：（尴尬地）可能吧，我有点想不起来了。

周老板：我是开饭店的，你身边应该还有一个胖子是吧？

（封印点点头）

周老板：我想起来了，一年前，你带着一个胖子，在我饭店门口找活干，是我告诉你让你们到海鲜市场来找活做的。你想起来了吗？

封　印：我想起来了！您这么早到市场来干什么？

周老板：我打完麻将刚散场，顺便过来看看海鲜！我最近把饭店升级成酒店了，可前段时间几十个客人在我那里用餐发生了食物中毒，结果工商、食药监局、卫生防疫和公安联合把我们酒店封了，最近才刚刚整改通过开门。

封　印：那您可要好好查一下了！

周老板：（点点头）今天我自己买一些回家试一下，看看是哪里出了问题，你给我这个10条，这个20条……

周老板：（递给封印一张名片）如果你的鱼确实好，价格也实在，我以后会天天派人找你买的，小伙子再见！

封　印：（看了一眼名片兴奋地）周老板再见！

35. 封印住所 / 日 / 内

（封印兴奋地回到出租屋，胖子还在睡觉）

封　印：（推了推胖子）告诉你一个好消息，今天的鱼卖完了！

胖　子：（一翻身起来）怎么卖完的？

　　（快镜头）封印把早上的事情叙说了一遍给胖子听。

　　胖　子：（一下子来了精神）那我们赶紧算算到现在为止赚了多少钱！

　　（胖子拿出计算器开始算账）

　　胖　子：（泄了气）哥，我们到现在还亏5300元呢！

　　封　印：不怕，我们现在不是有客户了吗，慢慢做肯定会赚回来的！

　　胖　子：（又倒在床上）那得哪一天才行啊。

　　封　印：今天哥请你吃红烧猪手和糖醋排骨，怎么样？

　　（胖子一听这话又蹦了起来）

36. 路边小饭馆 / 日 / 内

　　封　印：（一个劲地给胖子往碗里夹排骨和猪手）这段时间让你受苦了，兄弟！

　　胖　子：（含着猪手，傻乎乎地笑着）没关系，只要有肉就不辛苦了！

　　（封印看着胖子那个贪嘴样子，眼泪在眼里转了几圈没有掉下来）

　　封　印：今晚早点睡，你明天凌晨要和我一起去市场啊！

　　胖　子：（使劲咽下一口肉）没问题！

37. 封印摊位 / 夜 / 内

　　（封印和胖子刚把货放进柜台就有人过来）

　　一个陌生男子：你是封印吧？我是周老板的厨师长，你把这个单子上的货给我配齐。

　　封　印：周老板为什么不让采购员来买呢？

　　厨师长：昨天周老板在你这里买完鱼回去后对比了价格，然后又对比了鱼的质量，还是你的实惠，昨天晚上没有一个人投诉。所以，以后周老板会让你专门给他搞货，采购员以后不让他采购了，让他验货！以后采购员给你报单子，我和采购员合起来验货，我们周老板新店马上就要开业了，你好好做，以后全部都用你们的！

　　封印和胖子：（兴奋地对视了一眼，异口同声地）谢谢周老板！

38. 李二瘸办公室 / 日 / 内

（李二瘸坐在沙发上跷着二郎腿哼着歌，倩倩走了进来）

倩　倩：李老板，你找我？

李二瘸：（指指身边）啊，坐！

（倩倩犹豫着）

李二瘸：（眼一瞪）你过不过来？

（倩倩小心地坐在李二瘸旁边）

李二瘸：（一把搂过倩倩）倩倩，我当初看你在夜总会陪酒被其他姐妹欺负才收留你，还骗人说你是我老婆的表妹，让你在我店里做财务，你李哥对你好吧？（摸倩倩的脸）我让你假装嫁给郭权那个穷小子，是为了不让我那黄脸婆吃醋，可没让你真喜欢上他啊。这次我让郭权入股，以后你们发财了，你说你该怎么感谢我？

倩　倩：（挣扎着）李老板，你不要这样，我已经嫁给郭权了，而且他对我很好。

李二瘸：你在我面前装什么正经？今天你要是不答应我，我就把你以前在夜总会的事情都告诉郭权！

（李二瘸将倩倩按倒在沙发上，压在她身上使劲亲她）

（郭权走了进来，看到这一幕惊呆了。倩倩看到郭权赶紧使劲推开李二瘸，坐起来慌乱地整理衣服）

李二瘸：（一脸无所谓）郭权，你怎么来了？是倩倩说她喜欢我，这可不能怪我啊！

倩　倩：我没说……

李二瘸：（眼一瞪）嗯？

（倩倩低下头抽泣）

郭　权：（火冒三丈，指着倩倩鼻子）倩倩，想不到你竟是这样不要脸的人！以后我再也不想看到你了！

（郭权摔门而出，倩倩刚要追郭权，被李二瘸一把拉住）

李二瘸：他不要你我要你！

倩　倩：（一巴掌扇在李二瘌的脸上）你要是敢碰我，我就死给你看！

李二瘌：（捂着脸）哎呀，你个臭婊子你敢打我？来人！

（两个警察走了进来）

警　察：（拿出逮捕令）李德胜，你涉嫌走私海鲜，跟我们走一趟吧！

李二瘌：（惊慌地）怎么回事？我没走私，你们抓错人了吧！

警　察：没有证据我们不会随便找你的，走吧！

（两个警察将拼命挣扎的李二瘌架了出去）

倩　倩：（好不容易反应过来）郭权，郭权！

（倩倩追出门去）

39. 封印摊位 / 日 / 内

（胖子在摊位上忙碌着，封印送完货回来了）

胖　子：封哥你辛苦了，今天我们能赚多少钱？

封　印：还没算账，这段时间有周老板帮忙，应该不会亏啦！对了，周老板介绍一个大客户给我，他明天一早他就过来拿货！我想晚上把货拿好养起来，不然明天星期六时间来不及。

胖　子：那我们早点回家休息，晚上早点过来。

40. 渔之都海鲜门面 / 日 / 内

（桌上烟灰缸里塞满了烟头，黄老板愁眉苦脸地抽着烟）

一个工人：（走进来）黄老板，我们这次海鲜生意又被人抢跑了，我们该怎么办？

黄老板：怎么办？拿屁股办！

工　人：黄老板，我看封印又进了不少鱼，要不哪天你再把他请回来吧。

黄老板：他要能回来早就回来了，出去出去，别惹我生气！

（工人出去了，黄老板站起身来踱着步）

黄老板：（自言自语）断了你客户还弄不死你，这次我不会再给你机会了！

（黄老板将烟头狠狠捻在烟灰缸里）

41. 封印摊位 / 凌晨 / 内

（封印和胖子走向自己摊位，忽然两个人停住了脚步，只见柜台里一片白花花的死鱼）

胖　子：（惊慌失措地）封哥，这……这是怎么回事？

（封印赶紧打开柜台用手捞鱼，没有一条活的）

胖　子：（看着死鱼自言自语）完了，全完了……

（封印咬着牙，狠狠一拳砸在柜台上）

42. 封印住所 / 日 / 内

（胖子在收拾行李）

封　印：胖子，哥也不想这样，我没想到市场会停电，而且停得那么蹊跷。你放心，我一定会查出原因的！

胖　子：查出来又能怎么样，鱼死光了，所有的本钱都赔了还不够，倒欠外账几千块，我们拿什么翻本啊？

封　印：我出去借钱，我们还可以从头再来的。

胖　子：（摇摇头）封哥，这水产太难做了，我们想凭良心做生意，可总有人看我们不顺眼，到处使坏！我不想干了，我去我迈皋桥姑妈那边，她早就叫我过去和她一起卖猪肉，你要想去我们一块去，你要不想去就算了，亏掉的我的钱，你不用还我了。

（胖子关上门走了，封印双手抱头沉默着，猛地拿起桌上的白酒使劲灌了下去）

（转场）

43. 酒吧 / 夜 / 内

（郭权使劲地将一大杯啤酒灌了下去，人也趴在了吧台上）

郭　权：再给我拿两杯啤酒！

服务员：（端来两杯啤酒）先生，我们要下班了，您买一下单吧。

郭　权：（口齿不清地）买……什么单？我要酒知道吗？

（服务员叫来了老板和保安）

服务员：老板，来个不买单的。

酒吧老板：妈的，喝霸王酒喝到我店里来了！给我打，打到他掏钱为止！

（保安将郭权拖下来拳打脚踢。豹哥和两个手下人走过来，豹哥一扬下巴，两个人拦住了保安）

酒吧老板：（满脸堆笑）豹哥，怎么了？

豹　哥：这人没钱付账，是吧？

酒吧老板：豹哥，您认识？要是认识那就算了。

豹　哥：给他！

（手下人将几张钱塞到酒吧老板手里）

酒吧老板：豹哥，我哪好意思要您的钱啊……

豹　哥：把他带回去！

（两个手下将郭权架起来跟着豹哥走了）

酒吧老板：谢谢豹哥！豹哥慢走！

44. 酒店卧房 / 夜 / 内

（郭权在床上醒来，四处看看发现在宾馆）

豹　哥：（走了进来坐下）你是李老板那里的吧？

郭　权：你怎么知道的？

豹　哥：你不要问我怎么知道的，我叫豹哥，在社会上也混了一些年。李二瘸、黄德胜这些人见我面也不敢说个"不"字。我是念你能做事才救你的，你以后跟我干吧。李二瘸走私被抓了，所有的资产都被没收了。

郭　权：（低下头）我的钱也跟着没了……

豹　哥：这种走私生意本来就风险大，你当初就不应该参与进来。

郭　权：豹哥，那你知道倩倩怎么样了？

豹　哥：她是你老婆吧？你自己怎么不和她联系啊？

郭　权：（低下头）我……我……

豹　哥：她没什么事，还在以前那个店干，以前那个店的法人不是李老板的名字，所以店没被没收。

郭　权：没有事我就放心了，我现在不知道该怎么面对她。

　　豹　哥：你们的家事你们自己解决，这个酒店我负责管理，如果你愿意，你就来负责酒店所有采购问题，不过别弄虚作假，我们周老板最讨厌不诚信的人。

　　（郭权想了想，重重地点了点头）

　　豹　哥：（站起身拍拍郭权的肩膀）好好干，我不会亏待你的！

　　（豹哥走了，郭权双手抱头，沉默不语）

45. 封印摊位／日／内

　　（封印一个人埋头干活，衣衫不整头发蓬乱。张婷打扮得干干净净，拉着行李箱呆呆地站在封印身后看了半天，封印没有发现张婷。张婷扔下拉杆箱跑过去从封印身后抱住他。封印一愣，回头一看是张婷）

　　封　印：张婷，你怎么来了？

　　张　婷：封印哥，我想你了。

　　封　印：你快放手，我身上这么脏，这是市场，别人会看笑话的。

　　张　婷：我不放！你答应要娶我的，你说话还算不算话？

　　封　印：张婷，我……我说话一定算话！

　　张　婷：那就好，我来就是和你结婚的，走，你现在就跟我走！

46. 封印住所／日／内

　　（墙上贴着大红的双喜字，张婷和封印一起正忙着收拾）

　　封　印：张婷，我们领个结婚证，贴个双喜字就算结婚了啊？这样也太对不起你了……

　　张　婷：你啊，就别想那么多了，日子过好了才是真的！从今天起，你的生活起居必须听我的，生意上我听你的，好不好？

　　封　印：好，我听你的！

47. 一组蒙太奇

　　A. 大雨天，封印骑着摩托车驮着货在市场和每个酒店之间穿梭。

B. 封印回到家，张婷心疼地拿毛巾给他擦汗。

C. 封印听着张婷肚子里胎儿的心跳，两个人露出开心的笑容。

D. 封印和张婷在市场辛勤地工作，张婷接过客户递过来的钱，双方开心地交谈着。

E. 封印带着张婷穿梭在二手车市场，看看这比比那，最后终于选定了一辆面包车，开心付钱。

F. 封印在市场用自己的车帮同行们运货，大家纷纷感谢。

48. 某市场卖肉摊／日／内

（腰上围着围裙的胖子坐在圆凳上发呆，一个顾客走过来）

顾　　客：这肉怎么卖的？

胖　　子：买活的，还是死的？

顾　　客：（生气地）你这说的是什么话！神经病！

（顾客气哼哼地走了，胖子姑妈走过来）

胖子姑妈：哎呀，我说你做事能不能用点心，这是在卖肉，不是卖鱼！别整天惦记着以前那点事了，真是的！

（胖子低下头不讲话）

49. 封印摊位／日／内

（封印和张婷正热情地接待一位大娘，一个青年走过来）

青　　年：老板，给我称五斤虾子。

（封印麻利地称好虾收钱交给青年。青年转身走了，过一会气势汹汹地走回来）

青　　年：（将塑料袋往封印摊位上一扔）老板你家也太黑了吧？五斤虾子只给三斤半，里面还一半是死虾子！

封　　印：不可能，我家从来不做这种黑心事！

青　　年：（把塑料袋往隔壁摊位的电子秤上一扔）你们大家看看，是不是三斤半！

（一些顾客围拢过来看热闹）

青　年：（将虾子倒在柜台上）一半是死虾子，我没有冤枉你吧！你说，这事怎么解决？

张　婷：（急了）你这人怎么这么说话呢？该不会是你把我们虾子给调包了吧？

青　年：（将塑料袋拍到张婷的脸上）你看看是不是你家塑料袋？

（张婷踉跄两步差点摔倒，封印赶紧扶住张婷，接着一步从柜台里跳出来，一拳打在青年的脸上，青年撞在一妇女身上，两人一起摔倒）

封　印：你欺负我老婆？！我打死你！

青　年：（捂着脸大叫）短斤少两还打人了！没有王法了！没有王法了！

两个市场管理人员：（走过来）怎么回事？

青　年：他短斤少两还打人，我脸被他打伤了！

妇　女：（也倒在地上捂着脚）哎呀，我的脚啊！

封　印：（气愤地）他欺负我老婆！还诬赖我们短斤少两！

管理人员：你们都跟我走吧，把事情说清楚。

（管理人员将封印和青年带走了）

张　婷：老公，老公！

（角落里躲着的黄老板看到这一幕脸上露出得意的笑容）

50. 派出所 / 日 / 内

封印在签字，封印签完字往门外看了又看，被带走了。

51. 封印摊位 / 日 / 内

（张婷一个人在摊位捞鱼、卖鱼、杀鱼，一碗面条放在摊位旁边，还没有动一口。张婷额头冒出很多汗。过来一个客户，张婷正准备介绍）

右手摊位的胖胖女老板：（开始吆喝）基围虾、鲈鱼便宜卖了，来来大哥我家便宜！您看看要什么？

左面的摊位女老板：（也开始嚷起来）大哥您过来看看，我这个虾子全是活的，鲈鱼、桂鱼都是刚到的货，比她家（手指指张婷）便宜5块怎么样？都是活的，绝不短斤少两！

（张婷看了看左右隔壁，低头继续干活）

一个客户：（走过来）老板娘，给我鲈鱼2条，基围虾2斤。

（隔壁两个女人互相对视了一下，胖女人冲过来抓住张婷就打）

右手摊位的胖胖女老板：（边打边说）早就想教训你了，老子看见你那清高的样子，我他妈心里就有火！

买货大哥：（赶紧过来拉架）你们怎么能这样欺负人呢！你们太不讲道理了！

（其他围观的人群也帮着拉架，胖女人被劝回了自己摊位）

（张婷头发蓬乱，脸上也划伤了）

张　婷：（对着买货大哥鞠了一躬）大哥，谢谢你！

张　婷：（对人群又鞠了一躬）谢谢大家，我在这里和大家说清楚，我家向来本本分分做生意，从来没有短斤少两、以次充好过，请大家相信我们！

买货大哥：小姑娘我相信你，我知道你是规矩生意人，好好做，我还会来买你的货！

（张婷使劲点点头，眼泪流了下来）

52. 郭权办公室 / 日 / 内

（郭权坐在办公室里刚放下电话，敲门声传来）

郭　权：进来。

采购经理：（走过来）郭经理，这个月的采购计划您看一下。

郭　权：（点点头）好。

（采购经理刚要走，郭权喊住了他）

郭　权：现在给我们供货的这个封印是哪个市场的？

采购经理：是惠民海鲜市场的。

郭　权：这人人品不好，你这几天给他找点麻烦！知道吗？

采购经理：（一脸奸笑）您放心，我一定给您办好！

（豹哥走了进来，郭权连忙站起身来）

郭　权：豹哥，你有事找我？

豹　哥：（点点头坐下）嗯，是关于惠民海鲜市场的一点事，也包括你老婆。

  郭　权：倩倩？

53. 大酒店后门验货区 / 日 / 外

（张婷租的海鲜市场送货车给酒店送货）

  厨　师：呦，今天换美女来送货啦！哎呀，今天的货质量不太好啊。

  张　婷：不会吧！我挑的都是我家最好的货，怎么可能不好呢？

  厨　师：来来来，你看看这个鱼，都要死了，不能要！不能要！

  张　婷：大哥帮帮忙吧，我老公不在家，我一个人不容易，到现在早饭还没有吃了。

  厨　师：我理解你们做水产的不容易，但是你也要理解我啊！我也端老板的饭碗啊！来库管，把这几条鱼退给他！

54. 酒店后场 / 日 / 内

（厨师回到后场，郭权走过来）

  郭　权：今天有人送货来吗？

  厨　师：有，郭经理，就是封印那家！您放心，全按您吩咐做了！

  郭　权：好！就该让他明白恶有恶报的道理！

  豹　哥：（走过来）郭权，我有件事要和你说一下，我也是刚知道情况，是关于倩倩的事。对了，还有封印的，好像和你以前说的不一样！

（郭权愣在那）

55. 马路上 / 日 / 外

（张婷费力地抱着剩下的鱼往出租货车上走，出租货车司机赶紧下来帮忙。张婷坐在出租货车的副驾驶位置上，窗户半开，脸侧到一边眼泪唰唰地往外流，出租货车驾驶员欲言又止。张婷用手擦眼泪，看见自己的双手除了裂纹就是伤口，又哭了起来）

  司　机：你没事吧？那些酒店就是欺负人！

  张　婷：（摇摇头）我没事，走吧。

56. 看守所门口 / 日 / 外

看守所小门打开，封印走了出来。封印抬起头看看天空，深吸一口气，向家走去。

57. 封印住所 / 日 / 内

（张婷正忙着做午饭，门推开，封印走了进来）

张　婷：老公！

（张婷上前抱住封印，眼泪哗哗往下流）

封　印：老婆你辛苦了！这几天你怎么样，没人欺负你吧？

张　婷：（摇摇头）我没事！

封　印：（抓起张婷的手）老婆你的手……怎么贴这么多创可贴啊？

张　婷：没事，你不在的这些日子，我帮客户杀鱼刀划的。

封　印：你的脸是怎么回事？你不会和别人打架了吧？

张　婷：晚上走夜路树枝划的，已经好了，我们吃饭吧！

封　印：好，吃完晚饭我们去外面走走。

58. 封印住所旁的小路 / 夜 / 外

（封印和张婷走在小路上，张婷紧紧地抱着封印的胳膊）

封　印：老婆，我在看守所里想明白了一个道理，做生意大家都想赚钱，为了赚钱有些人就会不择手段，就比如黄老板、李二瘸。

张　婷：嗯！

封　印：他们整天想着打垮我，就是因为我不和他们同流合污，妨碍了他们赚亏心钱。可社会在向前发展，他们的做法不会长久，到最后大家还是愿意和那些诚信经营，货真价实的水产人合作。

张　婷：（点点头）对，周老板就是！

封　印：这几天我想过了，我们可以做批发，我去找一手货源，进货便宜质量还好，这样那些摊点从我们手里拿货就可以多赚点了。我再去把胖子找来，这样我们人手就够了。

张　婷：那你要选对品种才行。

封　印：我早就看上江鲫鱼和鳕鱼两个品种了，我也了解过这个品种源头在哪里，石家庄和天津是主产地，我准备明天就去看看！

张　婷：好！

59. 一组镜头

A. 封印背着背包在火车站过安检的背影。

B. 到石家庄水产市场和同行交谈的情景、告别的情景。

C. 封印转车往天津宁合下车、询问的情景。

60. 养殖场 / 日 / 内

（厂长和封印签合同）

厂　长：封总，您放心，我们的货源不但价格有优势，我们的质量比价格更好啊！（封印点头）你就把我们的鱼做大做强就可以了！

封　印：（和厂长握手）放心吧，我一定会的！

61. 封印门店 / 日 / 内

（黄老板店的对面，封印、张婷带人在装修门面。胖子背着包走过来）

胖　子：封印哥、嫂子，我回来了！

封　印：胖子，别傻站着，把那个门头上的字递给我。

胖　子：哎，来了！

张　婷：（笑着）老公，胖子刚来你就让人家干活，不让他歇歇了？

封　印：都是自家兄弟客气啥，干完了中午带你吃猪手去！

胖　子：好嘞！

（大家热火朝天地忙活着）

（切）对面，黄老板从窗户缝里看着，手里拳头攥得死死的。

62. 封印门店 / 日 / 内

（封印带领大家召开会议）

封　印：为了今后更好地发展，我决定明天开始招工人，培养下一个店的技术人员！我现在宣布，胖子为店长！从现在开始，大家一起努力！

63. 高速公路 / 日 / 外

（封印和胖子开着拉鱼的车行驶在路上。车子一颤。）

胖　子：不好，车熄火了！

封　印：高速公路上千万不能出现问题，赶紧看看！

（胖子打开水箱）

胖　子：没水了，不应该啊！昨天该检查的都检查了啊！

封　印：现在只有一个办法，快点加水！

胖　子：这荒郊野岭天又快黑了，上哪里搞东西加水啊？

封　印：我们两个人有两双靴子，可以到护栏外面装水。

（两人一边加水一边开，快到出口，车子打不着火了）

胖　子：（下来检查）表哥，电瓶没有电了！

封　印：推！还有十公里就可以出高速了，那里有修车厂！

（封印和胖子光着脚一手扶住方向盘，一只手推车，哥俩艰难地前行）

64. 封印门店门口 / 夜 / 内

（封印的货车开到市场，其他工人赶紧卸货，一片忙碌）

胖　子：封哥，幸亏现在到站，再晚半小时这鱼恐怕就不行了。

封　印：（点点头）胖子，还记得我们那一次死鱼的事情吗？

胖　子：（点点头）我记得。

封　印：如果今天这车鱼死了，你会不会再选择离开？

胖　子：（摇摇头）不会！

封　印：为什么？

胖　子：我想明白了，人总要面对挫折，摔倒了再爬起来，因为他知道自己喜欢什么，想要什么。封哥，我这是跟你学的。

封　印：（笑了）胖子，你成长了！

胖　子：必须的，封哥！

65. 倩倩住所 / 日 / 外 / 内

（郭权拎着一堆礼物来到了倩倩的出租屋前，停住脚步。倩倩走回来，郭权赶紧躲起来。一个小孩子跑了出来抱住倩倩）

小　孩：妈妈，你回来了！

倩　倩：嗯，今天听奶奶话没有？

小　孩：（点点头）听了。

（郭权走出来）

倩　倩：（愣住了）郭权？

郭　权：（一脸愧疚）倩倩，我对不起你，你打我也行，骂我也行，只要你能原谅我！我不该听李二瘸的话，我冤枉了你，也冤枉了封印兄弟。我太傻了，我还小心眼，我不是男人！

（郭权用手用力地打着自己耳光）

倩　倩：（抓住郭权的手）你别打了！这些你都是听谁说的？

郭　权：是豹哥告诉我的，他要不说，我还一直蒙在鼓里。从此以后，我一定好好对你，我再也不会辜负你了！你相信我！

倩　倩：（流下眼泪，想了想）看在孩子的面上，我可以原谅你，不过这种事情不能有第二次，不然你就永远都见不到我了。

郭　权：我对天发誓，我要再对你不好，就把我扔到海里喂鱼！

倩　倩：进去吧！

66. 渔之都海鲜门面门口 / 日 / 内

（李老板一瘸一拐地带着一群人路过黄老板店的门口，正好碰到黄老板）

黄老板：（假装不知）这不是老李吗？这段时间到哪里发财去了？

李二瘸：老黄，唉，别笑话我了，我现在出来了……要不，我们哥俩好好聊聊？

黄老板： 好啊！

67. 市场门口茶社 / 日 / 内

（李二瘸和黄老板坐在一起）

李二瘸： 我听说别的市场鳕鱼很好卖，而且利润可观，咱们俩联手做怎么样？

黄老板： 这个品种是不错，可封印那小子已经做了，而且就在我家对面，要是两家一竞争，就会没有利润，做到最后可能会往里亏钱。

李二瘸： 那个封印是吧？如果是我，我早就让他关门走人了！

黄老板： 我都弄了他好几次了，以前我把他电停了，他鱼都死光了，差点就完蛋，我还找人去他摊位找茬，没想到他关几天就被放出来了，前段时间我又在他运输车上做手脚，结果这小子命大，居然还没事！你说，还让我怎么做？

李二瘸：（笑着用手指点着）老黄啊，老黄，你也够毒的了！不过时代变了，也不能光背地里下绊子，还要拉拢团结嘛。这样，你找他谈谈，让他和我们一起干，反正他玩头脑也玩不过咱们两个，你还怕他不成？

黄老板： 要是他不听话呢？

李二瘸： 那就给他点颜色看看不就得了！你擅长玩阴的，我擅长玩狠的，咱俩联手还对付不了他，那不就出鬼了嘛！

黄老板：（点点头）行，就这么做！

68. 封印门店门口 / 日 / 内

（封印正在擦新买的黑色越野轿车，张婷走了过来）

张　婷： 你明天就走了啊？

封　印：（点点头）我明天去谈个客户就回来，很快。

一个青年：（走过来）封老板吧？我们老板想和您谈笔生意，您有空吗？

69. 市场门口茶社 / 日 / 内

（封印随着青年走进茶社的包间，青年退出。黄老板正坐在屏风前喝茶）

封　印：黄老板？

黄老板：封老板啊！好久没和你聊天，我还真有点想你啊！

封　印：你有什么事情你就说！

黄老板：好，那我就不绕弯子了，那个银鳕鱼的生意你不要做了，如果实在想做，就和我合作，你觉得如何？

封　印：（笑了笑）我不明白你的意思。

黄老板：我的意思很清楚了，我现在准备和李老板联手做这个生意，从明天开始，你就不要进货了，如果想进货，你要从我这里买，知道吗？不然的话，后果你应该是清楚的！

封　印：（点点头）原来是这样啊……那我恐怕要让你们失望了，这市场这么大，谁有本事谁就做。更何况，我批发的价格比很多市场都便宜，那些从我手里拿鱼的摊点也可以多赚点钱，你要是可以给摊点便宜的价格您尽管做，我不会挡您的财路。更何况，我这人不会坑蒙拐骗，只会老老实实做生意，和您合作，恐怕我适应不了啊！

黄老板：那你的意思就是没得谈了？

封　印：（站起身）黄老板，我只会和有良心的人谈生意，对不起，我还有事，先走了。

（封印打开门走了出去）

黄老板：老李，你都听到了吧，这小子油盐不进啊！

（李二瘸从屏风后一瘸一拐地走出来）

李二瘸：既然这样，那我们就不用客气了，反正挡我财路者，都他妈的没有好下场！

黄老板：行，我早就想出这口恶气了！

70. 倩倩办公室 / 日 / 内

（倩倩在打电脑，李二瘸走了进来）

倩　倩：你怎么来了？

李二瘸：我来拿钱啊，准备好了吗？

倩　倩：我没有钱给你。

李二瘸：（拿出一张欠条）没有钱？那你把这张欠条签了也行。

倩　倩：（接过欠条看了看）五十万，三天时间？我上哪去弄这么多钱啊！

李二瘸：你没有，郭权有啊，他现在在酒店干得不错，他会有办法的！

倩　倩：这个店的店主也不是你的，再说我每年都交房租，这欠条我不能签！

李二瘸：你要不签可就别怪我不客气了，来人！

（两个手下走进来）

倩　倩：你要干什么？

李二瘸：把她给我带走，我就不信郭权不管你！

（两个手下上来拖倩倩）

倩　倩：放开我！放开我！

（倩倩被拖走了）

李二瘸：（看着办公室里的东西狞笑着）我失去的东西，要一样不少地拿回来！

71. 封印门店门口 / 日 / 内

封印发动了黑色越野轿车，与张婷挥手告别，将车开走了。

72. 郭权办公室 / 日 / 内

（郭权正在给员工分配任务，桌上的电话响起，郭权拿起电话）

{双屏分画}

（仓库里）李二瘸：郭经理，我和你说个事儿，请你不要激动。你老婆现在在我手里，我限你在半个小时内带着十万现金赶到西城区那个废弃的仓库，要是晚了，恐怕就难说了。记住，不要报警，只许一个人来！否则后果自负！

郭　权：（大喊）李二瘸，你要是敢动倩倩一根手指头，我和你拼了！

李二瘸：那就看你的表现喽！

（李二瘸挂断电话）

{双屏分画结束}

（郭权急匆匆走出门去）

（此处接2—6场）

73. 废弃仓库 / 日 / 内

（仓库内，倩倩坐在椅子上，旁边两个手下在看着她。李二瘸拖着一条瘸腿走来走去。仓库门口传来一阵吵闹声，两个手下押着背着包的郭权走进来）

郭　权：（看到倩倩）倩倩，你怎么样了？

倩　倩：我没事，郭权。

（郭权使劲挣开两个手下，走到李二瘸身旁）

郭　权：（把包递给李二瘸）李二瘸，钱我带来了。

（李二瘸接过包打开看了看，点点头）

李二瘸：郭权，你还真是个有情有义的人啊！哈哈！

郭　权：李二瘸，你走私被抓，害得我也把钱赔光了，这件事我不和你计较。现在你要的十万块钱我也给你带来了，你放了倩倩，从此以后咱俩两不相欠！

李二瘸：两不相欠？先不说我带着你赚了那么多钱，就是倩倩我这些年也操了多少心！你一句两不相欠就算了？那也太便宜了吧！

倩　倩：李二瘸，你怎么不说这些年我们两个给你赚了多少钱，帮你做了多少坑蒙拐骗的事情！你这瘸腿老色狼还一天到晚打我的主意，害得我们夫妻反目。李二瘸，你不是人！

李二瘸：（拿出那张五十万的欠条）郭权，只要你把这张欠条签了，我们就算两清了。不然，呵呵，我的手段你是知道的！

倩　倩：我们凭什么给你五十万？

李二瘸：就凭郭权这段时间混得这么好，让我心里不痛快！你要不给也可以，那我就把你以前那点破事讲给郭权听听。

（倩倩脸上露出害怕的表情，李二瘸见状又得意起来）

郭　权：李二瘸，你讲吧，不就是倩倩以前在夜总会陪过酒吗？不就是她的身份是你伪造的吗？我什么都知道了，我可以大声告诉你，不管倩倩以前干过什么，我都爱她，我永远爱她！

倩　倩：（感动得掩面哭泣）郭权，原来你都知道了。

李二瘸：妈的！我是来管你们要钱来的，不是看你俩来秀恩爱的！你到底签不签？不签我把倩倩扔到海里喂鱼去！

郭印：（慌了）你别乱来，我签！我签！

（郭印签了字）

李二瘸：早这么痛快不就得了嘛，叽叽歪歪跟老娘们似的！把他俩都给我绑到一块！

郭　印：李二瘸！你说话不算话，你说了要放了倩倩的！

李二瘸：我说话啥时候算过话的？神经病！

（手下将郭权和倩倩绑到了一起）

手　下：（凑到李二瘸身边）老板，怎么处置他俩？

李二瘸：我给封印那小子打过电话了，等他来了再说！

（黄老板和光头男子等人兴冲冲地走了进来）

黄老板：老李，怎么样了？

李二瘸：差不多了，现在就等封印那小子来了，我让他也签一份合同，让他永远滚出我们市场！

（门口传来一阵打斗声，封印将门口的两个手下打倒闯了进来）

封　印：我来了，你们想干什么？

黄老板：封印，看不出你还是有点弟兄情谊啊！

封　印：你们把他们两个放了！

李二瘸：放了可以，只要你在这张纸上签个字，把你的店面无偿送给我，然后永远退出这个市场，我就放了他们！

封　印：把纸拿来！

郭　权：封印兄弟，你别信他们的鬼话！

（李二瘸拿来合同，封印迅速地签好字）

封　印：这下可以了吧！

（李二瘸和黄老板看着纸上封印的签字，两个人开心地互相挤眉弄眼。黄老板使了个眼色，光头男子和两个手下突然将封印抓住，封印拼命挣扎，还是被绳子捆了起来）

李二瘸：老黄你这是？

黄老板：（凑近李二瘸的耳朵边）老李，这次放他们回去，你能保证他们不告发我们？

李二瘸：那你的意思是？

（黄老板做了个砍头的手势）

李二瘸：（惊讶地）老黄你疯了？咱们是来求财的，不是来害命的！看不出来你他娘的比我还狠啊！

黄老板：我看到封印这小子就来气！

李二瘸：（想了想）要不就依你吧，咱们伪造个翻船事故，这样就差不多了！

黄老板：（一挥手）把他们带到海边去！

（手下们押着封印三人准备往外走）

豹　哥：我说你们这么做也不怕遭报应？

（黄老板和李二瘸一惊，豹哥带着十几个兄弟走了进来）

豹　哥：李老板、黄老板，记得我当年在水产市场上闯荡的时候，你俩还不知道在哪待着呢！想当初，我坑蒙拐骗的事情也做了不少，现在想想真是后悔啊！我想你们二位不地道的事也做了不少吧！做人，还是本分一点好，吃不了大亏！

黄老板：（满脸堆笑）是，是豹哥，我们跟他们开玩笑的！

李二瘸：对，我们闹着玩的，快给他们松绑！

（手下们赶紧给倩倩、郭杈和封印松绑）

郭杈、封印：谢谢豹哥！

豹　哥：不用客气，你们的事我肯定要管，这也是周老板的意思，毕竟周老板希望大家以后可以一起规规矩矩做生意。

黄老板、李二瘸：豹哥，那我们就不打扰你们了，我们先走了！

豹　哥：（摇摇头叹口气）唉，依我看你们今天恐怕是走不了了。

（张婷、胖子带着几个警察来到仓库门口）

大　家：封印哥，你没事吧？

封　印：我没事，（问张婷）你还好吧？

张　婷：放心，我没事！

警　察：李德胜、黄永郎，你们涉嫌绑架、敲诈和黑社会犯罪，跟我们走一趟吧！

（警察将黄老板、李二瘸和手下们押走了）

（封印、张婷、胖子、郭权、倩倩等人露出了欣慰的笑容）

字　幕：一年后

74.村头鱼塘／日／外

（两辆车开过来停在村头的鱼塘旁，封印、胖子、郭权和抱着孩子的张婷与倩倩走下车来，深情地看着眼前一个个鱼塘）

封　印：（感慨地）真想不到，我们村也可以变得这么美啊。

胖　子：当初我从村里出来的时候只是想着能吃饱一点，没想到今天我们在全村开了这么多鱼塘，早知道这样我就不出来了，天天在村子里吃鱼！

封　印：（笑道）现在你也可以吃啊。

张　婷：封印哥，当初我天天盼着你回来，没想到现在我们一家三口一起回来了！

封　印：再过二十年我们还会带着孙子回来的。

郭　权：封印，你出资带领大家搞生态养鱼，全村人都会感谢你的！

倩　倩：是啊，以后我们产供销一条龙，品牌就可以做得更强、更大了，那时候你们村就成小康村了！

封　印：（点点头）到那个时候，我们就可以骄傲地说，我们是平凡的水产人，我们是骄傲的渔者！

（一只海鸟从大家头上鸣叫着飞过，大家抬起头，视线随着海鸟一直飞向鱼塘外那一望无际的大海）

完

网络电影《渔者》已在爱奇艺上映

霍家拳之威震山河（节选）

王梦灵 编剧、导演，中国戏剧文学学会会员，江苏省视协会员。曾获第三十一届世界戏剧节展演剧目奖，第七届江苏省"五个一"工程奖金奖（戏剧），第二届亚洲微电影艺术节"金海棠奖"，首届"心随影动"微电影节最佳导演，第三届宁波国际电影节最佳编剧等奖项。

1. 民国初上海空镜　黄昏　外

上海街景，电车，市井。

各色东洋人、西洋人，穿旗袍的女人，买烟的，擦鞋的，报童在街道上各自叫卖。一辆警署的汽车威风驶过，十几名警察持枪在汽车后面列队奔跑。

（画外音）上世纪初的旧上海，人们称它是东方巴黎，也是西方冒险家的乐园。这里洋人横行，洋货充斥，荡漾着浓郁的西洋风情和十里洋场的纸醉金迷。然而有一种鲜为人知的竞技形式——黑市拳，它残酷血腥，游离于武术道德之外，在这个新兴的东方魔都悄然滋生……

2. 黑市拳场　夜　内

镜头随着地下拳馆天窗和射灯摇下。热闹的地下竞技场，炫目的光线，沸腾得近乎疯狂的观众们。一部分人拿着银圆和银票向筹码窗口簇拥着进行押注，四周站着多名戴礼帽的黑衣人。

拳台上，一名猴拳把式的中国武师和一名朝鲜跆拳道高手交战，几个回合后不敌，被犀利的腿法踢出拳台。跆拳道拳师趾高气扬地挥舞手臂吼叫着，向台下做着鄙视的手势。

3. 黑市拳包厢　夜　内

（走到二楼包厢的西洋拳师詹姆斯靠着栏杆，看着擂台哈哈大笑，他的手拍在魏一平的肩膀上）

詹姆斯： 魏，这就是你们的中国功夫？真的有点担心会浪费我的胶片。

（詹姆斯回身坐进老板椅里，身后的几个随从扛着帆布蒙着的物件过来）

詹姆斯： （微笑）魏，我给你带来了一个好东西。

（詹姆斯打了个响指，一名助手拉下一台机器上的蒙布，露出摄影机）

魏一平： 这个是？

詹姆斯： 这个叫摄影机，把这个安装在我们的拳台旁边，这样，我们可以把中国拳师的功夫录下来，回去好好研究。

魏一平： （吸了口雪茄）什么意思……偷学中国功夫？

詹姆斯： （摇摇手指）NO，NO，魏，你的话很不好听，我们很希望把中国功夫传播到我们那里，传播到世界各地，让更多的人了解功夫，这叫作文化交流。

魏一平： （猛吸烟）我要是不同意呢？

詹姆斯： （起身拍拍魏一平的肩膀）魏，你要知道，你这个拳庄被我收购了，我是你的老板。只有你这种无规则的黑市拳比赛我才能拍摄到绝招。你是个聪明人，你一定会同意，这个世界上，聪明人不会和命运开玩笑。

（魏一平呆立着，额头渗出汗珠，手中的雪茄烧灭。摄影机架设在二楼楼梯旁拍摄，操作员更换着镜头和胶卷）

4. 黑市拳场　夜　内

主持人： （瘦小干枯的主持人精神来了）就这样也叫功夫？哈，老少爷们，你们看看，睁大眼睛看看呀，就这样的三脚猫也能算是功夫，耍猴呢？哈哈哈，难怪人家洋人说中国功夫中看不中用，花架子，打在身上呀，就像女人挠痒痒似的。哎哟，我好痒……

几个群众：（指着主持人议论）搞得他自己和鬼佬似的。

（突然主持人嘴里多了一只鸡骨头。他刚拽出来，腿脚不稳跪倒在地，又被一只拐杖支起头，一脚踩到脚面。主持人张口大嚎，一只酒葫芦正举在他张开的嘴上，酒倒进他的嘴里。一个衣衫褴褛，醉醺醺的叫花子，拐杖一缩手，主持人跌倒在台上）

主持人：（拼命挣脱，一阵咳嗽）哪里来的臭叫花子，疯啦，找死啦？

（主持人一抹，一脸的血，顿时号叫起来）

叫花子：（对着葫芦美美地喝了一口酒）酒是个好东西呀，叫花子请你喝酒……多喝点，喝了酒，就会说人话了。

跆拳道武师：（一指醉拳武师）你？干什么的！

叫花子：就是来……干倒你的。

（叫花子话音未落就出手，将拐杖迅速击打跆拳道武师几处要穴，跆拳道武师连连后退，被叫花子逼到拳台角。突然叫花子衣角被风吹起，他贴地一倒，避开迅猛一击。东洋武士出现，他将劈出的东洋刀拔出鞘，冷视叫花子）

叫花子：嘀……偷袭……哦，东洋人。

（二人交手打斗）

主持人：没签生死状呢？（台上打斗没有停止）你使用了拐杖，那就由东洋武士的剑道来迎战。

（叫花子几个回合将东洋刀打飞）

叫花子：（半醉半醒对着跆拳道武师喊着）来，再来，哈哈哈。

（跆拳道武师和东洋武士联合泰拳高手，一起冲向叫花子）

5. 黑市拳包厢 夜 内

（詹姆斯翘起了腿，露出满意的神情）

詹姆斯：（指着打斗的拳台，向魏一平）这个人，有点意思。

6.黑市拳场 夜 内

众人发出惊叹,难分胜负,在轮番攻击下,叫花子被三人连续重击,踢下拳台。摄影助理举起镁光灯,摄影师忙不迭按下快门。镁光一闪,叫花子被击飞的瞬间被定格。镜头拉出,定格照片黑白化,被印在《申报》的一条新闻中,标题是:"黑市拳本土高手连败,中国功夫恐蒙羞"。

7.旧上海街区 日 外

报 童:号外号外,黑市拳本土高手连败,中国功夫恐蒙羞。

(报童将这份印有拳师交战的报纸递给黄锦鹏。黄锦鹏凝视不语,面有愤懑)

8.霍家武馆门前 日 外

街道的外景,人群空镜。武馆牌匾。
镜头越过门头向院内。

9.霍家武馆院内 日 内

〔院内的训练台上,二十个十七八岁出头的男弟子对打练拳。一名身披黑色袍,面具蒙住脸的黑衣人(小玉)出现在训练台下。众人停下,莫名其妙地议论〕

师兄弟:(纷纷)喂,你是谁呀?

(黑衣人一跃飞身上台,伸出手,食指向众人勾了勾)

众师兄弟:(愤怒地)这谁,是来踢馆的吧……这么无礼,揍他……对,揍这家伙!

(两名年轻师弟扑上前,被黑衣人两腿踢倒)

众师兄弟:大家一起上!

(众人上面围攻黑衣人,不断有师兄弟被黑衣人打出战阵)

倒在地上的师兄弟们:(面面相觑)这,这怎么回事?是本门武功。

（众人使个眼色，一起向黑衣人击去，黑衣人脚底一滑，门户大开。突然一人飞身挡在黑衣人身前，格开了众人合力一击）

众师兄弟：大师兄！

黄锦鹏：（拿着报纸微微一笑，转身对黑衣人）师妹，你太调皮了。

（小玉气恼地脱下衣服，摘下面具摔在地上）

小　玉：哼，大师兄，讨厌死了！

众　人：（一起嚷嚷）小师妹，你搞什么呀，还嫌我们不够累呀？

小　玉：喂喂喂，各位师兄，我是看大家练习太辛苦了，找点乐子嘛！

众　人：你那叫找乐子吗？下手那么重！

（霍振山手执小茶盅来到厅堂）

众　人：（行礼）师父！

小　玉：（白了一眼）哼，不跟你们玩了。

（小玉一把将外套扔给黄锦鹏，跑出）

10. 书房内　日　内

霍振山看着报纸，面含怒色，他的身后挂着一个偌大的京剧木刻脸谱。

报纸特写〔内容标题：黑市拳本土高手连败，中国功夫恐蒙羞。正文：十月二十七日，本埠外滩无规则擂台（技击）比赛上，有西洋拳王詹姆斯，东洋武士井上敬之，南洋技击师颂猜设擂约战中华武人。开擂以来，中方有猴拳，醉拳，滬拳等一十五名武师均已速败。所谓的名门正派无一应战，夷人之嚣张气焰，一时震惊中华武术界。〕

黄锦鹏：师父，让我去跟他们打吧。

霍振山：不行！尚不清楚设下这没有规则的黑市拳擂台目的何在。

黄锦鹏：您平日常教导我们习武者，刚健有为，自强不息，除暴安良，常存侠义之心。可现在就是咱们除暴安良的时候，您看看那帮洋人太可恶了，他们简直不把咱们中国武术放在眼里，要是不痛揍他们一顿，他们哪会把咱们放在眼里！

（黄锦鹏语调越来越高越激动。挥动着拳头）

霍振山：（凝视着黄锦鹏）不行，我霍家拳决不能涉及黑市拳。习武者尚武崇德，修身养性。阿鹏，虽然你天资根基都不错，但是心性浮躁，难以控制自己的欲念，这是武学大忌——你到静坐室好好反省一下自己，去吧。

　　黄锦鹏：（强忍满脸激动）是，师父。

11. 书房外　日　外

　　（黄锦鹏退出书房，在门前握了握拳头，停了一下，离开）

　　（石头一边扫着地，一边看着黄锦鹏的背影。突然一只手拍了一下石头的肩膀，石头抬起头）

　　小　玉：（换了身长裙，手比画着大声喊）石头，跟我上街买东西！

　　（石头惊诧，发出啊啊的声音）

12. 街道　日　外

　　（街市上人流如织。小玉啃着糖葫芦，走在热闹的街道上，石头提着大包小包被落在后面）

　　小　玉：（转头对石头）哎呀，你倒是走快点呀！

　　（一个衣服普通的青年迎面撞了小玉一下，小玉皱眉，一摸腰间，钱袋没了）

　　小　玉：嘿，你个小贼，站住！有人偷东西呀！

　　（毛贼飞跑，撞倒了石头，石头倒在地上，大包小包散了一地。小玉向毛贼逃窜的方向追去。石头趴在地上捡东西，呜呜地叫嚷着）

13. 死胡同　日　外

　　（小玉追赶毛贼，跑到一条僻静的死胡同。毛贼无处可逃，站立不动）

　　小　玉：哼，我看你还往哪跑！

　　（毛贼突然冷笑一声，吹了一声口哨。小玉回头，发现胡同入口聚集了几名手持匕首的同伙，向小玉慢慢逼近）

　　小　玉：哟，毛贼还有同伙？

　　（为首的人做了个手势，挥刀向小玉扑过来。小玉毫无惧色一脚将为首挥刀的人踢倒。双方混战。一支飞镖飞出，扎在小玉肩膀上。小玉负伤吃痛捂住

肩膀，不防被毛贼踢倒）

小　玉：（就势滚到墙角）你们这么嚣张，怎么不去打黑市拳？

（众人没有回应，一拥而上。突然警笛声音响起，众毛贼愣住了）

为首的毛贼：有人报警！撤！

（众毛贼四散）

（石头提了大包小包从胡同头奔过来，他丢下包，扶起小玉）

小　玉：（嗔怪）你怎么才来呀，晚一步我就没命了！

（石头呜哇地解释着，指着小玉肩膀）

小　玉：（点点头）拔！

（石头把飞镖拔出来，小玉疼得龇牙咧嘴）

小　玉：还好扎得不深。哎，石头，是你报的警？

（石头从包里掏出一个竹哨子，吹了一下，仿佛警笛响起）

小　玉：（不禁笑）哈，原来是这玩意儿救了我一命。

（石头摸着头憨厚地笑）

小　玉：算你机灵……哎哟——咱们快走吧。

（石头提起包，搀扶起小玉）

14. 霍家武馆　空镜　黄昏转夜

15. 霍振山书房　夜　内

（霍振山坐在书桌前，放下那份报纸，双手握拳，胸口起伏喘息着。他急忙掏出一个盒子，盒子里装着五个墨绿色小瓶，他拧开其中一瓶的瓶盖，闻了闻）

霍振山：（突然觉得味道不对，自言自语）怎么这么香？

（霍振山将药瓶装入口袋。霍振山起身，打开一只箱子，里面叠放着一些戏剧票友的衣物、护腕、护膝等行头。霍振山伸手摩挲）

16. 霍家武馆　夜　外

一个身影闪出武馆，掩上大门。石头的房门也轻轻地被打开了，石头诧异的表情，他紧跟着出门。

17. 地下拳场　夜　内

（喧闹的地下竞技场。近似疯狂的男人女人们，群体狂呼着尖叫着，拼命挥动着手臂）

众　人：打！打！快出绝招！

（朝鲜跆拳道高手将一名中国武师踢翻，东洋武士将一名中国武师打倒，泰国拳手将一名中国武师踢下台，一时间没有人上台应战）

（红肿着脸，贴着膏药的主持人又疯狂叫嚣）

主持人：谁，还有谁，谁来挑战我们的拳王？你们看到了没？（手一指拳台外一角的高台上，堆着的整齐的一小摞金条和高高的一摞纸币）

主持人：（面向观众）二十根金条，二十万块钱！只要有谁能连续赢了我们的三大高手，就可以拿走这些真金白银！来呀，中国功夫，中国高手们，你们是不是被吓破了胆，全部当了缩头乌龟，还是舍不得使出绝招？哈哈哈哈！

〔众人发出一声惊叹，一个身影空翻落在了拳台制高点。主持人惊讶地回头，一名脸上涂满黑戏彩，穿着戏袍的人（霍振山）背着手站在身后〕

主持人：哎，你谁呀，什么时候跑这上面来的？

（所有人目光都看着）

霍振山：（低着嗓子）唱戏的。

（群众躁动，石头吃惊，他听出霍振山的声音）

主持人：嘿哟，唱戏的？唱戏的跑这凑什么热闹，想下注是不是？下注到那边去！

〔霍振山摇摇头，伸出一只手指，指向三名外国拳师（空手道东洋人、泰拳暹罗人、跆拳道朝鲜人）〕

霍振山：我打擂。

主持人：（夸张地手搭着耳朵）哈，什么？你能再说一遍么？我没听错吧？

霍振山：我，挑战他们三个！

（台下狂嘘，口哨四起）

主持人：（大笑）哈哈哈，中国武术后继无人了吗？你们那些宗师，都缩在家里当乌龟吗？全靠几个玩猴的、要把式的，醉鬼叫花子撑场面，今天来了个不知死的唱戏的！好好好，签生死状，拳脚无眼，兵器无情，生死由命。

（霍振山的红色巴掌手印拍打在生死状上）

（铜锣被敲响。空手道日本人与霍振山行礼，相互摆好架势应战。突然主持人被日本人一胳膊甩到台下）

主持人：（摔在台下）他妈的，什么玩意……老子忍你们很久了，唱戏的，干死他们！

（一声铃响，第一回合，霍振山将日本武士打倒。众人欢呼，石头在人群中吃惊地看着霍振山。二楼包厢的魏一平和詹姆斯留意着擂台上发生的一切。第二回合，霍振山将朝鲜人打得吐血。第三回合，霍振山示意三个一起上，三人向霍振山冲来，缠斗在一起。拳台边，摄影机摄录着，摄影师被精彩打斗吸引。包厢里的詹姆斯身体前倾，专注地盯着台上的打斗。霍振山身形稳重，打斗招式有大师之风，处处留力不下杀手。交手中霍振山哮喘发作明显气力不够，连遭几次重击，药瓶从衣服里飞出，飞到石头脚底。霍振山喘着粗气，伸手摸向腰间，发现药瓶没有了）

（石头看出端倪，捡起药瓶）

（闪回）武馆中，霍振山教导弟子，突然气喘，伸手掏药瓶服药。

（霍振山使出本门的三进杀的必杀技，将三名拳师打下拳台。观众山呼喝彩，石头也被这种胜利的自豪感驱使鼓起掌来）

主持人：（捧着盘子里的金条和钞票爬上拳台）喂喂喂，唱戏的——这位师父，您的赏金。

霍振山：（沉声）中国武术，无价之宝，岂得用钱来换？我只为了中华民族气节。

（霍振山转身欲离开，身后传来拍掌声。霍振山回头，詹姆斯上了拳台，向他鼓掌示意，霍振山转身拱手）

詹姆斯：先生，请等一等。

（霍振山站定）

主持人：（对霍振山）这位是我们的老板，詹姆斯先生，我们的老板对师父的绝招很感兴趣。

詹姆斯： 你的功夫很棒，想跟您切磋切磋。你就算是输了，一样可以把您的赏金带走，要是能赢我，赏金翻倍！

台下众人：（沸腾了，高呼）打，打！

霍振山：（气喘着）不要提钱，改日再战！

（詹姆斯露出笑容，向霍振山点点头）

（说罢，霍振山已经无力支撑身体，石头冲出来，打开药瓶给霍振山闻）

霍振山：（看着石头）你怎么来了？

（闻罢，霍振山将药瓶给了石头，石头随手将药瓶放进自己兜里。石头背起霍振山，分开人群冲出地下拳场）

（魏一平看着霍振山的背影，微微一笑）

18. 街市道路　夜　外

（石头背着霍振山奔走。霍振山咳着，吐出一口鲜血。石头顿了一下）

霍振山：（拍拍石头的肩膀）你跟踪我？你背我跑了几里路都不喘气，步伐刚健有力，分明就是练家子，你到我霍家武馆是何居心？

（石头继续飞奔）

19. 霍家书房　夜　内

（院内。一轮明月高悬，只有些虫鸣。书房的窗子悄悄被推开，小玉捂着肩膀跳进室内。小玉在室内的瓶瓶罐罐和药柜翻找）

小　玉：（自言自语）药呢……

（小玉在药架上找到了小药瓶，欣喜地取下，药瓶没拿稳，滚落进了柜架底下。小玉趴在地上伸手去架底掏药瓶，突然触碰到墙面，墙面传出空洞的声音）

小　玉： 嗯？

（小玉的脸贴近墙面，敲了敲墙砖，小玉掀开一块墙砖出现暗格，里面有

一只木盒。小玉掏出木盒，对着月光看木盒子，盒盖上了锁）

（窗外传出响动，黑影一闪）

小　玉：（扭头）谁？

〔小玉迅速把木盒放回，推门而出。一只猫叫了一声。门后的暗处，一双男人的眼睛闪动（黄锦鹏）〕

20. 小玉卧室　夜　内

小玉裸露肩膀，在肩膀的伤口上涂药。

（闪回）小玉脑海中闪回石头吹哨子，摸着头，憨厚笑着的画面。

小玉不禁一笑。

窗外黄锦鹏吞咽着口水偷看着。

21. 石头卧室　夜　内

（石头的卧室是一间简朴的杂物间，石头跷腿躺在床上陷入沉思，突然门被踢开，黄锦鹏领着数名师弟进门，两名师弟上前一阵拳打脚踢，然后把石头擒拿住）

黄锦鹏：（凑近石头）你刚才去哪里了？今天你和小玉逛街去了？

〔被反剪住的石头啊啊地点头。两个师弟在石头的宿舍四处翻找，一人掀开床铺，把石头的铺盖丢了下去；另一人发现了一叠纸，纸上画的全是小玉。石头嗷嗷叫挣脱冲上去，黄锦鹏一脚踹在石头胸口，石头趴倒在地。黄锦鹏翻了翻写生本，嘴角泛出一丝阴笑〕

黄锦鹏：（抬起石头的脸）小哑巴，你很有本事啊！

（石头看着黄锦鹏，惊慌地摇头）

黄锦鹏：（轻轻擦着石头口角溢出的血）小哑巴，我告诉你，霍小玉不是你这样的癞蛤蟆随便碰的，就算想……都不能想……

（黄锦鹏一挥手，两名师弟推开石头拿走画纸，众人扬长而去）

22. 武馆训练场　晨　内

（在训练台上，黄锦鹏一拳把石头打得翻滚趴倒在地上）

黄锦鹏：（向地上的石头）起来，来呀！就凭你这样的熊包，也配喜欢小师妹？

（黄锦鹏一指墙壁，倒伏在地的石头扭头看向墙壁。石头画的小玉画像，全部贴在训练场的墙上）

黄锦鹏：不服气，就站起来呀，击倒我，来！

（训练场一群师兄弟们围观。石头咬牙起身扑向黄锦鹏，黄锦鹏一腿踹向石头，石头再一次横飞出去，口吐鲜血）

黄锦鹏：没用的东西，软蛋！

（黄锦鹏走到石头的面前，轻蔑地刚要跨过去，突然石头一把抱住了他的腿，把黄锦鹏锁住，差点摔倒的黄锦鹏一脚踢向石头，石头滚出训练台）

（小玉分开人群跑过来抱住满脸是血的石头）

小　玉：大师哥，你太过分了，为什么要打他！

黄锦鹏：（故作无辜）没有啊，小哑巴对霍家的武学很感兴趣，刚才，我只是教了他几招。

小　玉：你明明知道石头不会武功还下手这么重，非要把他打死才开心吗！

黄锦鹏：哼，谁让他不自量力，癞蛤蟆想吃天鹅肉！

（小玉狠狠地瞪了黄锦鹏一眼，扶起石头。石头跟跄着站起，一张张地把画揭下来，收进怀中）

23.石头卧室　晨　内

（阳光洒进石头的卧室，石头还躺在床上蒙头大睡。突然门闩被拉掉，门被悄悄地推开，一只手猛地拍在被子上，石头从睡梦中惊醒，坐了起来）

（小玉兴奋喜悦的脸）

小　玉：石头，走，跟我走！

24.霍振山书房门前　日　外

（石头手里拿着拖把，小玉点着石头的鼻子比画）

小　玉：你守在门口！我现在进去——如果我爸来了，你就叫我一声。

呃，算了，你就敲一下窗户！懂？

（石头连连点头）

小　玉：看着点啊！

（小玉掏出钥匙，得意地一笑，钻进房子，反手关上门。石头在门前拖地）

25. 霍振山书房　日　内

小玉蹲在墙角，抠着墙砖。

26. 霍振山书房门前　日　外

（石头在门外，凑着窗户探头向室内望。霍振山背着手走过来，石头仍然没有注意，还是趴在窗口看着，霍振山也好奇地凑上去。石头一转头看到霍振山，吓得啊啊叫唤，赶紧拖地）

霍振山：石头，你在这干什么？

石　头：啊啊！

（石头指着窗户指手画脚）

霍振山：打扫？早上我出来的时候，朱婶不是打扫过了么？

（石头啊啊地堵着门，突然敲了敲窗户）

27. 霍振山书房　日　内

（霍振山进门。小玉拿着一个鸡毛掸子，起劲地掸着架子上的花瓶）

小　玉：（抬头满脸笑容）爸，今天这么早就回来啦！

霍振山：（疑惑地）你这是……

小　玉：是这样嘛，我今天没事，突然就觉得爹平时特别忙特别辛苦，所以呢，我想帮你分担一下。可我想来想去，觉得自己能做什么呢，我这聪明的脑瓜这么一想我就想到啦。这不，我拉石头一起来给你打扫下书房嘛。

霍振山：是吗？什么时候我女儿变得这么勤快了？

小　玉：嘿嘿，女大十八变嘛。

霍振山：就你？不给我添乱我就谢天谢地了。

小　玉：呃——

霍振山：打扫完了没有？

小　玉：啊，好了好了。爹，那我先走了啊！

（小玉走出门，把门带上）

小　玉：（扯着待在门口的石头）走！

28. 霍振山书房　日　内

在窗户透过的光线里，霍振山坐在书桌前，缓缓打开那只古色古香的木盒子。木盒子里是一串银镯，还有发黄的黑白旧照片，照片上是一张美丽的女人（年轻的何妻阿春），一张发黄的旧信笺。霍振山拿起照片，目光柔和地端详着。

29. 老式街巷　何大川家　夜／日　内／外（闪回）

（闪回1）霍、何二人空手和众人搏斗，被围攻。

何大川：大哥，你先走！要不然咱俩都得死！

霍振山：是兄弟，要死一块死！

（闪电雷鸣之后大雨倾盆）

（闪回2）白天，虚弱的青年霍振山来到何大川家，室内空无一人。

30. 霍振山书房　日　内

霍振山剧烈喘息，咳嗽起来。他老泪纵横。

31. 黑市拳场　夜　内

（炫目摇曳的灯光下，人们疯狂挥舞着手臂，高呼着）

主持人：（在拳台上充满激情地高喊）请出我们的新晋拳王，身怀绝技的神秘高手，前天战胜了我们三大高手，人们送他名号——黑杀！你们来这里看什么？

众　人：（振臂高呼）黑杀，黑杀！

〔聚光灯向一个浑身脸绘黑色戏剧油彩的拳手射去，黑杀背身站在拳台上沉默不动（石头）〕

主持人：噢，这么近的距离，我能感受到他全身散发出的——死亡的气息，这样的气息，简直让人发疯！今天黑杀对战我们的BOSS，有请詹姆斯登场。只要黑杀今天赢了詹姆斯，奖金翻倍，一夜之间他将成为最富有的拳师。

〔詹姆斯穿着短裤，披着斗篷登场。黄锦鹏也出现在拳场，目光死盯着黑杀。黑杀（石头）与詹姆斯交战，拳法与霍振山风格迥异，多以贴身游走短打为主，拳法很像炮捶和八极，打斗中从不起腿。詹姆斯也不示弱，拳腿生风，完全一副西洋拳加空手道加泰拳加跆拳道的杂家功夫。黑杀（石头）被连连重击〕

主持人：哇，过瘾，唱戏的黑杀这些招式前所未见，詹姆斯集世界武术的精华于一身。

（摄影机在一侧录着，黄锦鹏妒忌地看着擂台上的打斗，不时地看着二楼包厢里的魏一平。魏一平发现了黄锦鹏，点了一下头）

〔黑杀（石头）突然腾身而起，轻灵的连环踢击中詹姆斯的头肩部各处，詹姆斯轰然倒在拳台上〕

主持人：哇哇哇，连环腿绝招，牛！

〔台下沸腾，纷纷下注黑杀。詹姆斯一个鲤鱼打挺起身，对黑杀（石头）发起地面战。巴西柔术地面技牢牢锁住黑杀，黑杀（石头）使出何大川一样的擒拿绝技，破了十字固。二人开展擒拿与反擒拿的自由搏击式的打斗。黑杀（石头）的关节脱臼，他打飞詹姆斯，自己接好了手臂，继续迎战。詹姆斯的大腿被石头拧脱臼，两排肋骨被黑杀（石头）踢断。黑杀（石头）抱起詹姆斯的头准备发力，黑杀（石头）停下，看着詹姆斯可怜的眼神，放开了詹姆斯。主持人和打手们终止了比赛。音乐声炸响，众人爆发出雷鸣般的掌声和号叫〕

32. 黑市拳场包厢　夜　内

〔在贵宾包厢魏一平口含雪茄，倨傲的表情，嘴角微露一丝笑意和人群显出巨大反差，他缓缓地鼓掌。远远的，黑杀（石头）抬起脸转向包厢看着魏一平。魏一平凝视着黑杀（石头）〕

（双倍奖金在主持人的指挥下被搬到石头面前）

黑杀（石头）：（对众人高呼）我只想告诉各位，中华武术博大精深，绝不是有些人嘴里的三脚猫功夫,他们这些洋人可以学到武术的招式,但永远领会不到我们中华武术的武德精神。(指着金条和奖金)这些奖金,原本就是属于各位的,现在——还给你们!

(石头将纸币和银圆抛向众人,众人疯抢黄金和银圆以及纸币。钞票、银圆如雨般洒上拳台。主持人趴在金条上,众人把主持人抱起扔到一边,衣服也被撕破,最终什么也没有抢到)

〔黑杀(石头)发现了静止不动的黄锦鹏,二人目光相互对峙〕

33. 上海旧城　晨　外

火红的太阳无力地与城镇融为一体。

34. 霍家武馆　日　外

(众弟子正在训练,霍家老仆朱婶,一个五十多岁的女人急急忙忙走入)

黄锦鹏:哎,朱婶,怎么了?

朱　婶:(面容透出不安)阿鹏,有没有看到小姐?

黄锦鹏:(向小玉招手)小师妹!

小　玉:(停下练习,跑过来)朱婶?

朱　婶:霍馆长一直没有吃早餐,药我也熬好了,我到处找不到他人,家里只有书房的门反锁着——

(话没说完小玉冲出门,黄锦鹏也跟了过去)

35. 霍振山书房　日　内

(书房门前,小玉急切地敲着门)

小　玉:爹,你在不在里面呀?

黄锦鹏:(也敲着门)师父!师父!

(没有人答应,小玉急了,一脚踹开门冲进去)

黄锦鹏:师妹你……

(黄锦鹏拦阻不及也冲了进去。霍振山坐在摇椅上,背对着两人向着屋里的墙壁)

黄锦鹏：师父！

小　玉：（走过去）爸，你也真是的，人家——

（小玉惊愕，突然颤抖起来——霍振山睁着无神的眼睛，他已经死去。黄锦鹏试了试霍振山的鼻息，神色急变，他紧紧拉住小玉。小玉拼命挣扎，黄锦鹏紧紧地把她抱住，将她的脸搂入怀中。良久，小玉一声撕心裂肺地大喊）

小　玉：爹——

（声音响彻武馆上空）

36. 霍振山书房门外　日　外

两名巡捕持枪站立在门前守着，众师兄弟都拥在门外，面露悲痛之色，焦急不已。

37. 霍振山书房　日　内

（法医在霍振山的身体上检视着。探长上下打量面前的小玉，小玉悲痛无力地倒在黄锦鹏的怀中）

探　长：霍小玉，我问的问题你要是再不回答，只能请你跟我们走一趟巡捕房了。

黄锦鹏：（悲愤地）探长，丧父之痛，痛彻心骨，我师父尸骨尚温，师妹又遭受这样的打击，哪还有心思回答你的问题。你问的那些问题我早已经说过了，你要是没听清楚我可以再说一遍，我们两个是得到朱婶的消息一起进的书房，到了书房发现师父就和现在一样，坐在摇椅上，就，就没了气息。

探　长：你一进来就知道他没了气息？

黄锦鹏：（顿了一下）不，我刚进来的时候师父就坐在椅子上，我还以为师父在打盹，试了师父的鼻息之后才知道。

探　长：哦！

探　长：（对朱婶）你就是霍家的保姆，朱婶？

朱　婶：是！

探　长：这么说，你是第一个得知霍馆长死去的人喽？

朱　婶：（惊慌地摆手）不不不，我不知道，我只知道老爷在书房里，我等他吃早餐一直没来，我不敢打扰他，又不敢贸然进去，才去找了小姐。

  探　　长：他什么时候进的书房，有没有中途出来过？

  朱　　婶：老爷昨天下午就进去了，我看到的，后来我忙着做事，没有注意老爷有没有出来过。

  （法医过来对探长敬了个礼）

  法　　医：这个书房就是案发现场，死者体表没有外伤，也没有中毒的痕迹，很难说死者是自杀或者谋杀。

  探　　长：死亡时间呢？

  法　　医：死亡时间大概是在2到3个时辰之前，具体一点的报告，还要把尸体带回做进一步检验。

  （探长点点头。法医挥手，两名巡捕准备担架，抬起霍振山的尸体）

  小　　玉：请等一下！

  （众人停手）

  小　　玉：长官，我爹突然就……我想让爹在家里停留三天，我要守着他，尽到女儿的孝心，两天后，如果您需要调查案件，那一切，一切悉听尊便。

  探　　长：（叹了口气）嗯，孝心可嘉！霍小姐，我也非常同情你。这样吧，你们办你们的丧事，尸体要妥善安排不得有外人接近，这间书房我们先封了，不让闲人出入以防破坏现场，三天后我们再来。

  （探长起身，挥挥手，众巡捕退出。黄锦鹏扶小玉起身相送）

  38. 武馆院内　日　内

  （走到门口，探长突然停下，吸吸鼻子，猛地打了个喷嚏：霍小姐，你喷的什么香水，香味好别致啊）

  小　　玉：我从来不用香水。

  探　　长：（尴尬掏出手帕擦鼻子）不好意思，失礼了，我的鼻子容易过敏，一点刺激都受不得。

  （石头走进院子，与探长擦肩而过，相互眼神碰撞。石头愣愣地站着，不知道发生了什么）

  （小玉伤心地抽泣着）

39. 霍家武馆厅堂　深夜　内/外

　　大门前挂着白色的灯笼，拉着道道白幔。霍振山的尸体平躺在灵堂前，盖了一层白幔。室内的烛火晃动，远处传来打更的声音，几声猫叫。一名蒙面黑衣人从房梁跃下，他蹲在霍振山的灵前，轻轻跪下磕了几个头，伸手揭开霍振山身上的白幔。他侧过身，贴近霍振山的脸，以手去抚霍振山的鼻下，突然，一双手抓住黑衣人的手腕，黑衣人一惊，翻腕挣脱。黑衣人扭头，看到一名身穿制服的巡捕，突然床下又滚出一名巡捕，伸腿扫向黑衣人的脚踝。黑衣人腾挪跳跃，衣橱、门后又出现两名巡捕，向黑衣人扑去。黑衣人数招之后就击退四人。门猛地被打开，探长带着一帮荷枪实弹的巡捕冲进门，众人举枪指着黑衣人。

　　探　长： 你果然出现了。

　　（黑衣人默然不动，黄锦鹏和小玉也踏入室内。黑衣人昂首叹气，垂下手，巡捕给他戴上手铐）

　　黄锦鹏： 早就觉得你不对劲，虽然你非常狡猾，但经过我几次暗中调查，终于让我揪到了你的尾巴。

　　小　玉： （悲伤地）真的是你吗？

　　（黑衣人全身一震）

　　小　玉： 我不相信，不相信……

　　（黑衣人缓缓揭下了面罩，露出石头的脸庞）

　　石　头： 不是我！

　　小　玉： （吃惊）啊！你不是哑巴吗？

　　黄锦鹏： （指着石头）你装聋作哑隐藏在武馆里半年，我们都让你给骗了。小玉，你知道不知道，就是他，瞒着师父去打黑拳，他就是黑市拳里最恐怖的拳王"黑杀"。

　　（小玉的眼泪流下来）

　　小　玉： 你一直在骗我，还在骗我！

　　石　头： 小玉，不是你想的这样，你听我说……

（小玉转过身去，眼泪涌出）

探　　长：（挥手）把人带回警署。

（两名巡捕一左一右把石头夹住，将他推向外面，被架走的石头回头盯着小玉）

石　头：不是我，不是我！

（小玉闭上眼睛，眼泪不停。黄锦鹏轻轻握住小玉的手）

小　　玉：师兄。

黄锦鹏：好了，好了，都结束了……

（黄锦鹏把小玉拥入怀中）

40. 巡捕房羁押室　日　内

（小玉和石头隔着铁栏相对，探长带人离开，小玉眼泪落下。石头犹豫地伸出手，要为小玉擦拭）

小　　玉：（一把抓住）你为什么要害我爹？你为什么装哑巴？你为什么会是黑杀？

石　头：（苦笑）小玉，你相信我，霍馆长不是我害死的。

小　　玉：那你装聋作哑，装作不会武功留在我们霍家居心何在？

石　头：（低下头）我有自己的苦衷，这个苦衷我以后会告诉你。可是小玉你要相信我，霍馆长待我恩深义重，我怎么会是冷血无情的杀人凶手。

小　　玉：那我问你，你为什么会出现在我爹的遗体旁边，你究竟想要干什么？

石　头：我是为了查清楚一个事实，就是霍馆主死亡的原因。

小　　玉：那你查到了什么？

石　头：我查到了霍馆主的死，跟一个人有莫大的关系。

小　　玉：谁？

石　头：大师兄。

小　　玉：你还要来污蔑大师兄为自己开脱——早上大师兄一直都和我在晨练，而你，你去了哪里？

石　头：（欲言又止）我——

（石头迅速掏出一个东西，伸手递给小玉。小玉一看，掌心里是一只小药瓶）

小　　玉：这是我爹的药。

石　　头：是，也不是。这是你爹掉落我捡到的。当时我就觉得味道奇特，和霍馆长之前用的药的味道不一样。

小　　玉：瓶子确实是治哮喘的西洋药。

石　　头：而里面也许混入了别的东西。虽然是个空瓶，可还有部分的残留物没有挥发，你应该可以嗅到它的气味。我还没有办法查清楚究竟是什么。

（小玉把瓶子旋开盖子，凑近鼻子边）

石　　头：小心！

小　　玉：（嗅了嗅，面露疑色）嗯，我爹每次用药都留下特殊的清凉香味，但这个香味更浓郁。

小　　玉：这种香味……好熟悉……

（小玉闭上眼睛）

41. 一组镜头（闪回）

A. 霍振山书房。

（房门被小玉踢开，走向霍振山）

小　　玉：爹——

（突然黄锦鹏把小玉紧紧抱在怀里。霍振山睁着眼睛逝去）

B. 霍家武馆门前。

探　　长：霍小姐，你用的香水是什么牌子的，香味好别致啊。

小　　玉：我从来不用香水。

C. 小玉卧室。

黄锦鹏轻轻吻上小玉，小玉闻到香味……

42. 巡捕房羁押室　日　内

石　　头：（轻唤）小玉，小玉！

（小玉猛地从回忆中苏醒，小玉一言不发，起身离开，推门跑出。守在门

前的探长的鼻子被撞了一下）

探　　长：（捂着鼻子）霍小姐，霍小姐，你怎么就走了——这个人没有充分的证据，关不了几天咱就得放人啦！

探　　长：（吸了吸鼻子）哎，什么味？

一房的巡捕：（指指探长的鼻子）长官，血……

探　　长：（一摸鼻子，一手的血）哎哟！

43. 黑市拳场包厢　夜　内

（魏一平办公室内）

黄锦鹏：（对魏一平）干爹，他能做到的，我不但能做到，而且比他更强！

（魏一平夹着雪茄，得意大笑）

魏一平：好，干爹没白养你，詹姆斯回国养伤了，这里就是你的天下。哈哈哈哈！

44. 黑市拳场休息室　夜　内

黄锦鹏对着镜子带上黑杀面具。黑杀（黄锦鹏）抬起头，他的眼睛里泛出一片血红。

45. 黑市拳场　夜　内

（竞技台上，戴着面具的黑杀黄锦鹏一次次地将不同国家的对手打翻。一个黑人被打得口吐鲜血，筋断骨折，跌落台下……黄锦鹏一次次举起双臂朝天怒吼）

主持人：（亢奋的声音）黑杀 KO……黑杀胜……重创攻擂者，五连杀……

群　　众：比鬼佬下手还恨，他到底是哪国人？

46. 黑市拳场包厢　夜　内

魏一平眯着眼，吸着粗大的雪茄，冷冷地看着这一切。

47. 黑市拳场　夜　内

人群情绪几近疯狂，所有人都挥舞着手臂高呼：黑杀，黑杀！黑杀在竞技台上走动，挥拳向观众示意。突然他停了下来。小玉置身在人群中，她紧紧地盯着自己。黑杀突然跳下竞技台向通道跑去，小玉紧追。观众们一片哗然。

48. 休息间　夜　内

〔黑杀（黄锦鹏）取下黑杀面具〕

小　玉：（眼泪满眶地看着黄锦鹏）师兄，你也是……黑杀。

黄锦鹏：（突然眼神充满怨念）你都知道了。

小　玉：（颤抖着拽着黄锦鹏的衣袖）师哥，为什么，为什么你也去当了黑杀？你忘记武馆的规矩了吗……你怎么可以……

黄锦鹏：（突然挣脱，情绪爆发）我没忘，可我去打黑市拳怎么了？石头能打，我比他强十倍，我为什么不能打？武馆的这个破规矩根本就是垃圾！习武不就是为了让自己更强大吗，我有实力，我就要赢！凭自己的拳头挣到更多的钱，这个世界原本就是强者生存，弱者淘汰！

小　玉：（哭泣着）爹最反对的就是打黑市拳赛，要是他知道了，他也不会安心。

黄锦鹏：哈哈哈，你爹才是真正的黑杀。

小　玉：（不解地摇头）你胡说。

黄锦鹏：师妹，师父已经不在了——不过没关系，你还有我……师妹，我有钱了，你跟着我，我保证你过得比谁都强，我还会带更多的师弟去打黑市比赛，我会重振霍家武馆，不，我要让霍家武馆独霸上海滩！这不正是师父想要看到的吗？

（黄锦鹏拉着小玉的手，小玉尽力挣脱退了两步）

小　玉：（摇头）大师哥，不……不要……

黄锦鹏：（突然阴冷地）师妹，我可是一直都喜欢你。
小　玉：不，我不能。
黄锦鹏：我娶你，我们两人继承霍家武馆，这是你唯一的选择！
小　玉：不！
（黄锦鹏一把将小玉抱住向沙发上拖，小玉疯狂抵抗）
黄锦鹏：生米做成熟饭就由不得你了！
（小玉踢打让黄锦鹏无法近身，她趁黄锦鹏不备跃到门前破窗而逃。黄锦鹏同样跳窗追出）

49. 山崖／密林　夜　外

（小玉在密林中逃窜，黄锦鹏始终尾随在后。小玉逃至小山崖边无路可逃，黄锦鹏一步步逼近）
黄锦鹏：（大声）小玉，我最后问你一次——
小　玉：（哭着后退）师哥，不……
（石头走在山路上听到声音）
黄锦鹏：（凶相毕露）指了明路你偏不走，那你就不要怪师哥无情了！
（黄锦鹏逼上前，一脚把小玉踢下山崖）

50. 山涧溪流边　日　外

〔一双手撩起溪流的水，水流平静下来后，小玉的脸映入乡村的溪流。倒影中的小玉怔住了，她颤抖的手抚摸着脸庞。小玉正面，她的左边脸庞上出现一道巨大难看的伤疤。小玉怔住了，两道泪水滚滚而下。水中倒影中又出现了一个人（石头），他提着一个布包蹲在小玉的身边〕
小　玉：（扭头惊讶地）石头！
小　玉：（突然一把推倒石头，捂住自己的脸）你走，我不要见到你！
石　头：小玉！
小　玉：你早就看到了，对不对？为什么，为什么要救我这样的丑八怪？走，你走！
（小玉疯狂地推着石头，石头一把抱住小玉）

石　头：小玉，小玉，你冷静一点，难道就因为脸，你就从此不见人不做事，不弄清楚你爹的事情，从此就抛下霍家武馆不顾了吗？你爹如果知道这件事，一定会让你振作起来。

（小玉停下了手）

51. 乡村农家　日　内

（石头打开布包，拿出一只木盒递给小玉）

　小　玉：（惊讶）这个东西怎么在你手上的？

　石　头：我知道你想找到它，就替你找来了，只不过我没有找到钥匙。

　小　玉：爹已经不在了，钥匙已经没有意义。

（小玉撬开箱子，里面是一只长命锁，一张泛黄的女人照片，一张写着字的旧信笺。小玉伸手拿起了这几样物件）

　小　玉：（展开信笺轻声念）振山表兄如晤，听闻大川说道，兄已戒除鸦片，时有哮喘缠身，还请保重身体。大川沉迷拳术，生性耿直，总爱打抱不平。今妹身怀六甲，又有幼子在侧，蒙表兄照顾却日日忧思……

（石头身体微微一震）

　小　玉：信是一个叫阿春的女人写的……她叫我爹表兄……她就是我爹结义兄弟何大川的妻子，也是我爹的表妹，那……我应该叫她林姨。

（石头低头流泪）

52. 河中竹筏　日　外

〔小玉坐在竹筏上，石头用长竹竿撑着竹筏。（竹筏不好解决就用马车）〕

　石　头：其实，我就是何大川的遗腹子，何石磊。那个叫阿春的女人就是我的母亲，母亲在生我的时候难产去世了，同时，三岁的哥哥也失去了消息。第二天，父亲的师兄，也就是我师伯来访，收养了奄奄一息的我。后来，我听到传闻，说是我父亲的结拜大哥霍振山害死了我父亲，于是，我苦练师伯教我父亲的本门功夫，一心报仇。

　小　玉：（满含泪水）不，石头哥，我爹不是那样的人。

　石　头：后来我隐瞒身份扮成哑巴进入霍家拳馆，明着做杂役，实际上为了查明事实。可是，我了解到师父为人重情重义，光明磊落，这样的人，怎么可能是杀害结拜兄弟的凶手？

53. 街市道路 夜 外（闪回25场）

（石头背着霍振山奔走。霍振山咳着，吐出一口鲜血。石头顿了一下。石头把霍振山放下在墙角一处，焦急地看着霍振山，比画着）

霍振山：（平定喘息）我没事——石头，我这个秘密，你能不能帮我守住？

（石头点头）

霍振山：我知道你处处在留心我的行踪，虽然不知道是什么原因，但是你的眼睛告诉我，你是个值得信任的正派孩子，所以，我一直没有揭穿。

（石头疑惑的眼神）

霍振山：我知道，你还是想知道我为什么言行不一打黑市拳。其实，我的想法并没有那么复杂，作为师父，我不能让我的弟子们介入这种毫无底线的野蛮争斗而导致死伤。但我也是个习武之人，看到洋鬼子这般挑衅中华武术，侮辱我们的民族精神，每一个有是非正义之心的中国人，又怎么能袖手旁观？石头，虽然你不能讲话，但我相信你能体会其中的一番道理……

（石头点头，比画着将手放在胸口）

54. 河中竹筏 日 外

小玉站在竹筏上凝视撑竹筏的石头。

55. 霍家拳馆门前 日 外

一身宽袍遮住面容的小玉和石头来到霍家拳馆门前。门牌的匾额已经换成了"黄家拳馆"。小玉和石头对视，踏入拳馆大门。

56. 拳馆院落 日 外

（两人踏进院内，一旁的新学徒注意到两人怪异的行止，窃窃私语着）

一名师兄弟：（跑上前）两位来此有何指教？

小　玉：（压低了声音，略微掀起了帽子）马师兄，你不认识我了？

马师兄：（睁大了眼睛指着小玉）你，你，你……不是……

（石头也掀起帽檐。马师兄跑回训练馆。片刻，训练馆里涌出二十多个拿着兵器的学徒，黄锦鹏搂着一名妖艳女子最后出现。黄锦鹏的目光扫过戴着面纱的小玉和石头，如同陌生人）

黄锦鹏：尊驾两位是？

石　头：大师兄，你眼力也太差劲了，这就不认识我们了么？

黄锦鹏：（漠然）不认识。

（小玉和石头两人取下了面纱、帽子）

众人：（议论起来）呀，这不是小师妹和石头吗……小师妹怎么变成这个样子了？

黄锦鹏：（大喝）不准胡说八道！

黄锦鹏：（指着身边的妖艳女人）她才是我的妻子霍小玉，霍家的唯一继承人，有名证婚书为凭！

妖艳女人：对呀，我才是霍小玉，你这个女人是谁啊，来骗吃骗喝的吧？

黄锦鹏：我黄家拳馆哪能容你们撒野？众弟子，把他们拿了，绑去巡捕房！

（众弟子大喊着向两人逼近）

石　头：（拉着小玉）走！

（石头一脚掀起院里的桌子，小玉把桌子向领头的几名弟子踢去，逼退众人，两人携手跑出院门）

黄锦鹏：追！

57.门前马路　日　外

（街道上，小玉和石头飞奔，一众弟子在身后紧追不舍。两人拐了个弯，突然一辆黑色老式轿车停在两人面前）

司　机：上车！

（两人略一迟疑，拉开车门跳进车。车飞驰而去，众弟子停下来）

58. 地下拳馆包厢　日　内

（司机把小玉和石头领入室内。西装革履的魏一平手执雪茄，舒适地躺在沙发上）

司　机：（鞠躬）老板，人带来了。

（司机后退出，带上了门。魏一平站起身，张开双臂，嘴角露出微笑）

魏一平：能请到二位真是荣幸啊！请坐，请坐！

（小玉和石头冷冷地看着魏一平不说话）

魏一平：（解嘲一笑）鄙人自我介绍一下，魏一平。

（小玉和石头对视）

小　玉：魏老板，多谢你刚才救了我们。

（魏一平拿起茶几上的两份文书递给石头和小玉。小玉和石头看着文书，惊讶地对视）

小　玉：聘请我们打拳……

石　头：（冷笑）你都有了新的黑杀，还要我们给你们打拳？

魏一平：（咧开嘴）嫌魏某出的价太低了？只要二位愿意坐下来谈，价钱就不是问题。

小　玉：父亲在世的时候就跟我说过，绝不允许霍家子弟打一场地下拳赛。

魏一平：（吸了一口雪茄，缓缓吐出）可是，霍馆长怎么都想不到，仙逝不到短短一个月，霍家拳馆就已经改头换面为他人篡夺。如果他泉下有知……呀，我真是替故人可惜呀！

小　玉：我会替父亲讨回公道。

魏一平：（冷笑）讨回公道，谈何容易？据我所知，黄锦鹏已经给你找到了一个女替身，给她办了真实的霍小玉的户册，两人已注册成婚，又以霍振山的真实遗嘱和假霍小玉的签名字据，名正言顺继承霍家拳馆。你又如何讨回这个公道？

（小玉和石头面面相觑）

魏一平：这个世界只有强者的公道，从来没有弱者的公道。如果二位相信我黄某人，我倒是可以帮助二位，取回属于你们的公道。

小　玉：大师哥——黄锦鹏，现在才是你的王牌黑杀，你有了他，为什么要帮我们？

魏一平：（吐一口烟）我就是要培养你们成为新的黑杀，帮你们拿回武馆。

石　头：为什么？

魏一平：（沉思）我有我的生意之道。

（小玉略思考，提起笔，突然笔被石头抢过，石头在合同上签下名字）

石　头：我接受合同。魏老板，希望你说到做到。

小　玉：石头哥。

石　头：（抓着小玉的手）小玉，黑杀本来就是我，有些事情，必须是我来了结。

魏一平：（点头）有胆识！

59.霍家拳馆　日　内

〔黄锦鹏斜躺在床上，抱着妖艳女人（假霍小玉）正在喝酒调笑。一个年轻学徒进门对黄锦鹏耳语〕

黄锦鹏：（狂笑）我干爹是不是钱烧得太多了，把头脑烧糊涂了，随便培养一个新人就敢来挑战我？

（黄锦鹏给魏一平打电话）

60.黑市拳场包厢　日　内

保镖队长：（接起电话，对魏一平）老板，黑杀的。

（坐在老板椅里的魏一平背影，他举起手中的雪茄挥了挥）

保镖队长：（对电话）对不起，老板没空。

（保镖队长挂了电话）

魏一平：（闭上眼睛，吐着烟，喃喃地）我既然能收留你，养育你，把你捧上天成为黑杀，让你拥有金钱和荣耀，我更能亲手把你毁掉。

61. 霍家拳馆　日　内

（黄锦鹏气愤地一脚把桌子掀翻）

黄锦鹏：混蛋！

62. 城市空境　黄昏　外

街道上行人不绝，车水马龙。

63. 休息室　夜　内

〔妖艳女给躺在沙发里的黄锦鹏吸食兴奋药"猫目锭"（日本二战研发的毒品甲基苯丙胺），黄锦鹏闭目养神〕

妖艳女：老板，老板，该你上场啦。

（黄锦鹏睁开睡眼，捏了一把妖艳女的屁股，提起面具，摇晃着走了出去）

64. 黑市拳场　夜　内

（黄锦鹏的出场引爆全场观众，众人的躁动呼喊达到顶峰）

主持人：（格外地拖长声音大喊）现在——出场的是，55场KO对手的终极高手，黑杀！

（黄锦鹏举起双臂向观众致意）

主持人：下面是——挑战者……

黄锦鹏：（突然傲慢打断）让他们一起上吧，我没那么多闲工夫。

主持人：啊，这个……这个似乎不符合规则。

黄锦鹏：这个拳台上，本来就没有什么规则不规则，赢就是赢，输就是输！

黄锦鹏：（对着台下的七名挑战者勾着手指）你们，一起来！

（七名挑战者对视，点头。七人同时跃起，在不同的方位向黄锦鹏发起冲击。黄锦鹏猛地虎吼一声，双掌迅疾开合，抓住一人扭断脖子，伸腿连踢，踢飞数人，腾跃而起，将空中扑击的两人撞开。瞬间七人全部身受重创，一侧的摄影机在运转着）

主持人：过瘾，过瘾，过瘾，七连杀，伟大的王中王黑杀，稳坐榜中榜！

（众人爆发雷鸣掌声）

65. 休息室　夜　内

（休息室的门被撞开）

黄锦鹏：（毒瘾致幻，暴怒地指着身后的随从，包括妖艳女子）滚，滚，都给老子滚开！

（黄锦鹏关上门，对着镜子凝视着自己血红的双眸）

66. 包厢　夜　内

（保镖队长敲门进来，捧上一叠资料给魏一平）

保镖队长：老板，这是今天的比赛数据和账目，还有赌庄开出的实时赔率。

（魏一平把雪茄取下，接过文件，眯着眼睛翻了翻）

魏一平：（突然扭头问保镖队长）你说说，打到最后的会是谁？

保镖队长：老，老板，这个，我……

魏一平：就凭你自己的感觉。

保镖队长：小的觉得吧，应该是黑杀——不过也不好说……老板，你知道我脑子不够使，这个问题太难了。老板，你说谁会赢。

魏一平：（突然神秘一笑）我也不知道，但一定会是个意想不到的结局。

67. 山坡草坪　日　外

（石头轻轻吻了小玉，小玉依偎在石头身边）

石　头：怎么不开心？

小　玉：石头哥，我娘死得早，爹一手把我带大。我怕，怕我爹万一真的是——那你会不会恨我？

石　头：怎么会呢，傻丫头，我决不相信霍师父会做出这样的事。

小　玉：万一是呢？

石　头：（摇头）两位长辈人品宽厚，互相义气深重，怎么可能会如魏一平所说，各为其主反目成仇而痛下杀手呢？

小　玉：石头哥，如果真的是这样，我愿意替我爹赎罪。

石　头：（温柔地看着小玉）傻话，不管事情的真相是什么样的，那都是上一辈人的事，怎么能怪在你的身上。

小　玉：我真的希望这些事都没有发生，我们在一起过平静的日子。

石　头：我答应你。

小　玉：你说，真的是黄锦鹏害死我爹吗？

石　头：明天过后，一切都会有结果。

68. 小玉房内　夜　内

（石头轻轻推开门，坐在小玉的床边，看着熟睡的小玉。石头看着手里的一只小瓶）

石　头：（心声）小玉，即使我们的上一辈有恩有怨，也和你无关。这一战，不仅仅是为了你，也是为了我们各自心里的谜团，虽然不知道结果会怎么样，我们在一起这段日子是我生命中最快乐的。

（石头把串了一块晶莹石头的项坠，从脖子上取下，放在小玉的身边。石头离开房子，带上门）

69. 黑市拳场　夜　内

脸涂油彩的石头跃上搏击台，台下有人发出一阵嘘声。擂台中间多了一个柱子和两把巨大的斩刀，斩刀随着柱子可以像风扇一样旋转，高度在人的脖子上下。

70. 小玉房内　夜　内

小玉从梦中惊醒，她在床上坐起身，发现石头给自己留下的石头项坠。

71. 黑市拳场　夜　内

石头一蹬地，飞身向黄锦鹏冲去。黄锦鹏踢动旋转的斩刀，挡住了石头的腿势，石头险些被斩头。黄锦鹏顺势双手一扭，把石头的腿抓住，猛地将他甩了出去。众人一阵惊呼。不料石头双腿锁住黄锦鹏的腰身，顿时变成缠斗。黄锦鹏恼羞成怒，突然翻手为掌，稳稳有风雷霹雳声，猛向石头的头颅击去，石头无法躲避，也尽力打出一拳拍向黄锦鹏的胸膛。二人爬起身。斩刀呼呼转动。光线集中在戴着面具的黄锦鹏和满脸油彩的石头身上。两人沉默地对峙，观众鸦雀无声。

黄锦鹏：居然是你……小哑巴，没想到你还真是有心机呀。

石　头：大师哥，既然我们都认出对方，何必说话还带着一层面具？

黄锦鹏：（扔掉面具）死到临头，还说什么废话？

黄锦鹏：（伸出手，向石头招了招）来吧！

（小玉冲进来，看着擂台上的打斗。石头快如闪电般踢向黄锦鹏，黄锦鹏丝毫不为所动，突然出掌，强大的掌风向石头席卷而来，石头翻腾躲避。黄锦鹏一个飞腿正中石头的身体，石头飞出重重摔在地上。石头吐出一口鲜血，挣扎着站起。黄锦鹏身体微晃，突然冲到近前，一拳击出，石头双臂格住。黄锦鹏伸腿，踢翻石头，脚踏在他的头上）

黄锦鹏：在这个拳台上不是生，就是死。

石　头：（笑笑摇头）不可能！

（黄锦鹏深吸一口气提起拳跃起半空。众人全都站了起来。包厢中的魏一平也站了起来）

小　玉：（吃惊地喊着）石头，小心。

（石头躲过黄锦鹏泰山压顶式的重击，一个乌龙绞柱踢动斩刀后半蹲起身。黄锦鹏躲过旋转的斩刀，险些丧命。众人哗然）

72. 黑市拳场包厢　日　内

看到小玉出现，魏一平的嘴角露出一丝笑容。

73. 黑市拳场　日　内

（小玉转头，愤怒的目光刺向黄锦鹏）

黄锦鹏：小玉，你还真是命大。

小　玉：（举起一个小瓶子）大师哥，这样的瓶子，你一定很熟悉吧？

黄锦鹏：（阴冷的）你居然能查出来，我真的太小看你这个小丫头了。

小　玉：都是拜你所赐，要不是那一晚你想对我欲行不轨，我也不会想到这种怪异的香气就是让我爹送命的毒药。

黄锦鹏：（毒瘾冲昏头脑）我才没下什么毒药呢，这是花粉，哈哈哈。你爹的过敏性哮喘会在这个季节最为严重，我给他买的西洋哮喘药瓶里加入花粉，让他的过敏哮喘发作，没想到这么严重。要不是霍振山这个老家伙冥顽不化，他也不会落得这个下场。

小　玉：为什么，我爹待你那么好，你竟然还能做出这种丧心病狂的事？

黄锦鹏：丧心病狂？哈哈哈哈，我丧心病狂？

黄锦鹏：（手一指小玉）丧心病狂的是你爹，霍振山！

（石头的目光恨不得杀死黄锦鹏）

黄锦鹏：魏一平跟我说，他亲眼所见霍振山打死了他的好兄弟，还道貌岸然地开了武馆，成为名震一时的武学大家。呸！这么多年我拜他为师，其实我每天每夜无时无刻地都想要他死！

小　玉：你！

黄锦鹏：哈哈哈哈，他终于恶有恶报，死了，死在我的手里了——不过你既然全都知道了，我也就留不得你了！

（黄锦鹏纵身跃起，小玉满眼惊恐。石头一把推开小玉，一模一样的擒拿招式见招拆招。两人互相用相同的招式折了数十拳，突然凌空双拳击出）

主持人：（站在二楼高呼）这是本年度最牛的PK绝招。

（观众看得目瞪口呆，鸦雀无声。摄影机马达转动着。黄锦鹏和石头两人都摔倒在拳台上各自吐血）

黄锦鹏：你……怎么会……我……何家的绝招……

石　头：是我……家的拳……

黄锦鹏：何……大川……是你怎人？

石　头：是我爹……

黄锦鹏：啊！

（黄锦鹏双瞳幽黑，幻化二十年前的雨夜）

74. 乡村破旧土房　夜　内（闪回）

室外的雷鸣声，室内的婴孩哭声响亮。小男孩趴在妈妈身上痛哭。房门突然被大风雨刮开，一个穿深色雨衣的男人（青年魏一平）站在门口的雨中，闪电照亮他隐藏在帽中的脸。小男孩抬起脸，充满泪水的脸，惊恐的眼神。

75. 黑市拳场　夜　内

黄锦鹏：你，你……你是……弟弟……我找了二十年的……弟弟……

（黄锦鹏突然凄厉地狂笑起来）

黄锦鹏：我竟然，差点杀了我唯一的亲人……我到现在才明白，黄锦鹏，你是个傻瓜，他收养你，偷得何家的拳谱让你学习功夫，就是为了让你兄弟相残……哈哈哈哈……

76. 黑市拳场　夜　内

魏一平：（站在栏杆前，对身边的保镖队长和三名外国拳师，指着拳台）把他们三个全都剁了！

（众人点头，率斧头帮众前去。观众们惊慌四散，瞬间消失，留下一片狼藉。打手们纷纷围上拳台。小玉、石头和黄锦鹏背靠背且战且退下拳台。石头退到摄影机旁借机和打手周旋）

小　玉：石头哥，这个摄影机，拍电影用的，肯定是洋人用来偷学功夫的。

黄锦鹏：对，就是这个东西，它每次都会把咱们打的拳赛录下来，让洋人学习！

石　头：砸了它！

（三人把运转的摄影机踢倒，踩碎，片盒和胶片露在外面。魏一平在角落处暗暗举起手枪，对准石头。黄锦鹏突然看到，将石头推出，自己中枪倒下。石头随手扔出斧头，正中魏一平胸口。魏一平闪出。石头回过神抱住黄锦鹏，黄锦鹏紧紧抓住石头的胳膊）

黄锦鹏：（张了张嘴）对不起。

　　（黄锦鹏死去。石头咆哮着，使出必杀技绝招，招招要命，拳拳到肉，脚脚穿心将东洋人、暹罗人、朝鲜人逐一打晕。小玉受了轻伤，最终将众打手逐一放倒）

　　77. 黑市拳场　夜　内

　　崔探长带领警察冲进拳场。巡捕吹起警哨，多名荷枪实弹的巡捕从门外涌入，人群一片混乱。

　　78. 黑市拳场包厢　夜　内

　　（魏一平的雪茄烟吐出缕缕烟气，他胸口插着斧头，手枪搁在桌面上。魏一平用沾满鲜血的手打开怀表，表盖里的照片是何大川的妻子阿春）

　　魏一平：（轻轻抚摸着照片）阿春，他们没有好好保护你，我把他们都杀了。你知道吗，这个世界上，只有我最爱你……何大川、霍振山，他们最亲的人，我全都杀了，一个不留，哈哈哈哈……阿春，为什么你就不能把爱分给我一点点……为什么……

　　（照片上映出点点泪水）

　　魏一平：（宁静温柔的声音）阿春……

　　79. 黑市拳场　夜　内

　　（保镖队长带着几个人顽抗，被巡捕们乱枪击毙。巡捕一脚踢开包厢的门，魏一平仍然背对着门，躺在老板椅上，手上的雪茄冒着烟）

　　探　长：魏一平，魏老板，你被捕了！

　　一旁的巡捕：（捅捅探长）长官，这人好像有点不对劲。

　　（探长急忙走上前去查看，魏一平已经死去，他面带微笑，左手的雪茄落地，右手握着打开后盖的怀表，怀表里是盈盈巧笑的少女阿春）

80.黑市拳场　夜　内

（崔探长带着巡捕控制了斧头帮众和外国拳师。小玉紧紧抱着石头，抚摸着石头的脸）

小　玉：石头哥。

石　头：不要……为我担心……小玉，我不在的时候，你要……

（崔探长走过来蹲在两人面前，拭了拭石头的身体，拍了拍石头的脸）

崔探长：矫情，断了几根肋骨而已，死不掉的啊。阿嚏——抬走！阿嚏——

（两名巡捕把石头抬上担架离开）

小　玉：（欲起身）石头哥，石头哥！

崔探长：（阻止小玉）哎，霍小姐，你得先跟我回巡捕房录口供。啊嚏——端了这个黑拳庄，这些看客都跑得没影了，我找个人证容易么我，啊嚏！

81.霍家武馆门前　日　外

（鞭炮齐鸣，崭新的霍家武馆横匾挂上院门。宾客纷纷提着礼品前来，挺着大肚子的小玉和石头在门口拱手迎接。门口一辆老式轿车停下，崔探长挺着大肚子下了车）

崔探长：霍小姐，噢不，何太太、何馆长，新馆开张，又要添新丁，恭喜恭喜呀！

石　头：我和小玉能够历经磨难在一起，还得多谢您崔探长。

随　从：（小声提醒）升了，升了。

石　头：（迟疑地）生了？小玉还没生啊！

崔探长：（干咳一声）鄙人嘛，现升任警署署长，升的嘛，是比夫人要早一些……啊嚏！啊嚏！他娘的，咋回事，一到关键时候这鼻子又不争气！

（众人齐声哄笑入院内）

完

（本片获第三届宁波国际微电影节最佳编剧奖，"2017—2018年度两岸影响力影片"，2019南非国际电影节最佳摄影奖，2018广州花城电影节最佳动作奖等）

后 记

作为连云港文学史的厚重结成——《文学连云港70年》，无疑是构建了一个宏大的文化基础工程。从连云港文学、历史文献的价值而言，其也将成为一个具有恒久魅力的瑰丽文库。作为《文学连云港70年戏剧·影视卷》的编辑，自从接到这个任务开始，就一直如履薄冰，唯恐因为自己的学识浅薄，孤陋寡闻而造成失误、缺憾。幸得各位编剧老师的热情相助，不厌其烦的指点、配合，才让原本那些忽明忽暗，似是而非的想法变得清晰起来。

《文学连云港70年戏剧·影视卷》从提出构想、设计编纂方案、征集稿件到编辑出书，只有两个月时间。这次戏剧、影视作品的收集入卷，要求必须是本土剧作家原创的，在省级以上刊物发表过或者获奖的戏剧、影视剧本。因为这个规则，一些由连云港人导演和有关宣传文化部门组织排演的戏剧、影视作品，虽然在省、国家获奖，但按规则没有收录进卷。对此，我们既有遗憾也有歉意！在选编戏剧作品过程中，遇到最大的问题就是一些老作家的稿件没有电子版。要么就是寄来书本，要么就是陈旧的复印件，整理了一下，有近五万字要重新打印。面对这么大的工作量，圣王文化公司组织员工加班加点，终于在规定的时间里完成了任务。在选编戏剧作品时，原连云港市剧目创作室主任朱秋华老师虽然在南京生活，仍然热情地帮我梳理、指导。他特别提到，早在1964年由范永泉、林泉、王键三位连云港剧作家创作的淮海戏《海花》在南京公演后，引起强烈反响并受邀赴苏州、无锡、常州巡回演出，奠定了我市在省内戏剧界的地位。因为实在找不到剧本没有收录，也让我们留下了遗憾和愧疚。在此，特别感谢朱秋华老师，以及为此书出版付出辛勤劳动的各位老师、朋友。

在编辑《文学连云港 70 年戏剧·影视卷》过程中,虽然有些辛苦,但更多的是快乐,不仅是学习的过程,也是构建了一个与剧作家们对话的空间。在这里,可以寻访新老朋友的踪影,可以更真切地感受他们作品里的生命、灵魂。在这个曲径通幽、别有洞天的空间里,我也感受到了从事《文学连云港 70 年戏剧·影视卷》的编剧工作的神圣之处。

由于经验不足,疏漏之嫌,遗珠之憾在所难免,还请大家批评指正!

编　者
2019 年 6 月

图书在版编目（CIP）数据

海浪搭建的舞台 / 蒯天主编. — 北京：中国书籍出版社，2019.11

ISBN 978-7-5068-7589-9

Ⅰ.①海… Ⅱ.①蒯… Ⅲ.①剧本—作品综合集—中国—当代 Ⅳ.①I230

中国版本图书馆CIP数据核字（2019）第269183号

海浪搭建的舞台
蒯 天 主编

图书策划	武 斌　崔付建
责任编辑	杨铠瑞
责任印制	孙马飞　马 芝
封面设计	琥珀视觉
出版发行	中国书籍出版社
地　　址	北京市丰台区三路居路97号（邮编：100073）
电　　话	（010）52257143（总编室）　（010）52257140（发行部）
电子邮箱	eo@chinabp.com.cn
经　　销	全国新华书店
印　　刷	三河市华东印刷有限公司
开　　本	710毫米×1000毫米　1/16
字　　数	240千字
印　　张	22
版　　次	2020年2月第1版　2020年2月第1次印刷
书　　号	ISBN 978-7-5068-7589-9
定　　价	78.00元

版权所有　翻印必究